CARTES POSTALES DE GRÈCE

Diplômée de littérature anglaise de l'université d'Oxford, Victoria Hislop vit entre l'Angleterre et la Grèce, et parle français couramment. Best-seller international, vendu à plus de cinq millions d'exemplaires à travers le monde, son premier roman, *L'Île des oubliés*, a conquis 400 000 lecteurs en France, où il a été couronné par le Prix des lecteurs du Livre de Poche en 2013. La *success story* se poursuit avec ses nouveaux ouvrages publiés en France, *Le Fil des souvenirs*, *Une dernière danse*, *La Ville orpheline*, *Une nuit en Crète* et *Cartes postales de Grèce*.

Paru au Livre de Poche :

LE FIL DES SOUVENIRS

L'ÎLE DES OUBLIÉS

UNE DERNIÈRE DANSE

UNE NUIT EN CRÈTE

LA VILLE ORPHELINE

VICTORIA HISLOP

CARTES POSTALES DE GRÈCE

TRADUIT DE L'ANGLAIS PAR ALICE DELARBRE

PHOTOGRAPHIES D'ALEXANDROS KAKOLYRIS

LES ESCALES

Titre original :

CARTES POSTALES FROM GREECE
Publié par Headline Publishing Group.

ISBN : 978-2-253-07125-9 – 1re publication LGF

Elles arrivaient écornées, toujours déchirées, souvent illisibles, comme ayant traversé l'Europe dans la poche arrière d'un pantalon. À une ou deux reprises, l'encre lui donna l'impression d'avoir été diluée par des gouttes de pluie, du vin ou même des larmes. Parfois, les images étaient décolorées par le soleil, et le cachet de la poste en partie effacé prouvait que le voyage avait, la plupart du temps, duré plusieurs semaines.

La première de ces cartes postales avait fait son apparition à la fin décembre ; par la suite, elles étaient arrivées avec une régularité grandissante. Ellie Thomas s'était mise à les guetter. Si une semaine ou davantage s'écoulait sans qu'elle en reçoive une, elle passait son courrier au crible une seconde fois, juste au cas où. Sa boîte – l'une des douze que comptait l'immense hall de son immeuble – contenait le plus souvent des factures (ou des relances pour celles qu'elle n'avait pas encore payées) et des publicités mal imprimées pour de la nourriture mal cuisinée. Une partie de son courrier était adressée aux précédents locataires, qui avaient pourtant déménagé depuis longtemps, et Ellie en déduisit que le destinataire de ces cartes postales, S. Ibbotson, était l'un ou l'une d'eux.

À l'exception de ces images colorées, représentant toujours la Grèce, elle glissait les lettres qui ne lui étaient pas destinées dans la boîte au coin de sa rue, après avoir griffonné dessus les mots « Retour à l'envoyeur ». Elles finissaient sans doute à la poubelle.

Les cartes postales ne pouvaient pas être retournées à l'expéditeur. Il gardait son identité secrète, signant toujours ses messages d'un simple A. A comme *anonyme.* Et quelle que fût l'identité de cette S. Ibbotson (une femme sans doute), aucune autre missive ne lui était parvenue depuis trois ans qu'Ellie occupait l'appartement sinistre sur Kensal Rise, dans la banlieue nord-ouest de Londres. Jeter ces cartes postales aurait été un vrai gâchis.

Elle avait pris l'habitude de les punaiser sur un immense tableau en liège, qui ne lui servait à rien sinon à afficher, de temps en temps, la liste des courses et son numéro d'assurée sociale – inscrit sur un bout de papier. Au fil des semaines, ces cartes formèrent une mosaïque joyeuse aux tons essentiellement bleus et blancs (ciel, mer, bateaux et bâtiments blanchis à la chaux aux volets bleus). Même le drapeau qui figurait sur certaines d'entre elles reprenait les mêmes couleurs pures.

Méthoni, Mystra, Monemvasia, Naupacte, Nauplie, Olympie, Sparte…

Ces noms possédaient un pouvoir magique et Ellie se laissait envoûter. Elle aspirait à découvrir les lieux de ces photos. Ceux-ci tournoyaient dans son esprit, tels les mots d'une langue étrangère dont elle aimait la musicalité sans en comprendre le sens : Kalamata, Kalavryta, Kosmas. Leur ronde ne s'interrompait jamais.

Cet assemblage d'images égayait son appartement en sous-sol, mettait de la couleur dans son intérieur par ailleurs morne – ses plaids Habitat ayant échoué dans cette mission.

D'une écriture soigneuse, légèrement « artiste » (et donc parfois illisible), l'expéditeur ne donnait que peu d'informations mais communiquait un enthousiasme débordant.

De Nauplie : *Il y a quelque chose de spécial, ici.*

De Kalamata : *L'atmosphère y est si chaleureuse…*

D'Olympie : *Cette photographie t'en donne un aperçu.*

Ellie s'autorisa peu à peu à penser qu'elle était S et à rêver des lieux qu'A semblait l'inviter à visiter.

Il lui permettait, souvent, d'entrevoir un mode de vie dont elle ne soupçonnait pas l'existence :

Il semblerait que les gens ici ne comprennent pas le concept de solitude. Imagine : pendant que je rédigeais cette carte, plusieurs personnes sont venues me voir pour me demander d'où je venais et ce que je faisais ici. Ça n'a pas été facile à expliquer…

Pour les Grecs, il n'y a rien de pire que la solitude et il se trouve toujours quelqu'un pour venir me parler, m'interroger ou me raconter quelque chose…

Ils m'invitent chez eux, me convient aux panégyries, fêtes de leurs saints, voire à des baptêmes. Je n'ai jamais connu une telle hospitalité. Je suis un parfait inconnu et ils me traitent comme un ami perdu de vue et retrouvé…

Parfois ils me proposent de m'installer à leur table, au café, et ils ont toujours une anecdote sous le coude. Je les écoute, puis j'écris tout. Tu sais ce qui arrive quand on vieillit… La mémoire a tendance à gommer certains détails. Ce qui m'importe surtout, c'est de pouvoir partager ces récits avec toi…

Toutes les cartes se terminaient néanmoins sur une note triste :

Sans toi, cet endroit n'est rien. J'aimerais que tu sois à mes côtés. A

Une conclusion simple, sincère et mélancolique. S ne saurait jamais combien l'auteur de ces cartes voulait qu'ils soient réunis.

Un jour d'avril, trois cartes arrivèrent ensemble. Ellie remit la main sur son vieil atlas et entreprit de localiser leur provenance sur une carte de Grèce. Elle arracha la page et la punaisa également sur le tableau de liège. Elle repéra tous les endroits visités par A et suivit son trajet. Arta, Préveza, les Météores. Autant de noms magiques, de lieux inconnus.

Ce pays où Ellie ne s'était jamais rendue entrait peu à peu dans sa vie. Ainsi que l'auteur des cartes le soulignait volontiers, les photos ne pouvaient pas véhiculer les odeurs ou les sons de Grèce, elles n'offraient qu'un aperçu figé de ce pays. Et pourtant, Ellie était en train d'en tomber amoureuse.

Semaine après semaine, carte postale après carte postale, son désir de voir la Grèce de ses propres yeux se renforçait. Elle brûlait d'envie de découvrir les couleurs lumineuses et le soleil dont ce pays semblait être la promesse. Pendant tout l'hiver, partant travailler avant l'aube et ne rentrant qu'à dix-neuf heures, elle n'avait pas ouvert ses rideaux une seule fois. Et l'arrivée du printemps n'avait rien changé. Le soleil ne parvenait pas à se frayer un chemin jusque chez elle. Ça n'était pas une vie, en tout cas, pas celle qu'elle avait espérée en quittant Cardiff pour Londres. Les lumières qu'elle avait rêvé de trouver dans la capitale anglaise étaient tout sauf brillantes. Seules les cartes postales réussissaient à lui remonter le moral : Kalambaka, Karditsa, Kateríni vinrent grossir la mosaïque dès leur arrivée.

Le métier d'Ellie – vendeuse d'espace publicitaire dans un magazine spécialisé – ne l'enthousiasmait pas, et ce, depuis le premier jour, mais elle s'était laissé convaincre par un cabinet de recrutement que c'était un moyen de mettre un pied dans l'édition. Un moyen très détourné, avait-elle fini par comprendre. Les clients semblaient réceptifs à sa voix sonore de Galloise, et elle atteignait facilement les objectifs que lui fixait le directeur des ventes. Elle disposait donc d'une poignée d'heures chaque jour pour accroître sa commission ou, ainsi qu'elle en avait désormais pris l'habitude, prendre le temps de surfer sur Internet, de consulter des images et des sites sur la Grèce. Parmi les autres employés qui, comme elle, approchaient de la trentaine et effectuaient le même type de mission, on trouvait beaucoup d'acteurs ou de chanteurs « en pause ». Eux aussi aspiraient à un ailleurs. Dans la rangée de bureaux anonymes, la plupart des voisins d'Ellie rêvaient de monter sur scène. Ses pensées à elle la transportaient bien au-delà du West End, le quartier des théâtres londoniens.

Ces cartes postales étaient devenues une obsession. Les images idéalisées qu'Ellie collectionnait occupaient une place de plus en plus importante dans sa vie. Avec l'été, celles-ci affluèrent soudain des îles. Les photos étaient d'une beauté époustouflante, avec des eaux et des ciels d'un bleu scintillant. Andros, Icarie. Ces lieux étaient-ils réels ? Les clichés avaient-ils été retouchés ?

Plusieurs semaines s'écoulèrent sans qu'Ellie reçoive aucune carte. Tous les matins d'août, elle vérifia sa boîte et ressentit, en constatant leur absence, la morsure de la déception. Chacune de ses recherches en ligne, vaines, nourrissait cette frustration, mais c'était plus fort qu'elle. À l'occasion du pont, à la fin du mois, elle rendit visite à ses parents, à Cardiff, et passa la soirée du samedi avec de vieilles amies d'école, dans leurs anciens lieux de prédilection. Elles étaient toutes mariées à présent, certaines étaient même devenues mères. L'une d'elles, dont Ellie avait été le témoin, lui demanda d'être la marraine de son premier enfant. Elle se sentit obligée d'accepter tout en étant troublée par la conscience du fossé qui existait entre elle et les autres jeunes femmes de sa génération.

S'il avait fait froid au pays de Galles, Londres lui parut plus gris que jamais à sa descente du train, dans la gare de Paddington. Dans le métro qui la ramenait à Kensal Rise, Ellie s'autorisa à penser aux cartes postales. En trouverait-elle une ? Dès qu'elle fut dans le hall de son immeuble, elle eut la réponse à sa question : sa boîte aux lettres était vide. La jeune femme calcula que plus d'un mois s'était écoulé depuis la carte d'Icarie.

Dans son appartement, elle constata que les coins des cartes commençaient à se recourber sur le tableau en liège, même si leurs couleurs restaient séduisantes. Elles tourmentaient légèrement Ellie. Le temps était-il enfin venu de découvrir si les ciels bleus de ces photos étaient réels ? Si la lumière était aussi pure qu'il y semblait ? Les cartes postales constituaient-elles toujours une exagération de la réalité ? Ou contenaient-elles une part de vérité ?

Elle vérifia son passeport (elle l'avait utilisé pour la dernière fois deux ans auparavant, pour un enterrement de vie de jeune fille en Espagne) et dégota un vol pour Athènes qui coûtait moins que les bottines bas de gamme qu'elle venait d'acheter à Cardiff. Ellie n'avait pas le goût de l'aventure. Dans toute son existence, elle s'était rendue quatre fois en Espagne, deux fois au Portugal et avait, dans son enfance, séjourné plusieurs fois dans des campings français. La saison touchait à sa fin, elle n'eut donc aucun mal à trouver un hôtel aux tarifs raisonnables. Après avoir consulté quelques sites, elle cliqua sur un nom familier. Nauplie. Une semaine en demi-pension dans un établissement d'une station balnéaire voisine lui coûterait cent vingt livres. Comme ça, au moins, elle verrait l'un des endroits visités par A, et peut-être d'autres si le temps le lui permettait. Elle avait pris cette décision sur un coup de tête et pourtant elle avait l'impression que l'idée avait germé des mois plus tôt.

La semaine suivante fila à toute allure. Lorsqu'elle annonça à son beau parleur de patron qu'elle aimerait prendre dix jours de congé, il eut une étrange réaction.

— Reviens me voir à ton retour, dit-il, imperturbable.

Sa réponse était si ambiguë qu'Ellie se demanda si elle avait été licenciée.

Alors que l'imprimante crachait en ronronnant sa carte d'embarquement, elle songea qu'elle ne regretterait pas le bureau sans fenêtres et ses rangées de téléphones.

Elle brûlait d'impatience d'échapper à la tiédeur d'un été anglais qui se transformerait imperceptiblement en automne. La dernière carte postale envoyée par A représentait un magnifique port bordé de jolies maisons. Ellie entendait presque l'eau venir laper la coque des bateaux amarrés. Un spectacle paisible et, surtout, engageant.

Icarie : *Un lieu d'un autre temps.*

Le moment était plus que venu d'aller découvrir ce pays, de vérifier qu'A disait la vérité. Les Grecs abordaient-ils systématiquement les étrangers ? Les recevaient-ils chez eux ? Ellie vivait à Londres depuis trois ans et n'avait pas été invitée une seule fois par l'un de ses collègues – sans parler d'un inconnu dans un café. Elle rêvait de faire des expériences nouvelles.

La veille de son départ, la fébrilité l'empêcha presque de s'endormir. Elle n'entendit pas son réveil en pleine nuit et fut tirée du sommeil par des ivrognes bruyants dans la rue. Pour eux, une longue soirée touchait à sa fin, alors que pour Ellie, la journée débutait déjà. Elle quitta son lit d'un bond et, sans se doucher, enfila les vêtements de la veille. Après avoir vérifié une dernière fois qu'elle avait bien tout éteint et tout fermé, elle quitta son appartement.

Traînant sa valise à roulettes vers la porte de l'immeuble, elle remarqua qu'un paquet dépassait de sa boîte aux lettres. Elle avait beau avoir une heure de retard sur son programme, elle prit le temps de récupérer le pli. De la taille d'un livre, il comptait plus d'une douzaine de timbres, collés dans tous les sens. Le nom était masqué par le tampon d'affranchissement, mais l'adresse était lisible. Ellie reconnut aussitôt l'écriture et les battements de son cœur se précipitèrent.

Elle ne pouvait pas l'ouvrir immédiatement et le fourra à l'intérieur de son sac à main. Pendant les deux heures qui suivirent, elle ne pensa qu'à une chose : attraper son avion. Elle dut marcher vingt minutes (dix au pas de course) pour rejoindre l'arrêt du bus de nuit qui la déposerait à la gare routière pour l'aéroport de Stansted. Ce n'était pas encore l'heure de pointe. La plupart des autres usagers à bord du car étaient des employés de l'aéroport.

La femme au comptoir l'accueillit sèchement.

— C'était moins une, lui dit-elle. L'enregistrement de votre vol est sur le point de fermer.

Ellie reprit sa carte d'embarquement et courut. Elle fut la dernière à monter à bord de l'avion et s'affala sur son siège, en nage, stressée et épuisée. Elle regrettait déjà d'avoir emporté une veste. Celle-ci traînait sur son fauteuil, et, à quatre heures du matin, elle n'avait pas eu la lucidité nécessaire pour déterminer si elle lui serait ou non utile. Trop tard maintenant. Ellie se débattit pour la retirer, la roula en boule et la glissa sous son siège. Le steward passait déjà dans l'allée centrale pour vérifier que les ceintures étaient bien attachées et l'avion roulait vers la piste de décollage.

Ils n'avaient pas encore quitté la terre ferme qu'Ellie dormait déjà. Elle se réveilla trois heures plus tard, la nuque raide, assoiffée. Elle n'avait même pas eu le temps d'acheter une bouteille d'eau. Elle croisa les doigts pour que les hôtesses ne soient pas déjà passées avec leur chariot. Jetant un coup d'œil par le hublot, elle comprit sur-le-champ que c'était peu probable : ils en étaient au stade final de la descente. Elle aperçut la mer, des collines, des champs rectangulaires, des rangées d'arbres, des maisons et des bâtiments plus imposants, même une enseigne bleu et jaune familière. Il y avait un Ikea à Athènes ? Elle digérait encore sa surprise lorsque les roues heurtèrent brutalement le tarmac. Quelques personnes applaudirent l'atterrissage, ce qui lui parut étrange. Ellie avait toujours considéré que c'était la mission du pilote de conduire ses passagers sains et saufs à destination.

Dès l'ouverture des portes, une brise chaude s'engouffra dans la cabine, accompagnée d'une odeur qu'elle fut incapable d'identifier. Peut-être un mélange de pollution et de thym. Quoi qu'il en fût, elle la respira avec plaisir.

Au moment de plonger la main dans son sac pour sortir son passeport, elle tomba sur le paquet. La queue aux guichets de la police aux frontières avançait lentement, ce qui lui laissa le temps de déchirer un coin de l'enveloppe en papier kraft et de jeter un coup d'œil à l'intérieur. C'était un carnet avec une couverture en cuir bleu. Ellie remarqua que la tranche des pages était légèrement jaunie. Elle le rangea.

Un bus de l'aéroport la conduisit à KTEL, la gare routière d'Athènes. Elle se sentit perdue dans cet endroit bruyant, entre le rugissement des moteurs et les annonces des chauffeurs qui devaient crier pour couvrir le brouhaha des passagers – ils étaient au moins un millier à aller et venir en traînant sacs et valises. Ellie faillit s'étouffer avec les effluves âcres de gasoil.

Elle finit par trouver le bon guichet pour sa destination, paya quinze euros et mit à profit la minute dont elle disposait jusqu'au départ pour acheter une boisson fraîche et des gâteaux secs.

Une fois dans le car, installée près d'une fenêtre, alors qu'elle observait la foule grouillante de la gare routière, elle apprit qu'A avait déjà raison sur un point : les gens ici n'aimaient pas le silence. Sa voisine ne parlait pas un mot d'anglais, ce qui ne les empêcha pas de communiquer pendant au moins une heure avant que la vieille femme ne pique du nez. Elle avait eu le temps d'informer en détail Ellie sur ses enfants et leurs métiers, les endroits où ils vivaient. Elle lui avait également donné deux feuilles de vigne et une part de gâteau à l'orange (une seconde, enveloppée dans une serviette en papier, était posée sur le sac à main d'Ellie). Le regard de la jeune femme tomba sur le paquet, dissimulé en grande partie par son gilet. Elle avait prévu de feuilleter le carnet pendant le trajet, mais le soleil qui tapait sur la fenêtre, associé au ronronnement du moteur, la berça et elle s'endormit.

Le bus atteignait Nauplie, près de trois heures plus tard, quand elle se rendit compte qu'elle n'avait pas sa veste rouge. Elle avait dû l'oublier à bord de l'avion. Alors qu'elle patientait au soleil, le temps que sa valise ressurgisse des entrailles du bus, son agacement s'évapora. La chaleur se diffusait dans son dos : les vêtements chauds ne serviraient qu'à l'encombrer ici. Elle se faisait l'impression d'un serpent qui aurait mué.

Son guide de voyage suggérait de prendre un taxi à la gare routière pour se rendre à Tolo, où elle avait réservé une chambre. Elle était cependant impatiente, auparavant, de voir un peu Nauplie. Traînant sa petite valise derrière elle, elle se mit en route vers la vieille ville, se repérant grâce aux panneaux qui, heureusement, étaient écrits en anglais.

Ellie atteignit bientôt la place principale qu'elle reconnut aussitôt : elle figurait sur l'une des cartes. Cette sensation de familiarité la fit sourire.

Habituée à être seule, Ellie n'eut aucun mal à s'installer à la terrasse du premier café venu. Un serveur prit rapidement sa commande et son cappuccino arriva sans tarder, accompagné d'un verre d'eau glacée, ainsi que de deux petits biscuits aux noix tièdes. Pour la seconde fois en quelques heures, elle fit l'expérience de l'hospitalité qu'A avait si souvent évoquée.

Tout en dégustant son café, elle observa alentour. Cette journée de vendredi touchait à sa fin. La place était envahie de personnes de tous âges qui poussaient des enfants, faisaient du vélo, frimaient sur des rollers ou se baladaient tout simplement, certains bras dessus bras dessous – les plus âgés s'appuyaient sur des cannes. La dizaine de cafés sur son pourtour étaient pleins. Cette soirée de la mi-septembre était douce.

Le paquet était posé sur la table devant elle. Glissant son doigt dans le petit trou qu'elle avait formé, elle déchira le sommet de l'enveloppe et sortit le carnet. Après avoir rangé l'enveloppe dans la poche latérale de son sac, elle retourna le calepin. Les cartes postales avaient un caractère public, elles s'offraient à la curiosité de tous ceux entre les mains desquels elles passaient… mais un carnet ? Est-ce que cela revenait à lire un journal intime ? À s'immiscer dans la vie de quelqu'un ? Ce fut en tout cas l'impression qu'Ellie eut en soulevant la couverture. Chaque page était recouverte de l'écriture soignée d'A, parfois indéchiffrable, à l'encre noire. De l'index, elle traça distraitement un S parmi les miettes de biscuit dans son assiette et laissa son regard errer sur la place. La destinataire des cartes n'aurait jamais l'occasion de lire ce carnet… Brûlant de curiosité, et d'un soupçon de culpabilité aussi, Ellie tourna la première page.

Au bout de quelques mots, elle s'interrompit : mieux valait attendre d'être à l'hôtel. Serrant le recueil contre sa poitrine, elle se leva et rejoignit la station de taxis.

— Tolo, annonça-t-elle d'un ton hésitant. Hôtel Marina.

Plus tard, sur le petit balcon de sa chambre, elle reprit la lecture du début.

Lorsque je suis venu te chercher, ce jour-là, j'ai attendu vingt-quatre heures dans le petit aéroport de Kalamata, de peur de m'être trompé de vol. Tu aurais aussi pu rater ton avion sans être en mesure de me prévenir. J'ai imaginé toutes sortes d'explications. Cette nuit-là, j'ai dormi sur un siège derrière les chariots à bagages. L'homme de ménage a nettoyé le sol autour de mes pieds et il m'a même apporté une part de tourte aux épinards que sa femme s'apprêtait à jeter. Elle tenait le kiosque à journaux et leur fils s'occupait du contrôle des passeports – en prime, leur neveu était chargé de la sécurité des bagages et leur cousin vérifiait les cartes d'embarquement avant l'accès à l'avion.

— En Grèce, les petits aéroports sont des entreprises familiales, m'a-t-il dit avec beaucoup de fierté.

De bon matin le lendemain, j'ai été obligé de quitter la zone des arrivées. Le mot en soi semblait se moquer de moi. On était à la mi-septembre, plus aucun charter en provenance du Royaume-Uni n'atterrirait... Il n'y avait aucune chance que tu surgisses brusquement, comme dans les rêveries que je m'autorisais. Tu n'as pas décroché quand j'ai appelé, et je savais que, si quelque chose de grave t'était arrivé, un de tes amis m'aurait prévenu.

Je suis resté un long moment sur un banc devant l'aéroport, ne sachant ni que faire ni où aller. Quelques instants plus tard, mon téléphone a vibré. J'avais reçu un message. Je tremblais tellement que j'ai fait tomber mon portable en le sortant de ma poche. À travers les fissures qui formaient une toile d'araignée sur l'écran, j'ai réussi à distinguer les mots : Elle ne peut pas venir. Désolé. *Je suppose que tu avais dicté ce message à un ami. Je l'ai fixé avec une incrédulité écœurée pendant quelques minutes avant d'appeler le numéro. Aucune réponse. J'ai insisté plusieurs fois. Et obtenu bien sûr le même résultat. Colère, fureur, rage… Aucun de ces termes ne parvient, de près ou de loin, à décrire ce que je ressentais. Ce ne sont que des mots. Des bulles d'air. Du vide.*

Il n'y a pas eu d'autres messages. À l'exception d'un Bon voyage*[1] *de mon frère, plus tard ce jour-là.*

J'aurais pu retourner directement à Athènes, mais je n'étais pas en état de conduire, de reprendre en sens inverse la route où j'avais éprouvé tant d'impatience et de joie. J'étais sonné, presque incapable de mettre la clé dans le contact. Je n'avais pas d'idée précise de l'endroit où j'irais. Ça m'était égal. J'ignore combien de temps j'ai roulé. Je me suis arrêté quand j'ai atteint la mer. Sur la plage, à l'endroit où la route se terminait, il y avait un panneau. « Chambres à louer. » Je n'avais qu'à aller là.

Je n'ai presque rien fait pendant les jours qui ont suivi, à part m'asseoir pour contempler la mer Ionienne. Les vagues étaient déchaînées, déferlant sans relâche et venant s'échouer sur le sable. Leur agitation reflétait mon tourment. Il ne semblait pas vouloir refluer. Je ne pouvais ni manger ni parler. Les hommes sont censés

---

1. Les mots ou expressions suivis d'un astérisque sont en français dans le texte. (Toutes les notes sont de la traductrice.)

être le sexe fort, or je ne me suis jamais senti si impuissant. Je crois que la mer m'aurait emporté si je m'étais approché trop près du rivage. Certains jours, j'aurais d'ailleurs volontiers disparu sous l'écume.

Le fait de regarder constamment mon téléphone, avec son écran cassé qui demeurait désespérément noir, redoublait ma souffrance. J'ai fini par le jeter de toutes mes forces en direction du large. Le geste a été libérateur. Au moment où mon portable est entré dans l'eau, j'ai dû accepter l'idée que je n'aurais plus de tes nouvelles : je ne pouvais plus en recevoir. J'étais coupé de toi désormais. De toi et du monde.

Dieu sait ce que le couple charmant qui s'occupait de cette pension à Méthoni a pensé de moi... Ils laissaient, tous les soirs, un repas froid à mon intention, et emportaient l'assiette vide tous les matins. Un jour, la femme a déposé un bouquet de fleurs fraîches dans ma chambre et les a remplacées lorsqu'elles ont fané. Si leur gentillesse me frappait, je ne remarquais pas grand-chose d'autre. Je ne ressentais ni faim ni soif. Je ne percevais même pas les changements de température. Un jour, je suis resté sous la douche jusqu'à ce que l'eau soit glaciale et je me suis rendu compte que ma peau était devenue insensible. Ma montre m'a appris qu'une heure s'était écoulée. Le désespoir m'avait privé de tous mes sens. C'était une période sombre. Je ne sais pas à quoi je consacrais mon temps, mais les heures filaient. Je ne savais absolument pas à combien de jours, ou même de semaines, remontait mon attente à l'aéroport. Un beau matin, le propriétaire de la pension m'a salué alors que je me rendais sur la plage.

— Kalo mina ! *s'est-il exclamé joyeusement. Un nouveau mois débute ! Octobre !*

Mon arrivée remontait donc à près de quinze jours.

Le circuit que je nous avais préparé me semblait ridicule à présent : un tour du Péloponnèse, puis un ferry pour rejoindre Cythère, un second pour la Crète, et enfin un vol pour Athènes avant notre retour à Londres. Tu avais, disais-tu, exactement deux semaines de vacances à prendre, et mon organisation méticuleuse te garantissait un retour à temps. J'avais acheté une bague, un solitaire, chez un bijoutier d'Athènes, Zolotas. Voilà à quel point je me leurrais. J'avais prévu de te demander ta main lors d'un coucher de soleil rouge sang à l'ouest de la Crète. Aujourd'hui encore, je me surprends parfois à me rappeler une scène qui n'a jamais eu lieu. J'espère qu'un jour celle-ci disparaîtra entièrement de ma mémoire.

Ce soir-là à Méthoni (après avoir fermé les volets pour ne pas voir le coucher de soleil), je devais prendre une décision : rentrer à Londres ou voyager seul. Mes recherches, pendant les quinze jours que j'avais passés à Athènes, avaient été fructueuses. Le conservateur du musée d'Art cycladique avait été merveilleux, me donnant accès à de nombreuses archives. J'avais tout le matériel nécessaire pour entamer la rédaction de mon livre. Et je pouvais aussi bien m'y mettre dans une chambre d'hôtel que chez moi. Penser à Londres me glaçait le sang, car je savais que je chercherais ton visage partout dans la foule. J'avais une autre bonne raison de prolonger mon séjour en Grèce : éviter la mélancolie de l'automne anglais.

J'ai fait mon sac et libéré la chambre. Je n'étais plus pressé. J'ai appelé mon frère d'une cabine téléphonique du village pour lui demander de relever mon cour-

rier une fois par semaine et de s'occuper des factures. J'ignorais encore combien de temps je resterais absent. L'avance que j'avais touchée pour mon livre me permettrait de tenir un an, si j'étais prudent. Avant d'entrer dans l'épicerie acheter du chocolat, des chewing-gums, de l'eau et d'autres provisions pour la route, je me suis arrêté devant un présentoir rouillé contenant quelques cartes postales éparses. Le marchand, qui ne devait plus attendre beaucoup de touristes, n'avait pas pris la peine de se réapprovisionner. J'en ai choisi une de la forteresse vénitienne – que je n'avais même pas visitée, malgré mon long séjour. Qu'est-ce qui m'a pris ? Je ne me leurrais pas, tu ne t'intéresserais sans doute pas à l'endroit où je me trouvais, mais je ressentais le désir soudain de communiquer avec toi. Peut-être que c'était simplement pour rompre le silence entre nous. Ou pour soulager ma solitude ? Si je ne pouvais plus, en jouant avec mon portable, renvoyer l'image d'un homme avec une foule d'amis à contacter et d'affaires à régler, je pouvais devenir celui qui écrivait une carte postale – et se mettait en quête d'un timbre.

Ce serait un moyen de te «parler» sans attendre de réponse. Une conversation à sens unique. L'idée m'a séduit. Tu finirais peut-être par regretter de ne pas être venue.

L'épicier a collé plusieurs timbres au verso de la carte puis a emballé mes achats.

— Kalo taksidi !

— *Merci, lui ai-je répondu.*

C'était l'une des rares expressions grecques que je connaissais déjà : il me souhaitait bon voyage. J'ai posé la carte sur le toit de la voiture pour griffonner quelques phrases à ton intention, avant de la glisser dans la première boîte aux lettres.

J'étais libre d'aller où je voulais et j'ai été surpris de constater à quel point cette liberté était troublante. Je suis resté assis dans la voiture au moins une heure, à observer la carte, et il m'a fallu réunir toute ma volonté pour enclencher la première et démarrer. Je savais que je me dirigeais vers l'est – la mer était dans mon dos –, mais je n'avais pas de destination précise, aucune idée de l'endroit où mon instinct, le destin ? me conduirait. C'était le début de mon périple. Je n'en savais pas davantage.

Dans les semaines et les mois qui ont suivi, partout où je me suis arrêté les gens m'ont parlé. La plupart étaient cordiaux, aimables, et, dans le cas contraire, mes tentatives pour prononcer quelques mots en grec suffisaient souvent à briser la glace. Nombre d'entre eux m'ont raconté des histoires. Je les ai écoutées et notées dans ce carnet, apprenant chaque jour des choses étonnantes sur ce pays, et sur moi-même. Les voix de ces inconnus comblaient le silence, remplissaient le vide que tu avais laissé.

Certaines de ces histoires se sont déroulées dans les lieux d'où je t'ai envoyé une carte. Qui sait si ces récits sont vrais ? J'en soupçonne certains d'être inventés de toutes pièces, d'autres d'être exagérés… mais peut-être qu'une partie d'entre eux est véridique néanmoins. Tu jugeras par toi-même.

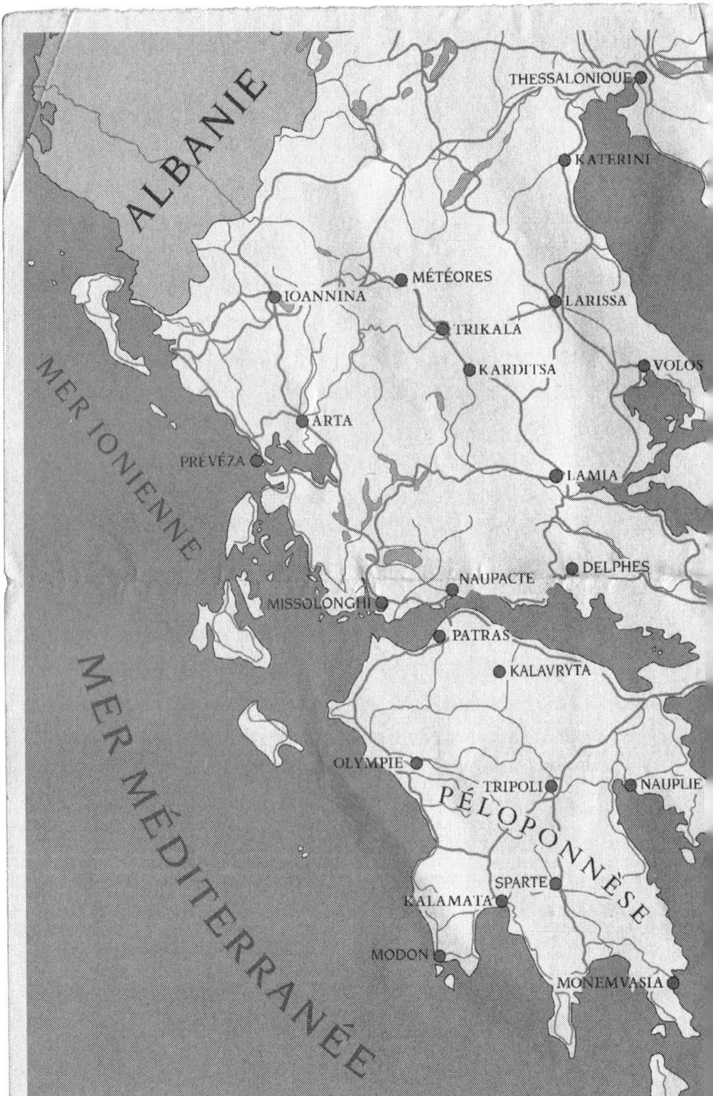
ALBANIE
THESSALONIQUE
KATERINI
MÉTÉORES
IOANNINA
LARISSA
TRIKALA
KARDITSA
VOLOS
MER IONIENNE
ARTA
PRÉVÉZA
LAMIA
DELPHES
NAUPACTE
MISSOLONGHI
PATRAS
KALAVRYTA
MER MÉDITERRANÉE
OLYMPIE
TRIPOLI
NAUPLIE
PÉLOPONNÈSE
SPARTE
KALAMATA
MODON
MONEMVASIA

TURQUIE
MER ÉGÉE
ATHÈNES
ANDROS
ICARIE
CYCLADES

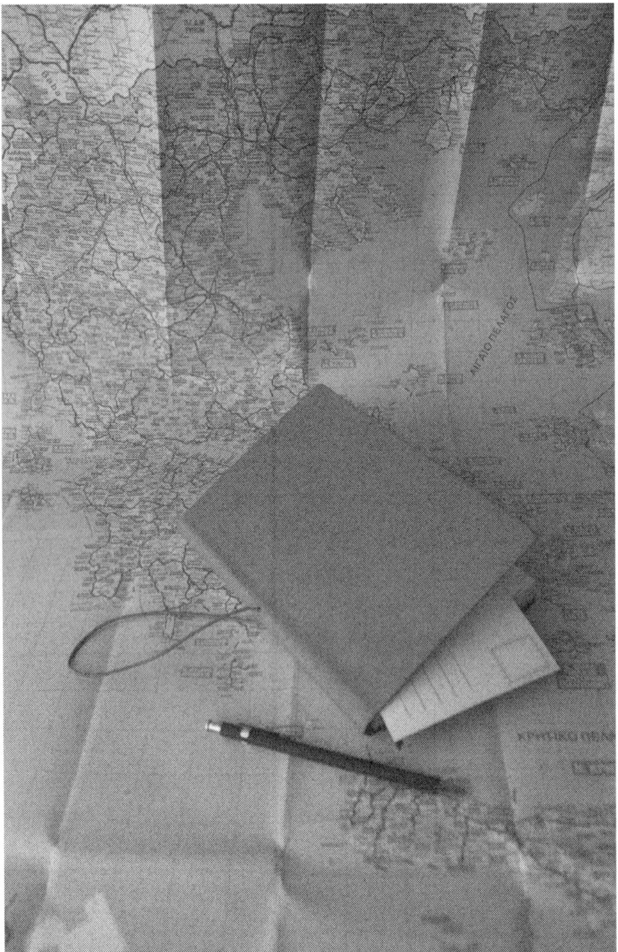
ΑΙΓΑΙΟ ΠΕΛΑΓΟΣ

Octobre 2015

La beauté du Péloponnèse, où mon voyage a commencé pour de bon, n'a pas apaisé ma douleur. Elle n'a même servi qu'à l'accroître. Je me suis senti tout petit devant sa richesse et sa luxuriance, tant la nature semblait éclatante de vie et de santé. Les paysages étaient à l'exact opposé de mon humeur, et rien ne me distrayait de ma mélancolie. J'avais tant d'espoirs pour notre avenir, il m'était impossible de ne pas y repenser souvent. Au cours des mois qui ont suivi, j'ai appris une leçon : parfois, plus on s'efforce d'oublier et plus on se souvient. Le soir, je buvais pour m'anesthésier et trouver le sommeil. Je n'ai pas tardé à redouter le moment du coucher. Le sommeil était un immense puits noir au fond duquel m'attiraient les cauchemars. Les propriétaires de la pension de Méthoni s'étaient précipités à mon chevet un matin, à quatre heures. Mes cris les avaient conduits à imaginer qu'on m'assassinait. Tu étais dans chacun de ces rêves. Des rêves sombres. Tristes. Mon subconscient m'empêchait de t'oublier. Pour le moment en tout cas.

Ce n'était pas une erreur, cependant, d'entreprendre ce voyage. Le malheur m'aurait suivi où que j'aille. Si j'étais rentré à Londres, ça aurait été pire : mes amis auraient posé sur moi le même regard compatissant que si j'avais perdu un membre de ma famille, tout en s'attendant à ce que je redevienne, en quelques semaines, moi-même. Ici, je pouvais fréquenter des inconnus et, en changeant d'endroit souvent, je ne leur laisserais pas le temps de me connaître. Je pourrais me réinventer du tout au tout au contact de ces personnes qui ne sauraient rien de mon passé. Loin de chez moi, je serais au moins en mesure de prétendre que je contrôlais la situation.

Les gens sont toujours tentés d'orienter un voyageur vers leur lieu préféré, et mes hôtes à Méthoni m'avaient parlé avec insistance de Nauplie.

— C'est la plus belle ville de Grèce, et la plus romantique.

Je m'étais forcé à sourire quand ils me l'avaient montrée sur la carte.

Que Nauplie soit ou non la ville la plus charmante de Grèce, elle m'a captivé. Sa platia *est la plus sublime des grandes places que j'ai pu voir. Imagine une gigantesque salle de bal à ciel ouvert. Les dalles de marbre, lisses, sont si propres qu'elles brillent. Par les fraîches soirées d'automne, on est protégé de la brise légère par les superbes bâtiments qui la ferment sur ses quatre côtés. Les murs de cette « salle » sont un assemblage de l'histoire grecque : une ancienne mosquée du XVIe siècle, un arsenal vénitien, des constructions néoclassiques tout en grâce et quelques exemples de l'architecture rationnelle du XXe. Sise au bord de la mer, Nauplie possède trois forteresses et une histoire qui remonte à l'Antiquité. Nauplie a été la première capitale de la Grèce moderne, plus exactement le siège du gouvernement révolutionnaire, de 1828 à 1834. Et on a le sentiment que ça compte, quelque part.*

J'y ai passé de nombreuses heures à regarder la vie suivre son cours. J'ai été heureux de discuter avec un couple, un soir, même s'ils n'ont pas pu s'empêcher de souligner ma solitude.

— Votre épouse... Elle n'est pas avec vous ? s'est étonnée la femme.

Cette question contenait un si grand nombre de présupposés que je ne me suis pas donné la peine de répondre à chacun. Par chance, son mari, se rendant compte qu'elle avait été un peu maladroite, est intervenu.

— Depuis l'affaire Adamakos, m'a-t-il expliqué, les habitants de Nauplie se méfient un peu des hommes seuls.

— L'affaire Adamakos ?

— Les journaux anglais n'ont pas dû en parler.

Il avait raison, bien sûr. Dans la presse britannique, les papiers sur la Grèce portaient sur l'économie ou, ces derniers temps, sur la crise des réfugiés. Celle-ci ne s'intéressait pas à grand-chose d'autre.

— Eh bien, a-t-il repris, il y avait un homme qui passait souvent du temps seul, assis ici.

— Ça a duré vingt-cinq ans ! a souligné son épouse pour enfoncer le clou.

— Ça a fait jaser ici...

— Il n'aimait pas les gens ? ai-je hasardé.

— Il y avait en tout cas certaines personnes qu'il ne portait pas dans son cœur, a répondu la femme mystérieusement.

— Il était originaire de la région du Magne, a ajouté le mari d'un air grave avant de se pencher vers moi pour le cas où une oreille indiscrète traînerait.

Je n'étais jamais allé dans le Magne, une région sauvage au sud de Nauplie, mais je savais qu'autrefois les

Maniotes avaient la réputation de mener des vendettas si leur honneur avait été bafoué. J'avais justement lu, plus tôt dans la journée, qu'un événement dramatique s'était produit, au tout début du XIXe siècle, près du café où nous étions installés. Ioánnis Kapodístrias[1]*, qui fut le premier à prendre la tête du nouvel État indépendant, avait arrêté les membres d'un clan important et rebelle du Magne. Pour se venger, deux de leurs proches le guettèrent un jour qu'il se rendait à l'église. Le premier coup de feu manqua sa cible. Kapodístrias fut donc poignardé, puis une seconde balle l'atteignit à la tête. La violence engendrait la violence. Les assassins furent exécutés peu après.*

— Vous savez que la balle est fichée dans un mur de l'église d'Agios Spyridon, juste à l'angle de la rue ? m'a dit le mari en m'indiquant un escalier de pierre qui conduisait à une rue au-dessus.

— Je l'ai vue aujourd'hui.

— Sachez qu'il ne faut jamais manquer de respect à un Maniote, a-t-il ajouté. Beaucoup de vendettas ont eu des répercussions jusqu'à notre époque.

Il m'a alors raconté l'histoire qui suit. Et à la fin de son récit, j'étais décidé à suivre son conseil.

---

1. Aussi connu en France sous le nom du comte Jean Capo d'Istria.

LE GARÇON
AU COSTUME BRILLANT

CARTE POSTALE

Nafplio

Le Garçon au costume brillant

L'immense place de Nauplie est le centre névralgique de la ville. Les gens y affluent toute la journée pour parler, jouer, observer, boire et, le week-end, il est presque impossible de trouver une place libre dans un café.

Comme s'ils étaient les jouets d'une force gravitationnelle, les couples de tout âge s'engouffrent dans les venelles de l'époque vénitienne, flânant deux par deux, à l'image des créatures de l'arche de Noé. Un vieux couple fait une *volta*, un tour de la place, tous les soirs depuis cinquante ans, d'un pas qui semble réglé au métronome. Même si l'homme a besoin du soutien d'une canne désormais, leur allure n'a pas changé.

Ils sont suivis de près par deux hommes séduisants, l'un plus jeune que l'autre. Dans d'autres villes, ils pourraient se sentir libres de marcher bras dessus bras dessous. L'un a une chevelure blanche extravagante qui lui donne un air de chat persan, l'autre, avec ses cheveux coupés court, tient plus du campagnol. Ils portent des vêtements décontractés mais luxueux – des pulls en cachemire pastel posés sur les épaules et noués à l'avant. Ils s'installent dans l'un des bars les plus récents. De riches Athéniens en week-end.

Une femme à un stade avancé de sa grossesse et son mari se promènent sur la place à un rythme plus

nonchalant. Elle a dépassé son terme de plusieurs jours et espère que cette activité va sortir le bébé de sa torpeur, le pousser à entreprendre son voyage vers le monde extérieur. Chaque pas représente un effort et elle s'inquiète de ne pas réussir à aller au bout de ce tour.

Deux hommes suivent un match de foot sur la télévision d'un café. L'un d'eux se lève chaque fois qu'un joueur de son équipe s'approche du but adverse et manque, dans son enthousiasme, de renverser la table. Puis il reprend calmement sa conversation avec son ami. Celui-ci est beaucoup moins agité : il ne soutient aucune des deux équipes.

Deux petits garçons se font des passes, courent à toute allure derrière le ballon qui dévale la portion de la place en pente raide. Deux chiens se prennent en chasse, avant d'essayer d'attraper leur propre queue en jappant et en aboyant. L'un d'eux s'élance vers le ballon des garçons.

Deux femmes sont allées chez le coiffeur, en prévision de cette journée, et ont fait des excès de toilette et de parfum. Elles ne sont ni jumelles ni même sœurs, cependant au fil des ans elles ont fini par se ressembler : elles ont les mêmes cheveux décolorés, les mêmes rides. Comme elles portent aussi le même prénom, Dimitra, leur fête tombe le même jour, voilà pourquoi, en cette fin octobre, elles célèbrent ensemble leur *yiorti*, et de nombreux amis croisés sur la place leur lancent : « *Xronia Polla !* » Longue vie !

Deux élèves de CM1, deux meilleures amies, sont plongées dans le monde imaginaire qu'elles ont créé pour leurs poupées. Elles sont vêtues de jeans et de sweat-shirts aux tons acidulés, leurs chaussures de sport clignotent dès qu'elles courent. Deux garçons, inscrits dans la même école qu'elles, tournent inlassablement en rond sur leurs vélos, presque roue contre roue. Ils crient de joie, décrivent des cercles de plus en plus serrés jusqu'à ce qu'ils se percutent soudain, dans un méli-mélo de métal et de mollets écorchés. Trop fiers pour pleurer, ils repartent, chacun de son côté, en boitillant et en poussant leurs vélos cabossés.

Il n'y a qu'un homme assis seul sur la *platia* Syntagmatos. Avec pour unique compagnie son verre de *tsípouro*, une eau-de-vie transparente, il observe le spectacle qui se déroule sous ses yeux, aux paupières singulièrement tombantes. Il roule une cigarette sans avoir besoin de regarder ses doigts, il fume sans plaisir et recommence encore et encore. Un cendrier déborde devant lui, la table est saupoudrée de gris. Personne ne se donne la peine de le vider, même si de temps à autre un serveur apporte un nouveau verre d'alcool.

Akis Adamakos redresse la tête vers l'église d'Agios Spyridon et aspire profondément le goudron. Tous les samedis, entre seize et dix-huit heures très précisément, il s'installe au café. Les minutes passent lentement aujourd'hui. Il met beaucoup d'application à suivre ce rituel. Il revit l'après-midi qui s'est déroulé vingt-cinq ans plus tôt, lorsqu'il est arrivé à l'église dans un costume de mariage gris chatoyant. Ses yeux remontent les marches qui conduisent à Agios Spyridon, il se souvient du jeune homme qu'il était, nerveux, mais prêt à tendre un bouquet à sa future épouse.

L'église et la rue étroite où celle-ci se dresse étaient pleines de monde, parents et amis. Beaucoup venaient de loin, de la pointe méridionale de la péninsule du Magne – d'où la famille Adamakos était originaire. La famille de la mariée vivait dans Nauplie ou juste à côté. Le brouhaha dû aux bavardages et aux éclats de rire de plus de trois cents personnes était impressionnant. Certains se retrouvaient après des années sans se voir et leurs traits s'animaient tandis qu'ils échangeaient nouvelles et commérages. À l'arrivée du pope, le volume sonore chuta brusquement, l'assistance adoptant une attitude plus révérencieuse. Pour autant, les discussions ne cessèrent pas. Les parents les plus âgés prirent place sur les rares sièges en bois, tandis que la plupart des convives circulaient dans l'église.

On leur avait promis une fête qui se prolongerait jusqu'aux petites heures du lendemain, et personne n'accordait ne serait-ce qu'un regard à sa montre.

Tous étaient heureux et détendus, à deux exceptions près : le marié et son *koumbaros*, son témoin. Ils entendirent la cloche sonner dans sa tour. Il était à présent dix-sept heures, et la mariée était attendue depuis une heure. S'éloignant de la foule, les deux hommes descendirent un peu plus bas dans la rue, s'arrêtant au sommet de l'escalier qui conduisait à la grand-place.

— Il a pu lui arriver quelque chose.

— Oui…

— Je vais trouver un téléphone.

Nikos, le *koumbaros*, passa un appel au domicile de la mariée d'un *kafenion* voisin. Tout en écoutant les sonneries résonner dans le vide, il jeta un coup d'œil sur la télévision fixée sur le mur derrière le bar. Il s'attendait presque à découvrir des images d'un accident terrible, des lambeaux d'une robe de mariée, l'épave d'une voiture… Il ne vit pourtant qu'une comédie en noir et blanc avec Aliki, l'idole du pays.

Akis, qui tentait de prendre part à une conversation légère avec quelques amis, s'interrompit dès qu'il aperçut son témoin. Des convives avaient commencé à quitter l'église pour prendre l'air, se renseigner sur la raison de ce retard, en profiter pour faire un petit tour et allumer une cigarette.

Nikos entraîna Akis à l'écart.

— Ça ne répond pas, lui glissa-t-il à l'oreille. Je crois qu'on devrait y aller. Tout de suite.

La noce, presque entièrement dehors maintenant, regarda les deux silhouettes s'éloigner d'un pas décidé puis disparaître à l'angle de la rue. Le vacarme des discussions diminua alors que la nouvelle se diffusait : la mariée était introuvable. L'atmosphère s'assombrit brusquement.

Il fallait rouler dix kilomètres sur une route étroite et sinueuse au milieu des collines pour rejoindre le village de la future épouse. Nikos conduisait vite en temps normal et ce jour-là, pour couvrir la distance plus rapidement, il se montra franchement imprudent. Aucun des deux hommes ne prononça un mot.

Toutes les constructions de ce village, érigées au cours des vingt dernières années, étaient en béton et la peinture tachée s'écaillait déjà. La boulangerie, l'épicerie, le *kafenion*, l'école et la mairie disproportionnée étaient du même blanc cassé. Une rangée d'arbres avait été récemment plantée dans l'espoir d'adoucir les angles sévères de cette urbanisation.

La maison de la mariée apparut. Elle était de la même couleur. La vigne vierge sur la pergola était morte et l'olivier voisin avait perdu ses feuilles. Une voiture de location bien lustrée était garée devant, prête à conduire la mariée à l'église. Elle était rouge sang, de la même couleur que les roses du bouquet qu'Akis n'avait pas abandonné, le poing crispé sur leurs tiges.

Un homme d'une soixantaine d'années était dehors. Encadré d'un jeune homme, à sa gauche, et d'une jeune fille, à sa droite. C'était le père de la mariée, son frère et sa sœur. Ils s'étaient habillés ; le tissu des costumes des deux hommes, de mauvaise

qualité, brillait légèrement malgré les nuages dans le ciel, le col empesé de leurs chemises neuves leur sciait le cou, leurs chaussures étroites leur comprimaient les pieds. S'ils n'avaient pas un poil de graisse en trop, la fille, en surpoids, paraissait particulièrement engoncée dans sa robe jaune vif et moulante, trop petite de plusieurs tailles. Les auréoles de transpiration sous ses bras s'étendaient sur les manches. Elle avait les paupières gonflées à force d'avoir pleuré. Tous trois étaient livides, exsangues.

Akis rejoignit le chef de famille à grandes enjambées et le fixa droit dans les yeux. Ils faisaient la même taille. Aucun des deux hommes ne parla. Poussé par un élan protecteur, le fils se rapprocha de son père, et la fille lui prit le bras.

De la maison s'échappaient les pleurs étouffés d'une femme. La mère.

Les tremblements du père étaient visibles. Il fit un léger mouvement de la tête, en direction de la route qui montait et s'éloignait de Nauplie. La route qui traversait le village avant de poursuivre vers le nord.

Nikos demanda sèchement :

— Elle est partie à Athènes ?

Le père de la mariée confirma d'un petit hochement de tête. Ses enfants se rapprochèrent encore de lui pour le protéger. Même s'ils avaient voulu parler, aucun son n'aurait pu franchir leurs lèvres desséchées.

Akis sentit la main de Nikos lui effleurer le bras et recula. Tous deux soupçonnaient Savina de ne pas être partie seule. Nikos avait eu vent d'une rumeur, la semaine précédente, et il avait préféré la garder pour lui.

Le regard du père luisait de peur, Akis le voyait bien. Le jeune homme le considéra avec dédain : il aurait dû être capable de contrôler sa fille.

Akis laissa tomber les fleurs aux pieds de celui qui ne serait jamais son beau-père, tourna le dos au trio et s'éloigna calmement avec son ami.

Ils reprirent la voiture et, tandis que Nikos quittait le village en trombe, ils gardèrent les yeux rivés droit devant eux. Tous deux étaient silencieux. Au bout de cinq minutes de route, Nikos se gara sur le bas-côté.

— On doit décider quand, décréta-t-il.

— Pas quand, *si*…

— Il n'y a pas de *si* qui tienne, Akis. Il n'y a que *quand*.

Les deux hommes échangèrent un regard. Tous deux étaient originaires du Magne. La vengeance coulait dans leur sang.

— Je peux revenir avec mes frères ce soir, dit Nikos. Le père et le fils au moins…

— Non, l'interrompit Akis, songeur. Il existe une meilleure façon de se venger.

— Meilleure que de leur tirer une balle dans la tête ?

— Oui. La peur. La peur du moment où cette balle arrivera. Cette famille vivra dans la terreur.

Akis se tourna vers sa fenêtre. Il perdit son regard dans la nature, vit la mer à l'horizon, se demanda si Savina était déjà loin, si elle portait sa *nifiko*, sa robe couleur perle… À moins qu'elle ne l'ait même pas revêtue. Il se débattit pour contrôler la jalousie qui faisait rage en lui à l'idée que cette femme se trouvait à présent avec un autre, que ce soir elle s'abandonnerait dans les bras d'un homme qui ne serait pas lui.

Il dévisagea son plus vieil ami et lui parla lentement, avec conviction :

— Savina attendra toute sa vie un appel. Où qu'elle soit, elle redoutera la sonnerie du téléphone. Sa famille ne connaîtra jamais la paix. Pas un seul de ses membres.

— Et tu comptes retourner à l'église ? Affronter tout le monde, subir cette humiliation ? Tendre l'autre joue ? Es-tu fou, Akis ? As-tu perdu la tête ?

Akis ne répondit pas. Il comprenait mieux la vengeance que son ami.

Ils retournèrent à Nauplie. Toute la noce les attendait dans la rue à présent. Les femmes s'écartèrent de quelques pas tandis que les amis du marié se rassemblaient autour de lui. Akis laissa son *koumbaros* se charger des explications.

La famille et les amis de la mariée furent aussi sonnés par la nouvelle que les autres invités, mais beaucoup plus anxieux également. Ils quittèrent la ville sans tarder, hormis ceux qui vivaient sur place – une fois chez eux, ils fermèrent les volets et donnèrent un double tour de clé à la porte.

Tous ceux qui restèrent autour d'Akis l'implorèrent de prendre des mesures immédiates.

— Non, leur répondit-il. Pas tout de suite.

Ce soir, sur la place, l'horloge s'est arrêtée. Peut-être l'employé municipal chargé de la remonter est-il malade ? Les aiguilles restent figées sur seize heures cinquante-neuf, elles ne bougent plus. À cet instant précis, toutes ces années auparavant, Akis espérait encore. Il était encore persuadé que sa future épouse viendrait.

Il remarque soudain un garçon d'environ huit ans : il court vers deux fillettes en rose qui jouent près de la fontaine. Il zigzague entre elles. Elles ne semblent pas dérangées par cette intrusion, remarquent à peine sa présence.

Le garçon porte un costume de mariage gris clair. Ses chaussures en cuir verni ne font pas un bruit sur les dalles de marbre. À l'exception d'Akis, il est le seul, sur la place, à ne pas former de duo, à ne pas avoir de compagnon.

Akis s'est mis à boire de plus en plus de *tsípouro* au fil des années, et il n'est pas tout à fait sûr de pouvoir se fier à sa vision. Car c'est lui-même qu'il voit, innocent et insouciant. Il sent une boule se former dans sa gorge et s'interdit tout sentimentalisme.

L'enfant habillé comme un homme observe l'homme qui pleure comme un enfant. Il s'éloigne des fillettes et monte les marches en sautillant.

Dans la lumière déclinante, alors que les aiguilles et l'air nocturne sont immobiles, après avoir jeté l'habituelle poignée de pièces sur la table métallique, Akis lui emboîte le pas.

L'enfant tourne à gauche en haut de l'escalier, vers l'église.

Le temps qu'Akis y parvienne, le garçon a disparu. L'homme constate que la porte de l'église est grande ouverte.

Il y a vingt-cinq ans qu'il n'en a pas franchi le seuil. Après avoir longé la façade avec l'impact de balle, il entre. La porte se referme derrière lui. Le lieu est empreint de solennité, ses murs sont entièrement couverts d'icônes sombres. Il descend l'allée, s'arrête devant l'iconostase et lève les yeux vers la croix au-dessus de sa tête. Son socle est orné d'un crâne en or, posé sur deux os croisés. Ses orbites vides paraissent fixer Akis, soutenir son regard, qu'il ne se sent pas autorisé à détourner.

Akis fait demi-tour et aperçoit, au fond de l'église, le garçon caché dans l'ombre. Il l'observe. Le garçon au costume argenté le met au défi. Au moment où il ouvre la porte, son costume scintille, éclairé par la lumière du soleil. Puis il disparaît.

Une fois dans la rue, Akis ne trouve plus aucune trace de l'enfant.

Sa voiture est garée de l'autre côté de la place et, au moment de la traverser, il entend l'horloge sonner dix-sept heures. Elle s'est remise en marche.

Akis garde un pistolet dans sa boîte à gants depuis un quart de siècle. L'heure est venue. L'attente a été longue, pour tout le monde.

Ce jour-là, j'ai interrogé le couple sur ce qui s'était produit ensuite. Il semble qu'Akis est retourné, le soir même, dans le village des environs de Nauplie. Il a tué le père et le frère, épargnant la mère et la sœur. Il n'a pas traqué Savina, néanmoins, le chagrin et la culpabilité qui l'ont tenaillée ont dû être bien pires que la mort. Elle n'a pas assisté à l'enterrement, même si Akis Adamakos avait été arrêté le jour des meurtres. Peut-être craignait-elle que le témoin, Nikos, termine ce qui avait été commencé.

Le couple de Nauplie n'avait aucun moyen de connaître ma situation, ils n'ont donc pas pu goûter l'ironie qu'il y avait à me raconter l'histoire d'un homme éconduit.

Je te rassure : je suis en colère contre toi, mais pas assez pour te tuer. Même si j'avais été élevé dans la culture de la vendetta, je n'aurais jamais la force de soulever une arme, sans parler d'appuyer sur la détente, tant la tristesse m'accable.

Le meurtre procure peut-être un soulagement cathartique… Mais je ne crois pas que je le vérifierai un jour.

Le fait d'avoir perdu cette femme (ou la face ?) avait rongé Akis Adamakos pendant vingt-cinq ans. Et pourtant, il n'était pas allé jusqu'à tuer Savina. Je suppose qu'à l'heure qu'il est il croupit toujours en prison et se demande où elle est, avec qui. Je me vois très bien dévoré par les mêmes pensées jusqu'à la fin de mes jours, à essayer d'imaginer dans quel lieu tu te trouves, avec qui tu fais l'amour.

Le couple m'a appris qu'il y avait encore, en Grèce, beaucoup de mariages à demi arrangés entre des familles qui veulent être liées. Celui de Savina et d'Akis répondait peut-être à ce désir. Je continue de m'interroger sur l'état d'esprit de la mariée au moment de monter dans cette voiture, de fuir vers Athènes – elle devait être en proie à une passion puissante pour commettre un tel acte. Et je me demande ce qui s'est produit dans ta vie pour t'empêcher de prendre cet avion qui t'aurait permis de me rejoindre. Un amant, je suppose. Je ne me rends compte que maintenant que tu es toujours passée d'une histoire à une autre, sans pause. Tu n'es pas capable de survivre seule. Il y aura toujours un autre homme.

J'ai quitté Nauplie au bout de quelques jours pour explorer d'autres coins du Péloponnèse. Un après-midi, je suis passé devant un panneau qui indiquait : Arcadie. *Ce nom évoque aussitôt des images utopiques. Jusqu'à cet instant, j'ignorais que notre version du paradis terrestre s'inspirait d'un lieu réel. Cette région a été si idéalisée que je n'avais jamais envisagé qu'elle pourrait figurer sur une carte.*

Et soudain j'y étais. En Arcadie.

Il y a près de trois mille ans, le poète Hésiode a décrit l'existence de ses habitants : «Ils vivaient comme des dieux, le cœur libre de soucis, à l'écart et à l'abri des peines et des misères... Mourant, ils semblaient succomber au sommeil. Tous les biens étaient à eux : le sol fécond produisait de lui-même une abon-

dante et généreuse récolte, et eux, dans la joie et la paix, vivaient de leurs champs, au milieu de biens sans nombre. »

Les bergers arcadiens étaient gâtés par la nature, et je n'ai eu aucun mal à me le figurer ce jour-là, en traversant la région. J'ai même croisé un berger avec son troupeau et j'ai voulu voir en lui Pan, le dieu de la Nature qui, selon les mythes, avait des pieds et des cornes de bouc. Il était connu pour sa virilité et ses prouesses à la flûte.

J'avais l'impression d'être, en un instant, passé du monde réel à celui de la mythologie, d'avoir franchi la frontière entre la réalité et la fiction pour découvrir les plus beaux panoramas et les plus belles existences, baignés du chant des oiseaux et des parfums les plus doux, miel et fleurs. Une véritable vision d'harmonie pastorale. Un lieu à l'écart de toute ville, peuplé d'habitants réputés purs et nobles.

Je n'ai jamais vu un paysage grec d'un vert aussi profond – regorgeant de végétation et d'arbres en fleur, ponctué de montagnes et de chutes d'eau. Sa beauté était accentuée par la perfection de ce jour ensoleillé. De temps à autre, j'apercevais une maisonnette au toit d'ardoises accrochée au flanc d'une colline.

Dans un tableau de Poussin exposé au Louvre (nos pas auraient pu, qui sait, nous y conduire un jour), les bergers sont réunis autour d'une tombe en Arcadie. Ils viennent d'avoir une révélation : la mort est partout, même au paradis. Peut-être y pensais-je aussi en roulant dans ce décor idyllique. Mes yeux se délectaient de cette beauté et, en même temps, j'éprouvais un malaise. Je sais désormais que le paradis ne peut pas exister sur Terre, et je comprends avec le recul combien, par ma suffisance, je m'aveuglais sur notre histoire. Combien mon bonheur était illusoire.

J'ai traversé plusieurs villages et je me suis arrêté dans l'un d'eux : Kosmas. Sa place, en plein centre, était si déserte que j'en ai eu des frissons. J'ai décidé de poursuivre ma route. Une heure plus tard environ, je suis arrivé à Tripoli.

Encore un peu enivré par la beauté de l'Arcadie, j'ai été soulagé de me retrouver dans un endroit agréable mais plus ordinaire. J'ai remarqué un bar, légèrement à l'écart dans une rue étroite, entre deux petites usines à l'abandon. Le moindre mur du quartier disparaissait sous les graffitis – dessins audacieux, artistiques et parfois grotesques, ou slogans et revendications. L'endroit convenait à mon humeur agitée et colérique.

Il était aux environs de dix-huit heures et une serveuse essuyait les tables d'un air maussade. Elle ne s'est même pas donné la peine de relever la tête à mon entrée. Peut-être ne m'a-t-elle même pas entendu, tant la musique était forte. Son débardeur dévoilait des épaules et des bras couverts de tatouages. Elle avait un anneau dans le nez, une douzaine de piercings à chaque oreille et le crâne à moitié rasé. Les cheveux restants étaient du même violet qu'un hématome et les cicatrices sur ses avant-bras formaient des croisillons.

Elle a fini par venir prendre ma commande, une bière. J'étais son seul client et on a engagé la conversa-

tion. Elle avait un visage ravissant mais semblait pleine de rage contre la vie, et la terre de ses ancêtres. Elle en voulait terriblement à son pays, la Grèce. Comme des millions de jeunes, Eva avait le sentiment d'avoir été abandonnée.

Deux ans auparavant, elle avait arrêté la fac.

— Ça ne sert à rien. La plupart des gens de ma génération sont au chômage, à quoi bon faire des études supérieures ? Pour débarquer dans le monde du travail avec des diplômes qui n'intéressent personne ? Tout ça est tellement vain…

L'immense frustration d'Eva était palpable. On devinait, à sa façon de parler, qu'elle était intelligente et passionnée. Elle avait du talent aussi – les murs intérieurs, à l'image de ceux de la rue, étaient recouverts de graffitis, tous de sa main. Elle avait exécuté ces dessins complexes avec beaucoup d'élégance, et je l'ai félicitée.

— Ils n'ont pas été faits au hasard, m'a-t-elle répondu avec un soupçon de défi dans la voix. Ils racontent une histoire.

Je les ai observés plus attentivement. Sous les courbes des étranges silhouettes et formes à peine humaines, il y avait un flot de mots noirs, tracés d'une écriture en pattes de mouche. Elle avait raison. Les graffitis illustraient un récit.

Quand j'ai terminé ma lecture, j'ai compris que je n'étais pas le seul à ressentir la contradiction du paysage arcadien, propice à offrir une vie idéale sans pour autant pouvoir éviter à ses habitants la dure réalité.

Aux yeux d'Eva, cette Arcadie, cet endroit qui aurait pu être le paradis, était une incarnation cauchemardesque de la Grèce elle-même.

ET IN ARCADIA EGO

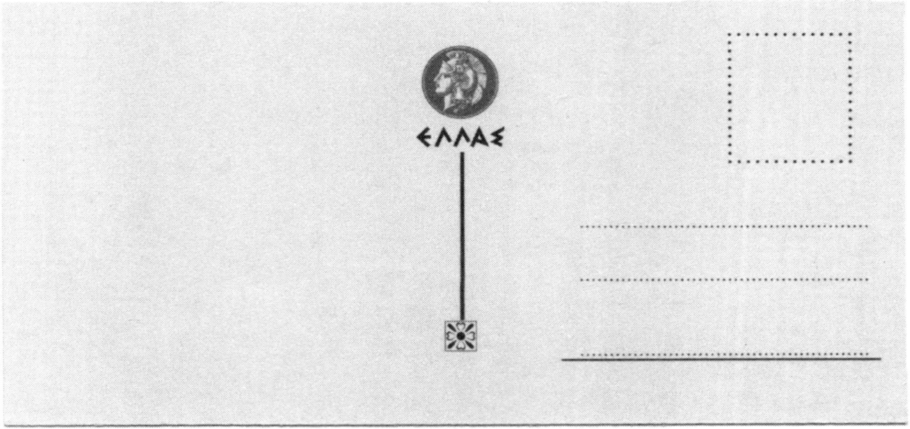
ΕΛΛΑΣ

Et in Arcadia ego

« Je suis aussi en Arcadie. »

Athanasia, dont le prénom signifiait « immortalité », avait grandi dans la poussière et le vacarme d'Athènes. Elle adorait sa ville et n'avait pas eu la curiosité d'en sortir. Ce dimanche matin, pourtant, elle se rendait dans un village de l'Arcadie, encore plus haut dans les montagnes que Kosmas. C'était le village de son père, et elle y avait vu le jour vingt-huit ans auparavant.

Grigoris Malavas était mort quand elle avait deux ans et elle ne gardait aucun souvenir de lui. Il avait rarement été mentionné pendant l'enfance d'Athanasia. Il n'y avait aucune photographie, aucune preuve de son existence, hormis elle-même. Elle était la seule trace qu'il avait laissée derrière lui. À la disparition de sa mère, l'année précédente, au moment de faire le tri dans ses affaires, Athanasia avait remarqué que sa garde-robe ne comportait pas un seul vêtement noir. Elle n'avait rien trouvé dans les papiers maternels, non plus, pas même un certificat de mariage, une photographie des mariés le jour des noces ou une lettre adressée à leurs deux noms.

Athanasia ne se rappelait pas non plus le village. Sa mère l'avait quitté au terme des quarante jours de deuil rituels et il n'avait jamais été question d'y retourner, même pour célébrer le premier ou le troisième anniversaire de la mort de Grigoris.

— Son frère a fait le nécessaire.

Voilà la seule réponse qu'elle avait donnée à sa fille, de nombreuses années plus tard. Et voilà comment Athanasia connaissait l'existence de cet oncle. Elle ignorait cependant s'il était encore en vie.

Maintenant qu'elle approchait de la trentaine, qu'elle était indépendante et que ces questions sans réponse (des questions qu'elle avait souvent gardées pour elle d'ailleurs) avaient excité sa curiosité, elle voulait visiter l'Arcadie, pour vérifier que tout ce qui avait été écrit à son sujet était vrai. Pour s'assurer aussi que c'était vraiment le plus bel endroit sur Terre.

En suivant la route sinueuse qui grimpait sans relâche à flanc de montagne, elle constata que la réputation de cette région n'était pas usurpée. Elle s'arrêta pour admirer la vallée en contrebas et la vue sur le mont Parnon. Elle inspira profondément ; l'air frais et pur lui brûla presque les poumons.

Le paysage avait inspiré de nombreux peintres, mais aucun n'avait su rendre la réalité qu'Athanasia voyait se déployer à ses pieds.

Dix ou quinze minutes s'écoulèrent le temps qu'elle se repaisse de cette beauté. Il y avait des pins, des platanes et, au loin, des cèdres. Toute la force de la vie se déployait dans cette explosion de nature. Le feuillage dense des arbres, qui se déclinait en tons verts, jaunes et or, était chargé de glands et de baies, les branches ployaient sous le poids des oiseaux joyeux qui y festoyaient.

Levant les yeux, Athanasia vit une cascade qui dévalait une paroi rocheuse jusqu'au lit d'une rivière, des centaines de mètres plus bas. Le bouillonnement puissant de l'eau était le seul bruit environnant. À ses pieds poussaient de minuscules fleurs sauvages délicates en forme d'étoile. Elle veilla à ne pas les écraser.

Le temps filait. C'était le début de l'après-midi, pourtant le soleil plongeait déjà derrière la montagne, et Athanasia remonta en voiture à contrecœur. Quelques virages plus tard, elle dut freiner brusquement. Plus d'une centaine de chèvres lui bloquaient la route. À l'avant du troupeau, un homme sifflait et disputait une de ses bêtes qui avait fait un détour en grimpant sur le flanc de la montagne. À l'arrière se trouvait une femme aux épaules plus larges que celles d'un homme. Elle se retourna et Athanasia perçut la puissance de son regard noir. « Toi, tu attends ! » lui intimait-il.

De la main droite, elle tenait une baguette pour pousser les bêtes, et, de la gauche, par les pattes arrière, un petit animal. On aurait dit un lapin. Anasthasia ouvrit sa fenêtre et vit qu'il ne se débattait pas beaucoup. Elle comprit que ce n'était pas un lapin mais un chevreau, à la fourrure encore poisseuse de placenta. Sa mère, qui se dandinait juste devant et perdait encore un peu de sang, avait déjà oublié son petit. Il n'y avait pas de place pour le sentimentalisme dans la nature.

Athanasia patienta calmement le temps qu'une chèvre à la traîne rejoigne le reste du troupeau, puis elle reprit la route.

Quelques kilomètres plus tard, elle vit surgir, à l'horizon, un village : des volutes de fumée s'échappaient de bâtiments blanchis à la chaux et perchés au sommet de la montagne. Des murs de pierre absorbaient la lumière dorée du soleil et elle imagina les feux de cheminée réconfortants à l'intérieur.

Elle se gara sous un immense platane de la place du village. Celle-ci était dominée par une église imposante, dont l'immense clocher constituait le point culminant du village. Par la force de l'habitude, Athanasia se dirigea vers elle, non pas pour se recueillir mais pour allumer un cierge à la mémoire de sa mère. Trouvant porte close, elle traversa la place en direction de la rangée de cafés : devant chacun d'entre eux, sur les pavés, une centaine de chaises avaient été disposées. Des chaises vides, qui la poussèrent à s'interroger : pourquoi semblait-on attendre autant de monde alors qu'il n'y avait personne ?

La taille impressionnante de la place et celle de son église soulignaient le caractère désertique du village. L'air frais qui avait purifié les poumons

d'Athanasia une heure plus tôt lui donnait à présent des frissons.

En dépit de la profusion de chaises installées devant l'ensemble des cafés, seul l'un d'entre eux affichait une pancarte « Ouvert ».

Athanasia s'y engouffra, et aucun des deux hommes attablés autour d'un plateau de *tavli* ne sembla remarquer son entrée. Ils ne relevèrent pas la tête. Un poêle à bois en fonte réchauffait la salle. Elle s'assit juste à côté et tendit les deux mains dans sa direction, tout en passant en revue la décoration, composée d'une collection d'objets hétéroclites. Athanasia finit par entendre le claquement définitif des pions sur le plateau de *tavli*, puis le son d'un couvercle qui se referme.

— *Ti theleis ?* Qu'est-ce que vous prenez ?

Ses pensées avaient entraîné Athanasia ailleurs. Elle observait les marrons posés sur le poêle, ils se fendaient sous l'effet de la chaleur.

— Je voudrais un café, s'il vous plaît, *glyko*.

L'homme lui prépara en silence un café sucré. Son seul autre client partit.

Pendant qu'elle attendait, Athanasia se remit à observer la salle. L'endroit était poussiéreux. Des objets dépareillés encombraient les nombreuses vitrines et étagères. Tourne-disque, radio des années 1950, appareil photo, deux couteaux de chasse, vieux magazines, cafetière ébréchée, pot contenant des drachmes et cliché en noir et blanc de trois hommes. Il y avait même un vieux revolver rouillé, suspendu à un crochet. Ces objets avaient eu de la valeur à une époque, ils avaient eu leur utilité. Désormais, ils formaient un bric-à-brac insignifiant. Elle se surprit à s'interroger : son père avait-il fréquenté ce café ? L'un ou l'autre de ces objets étaient-ils déjà présents à cette époque ?

— Qu'est-ce qui vous amène ici ?

— En Arcadie ?

Leur conversation fut abrégée par l'arrivée d'un homme accompagné de jumeaux qui devaient avoir dans les cinq ans. Le père n'eut pas besoin d'ouvrir la bouche pour se voir servir un liquide transparent. Il le vida d'un trait avant de poser bruyamment le verre et de se resservir. La bouteille était restée sur le bar.

Pendant ce temps, les garçons, vêtus du même survêtement en nylon vert, taquinaient un canari en cage, dans un coin. L'un d'eux passait la clé de la voiture de son père le long d'un barreau, se réjouissant du bruit qu'il produisait et de la terreur du minuscule oiseau. L'autre sautillait d'une jambe sur l'autre et faisait osciller en rythme le pied de la cage. Leur père semblait sourd à leur cacophonie. Il profitait de ce que ses fils soient occupés pour déguster sa boisson.

Le tenancier, trapu et barbu, posa une tasse devant Athanasia. Le breuvage se composait à dix pour cent de liquide et à quatre-vingt-dix pour cent de cette mélasse granuleuse qui se tapit au fond de chaque café grec. Elle vida le verre d'eau qu'il lui avait également servi.

Quelques instants plus tard, il revint vers elle, tira la chaise voisine et la retourna pour s'y asseoir à califourchon. Il décortiqua des marrons rôtis et en jeta soudain une poignée sur la table, éparpillant les morceaux d'écorce. Athanasia vit un asticot en sortir et eut une grimace de dégoût. Comment la bestiole avait-elle survécu aux flammes ?

— Pourquoi êtes-vous là ?

Ça ressemblait plus à un interrogatoire qu'à une simple question.

— Ma famille, enfin, mon père plutôt, était d'ici.

L'homme continuait à décortiquer les marrons et à les manger sans manifester le moindre intérêt pour la réponse qu'elle venait de lui fournir.

— Il est mort, alors ma mère est partie, poursuivit-elle. J'aimerais aller sur sa tombe.

— Quel est votre nom de famille ?

— Malavas.

— Comme moi. Giannis. On est nombreux dans le coin.

Il ne s'arrêtait ni de décortiquer ni de manger.

— Ça ne veut pas dire qu'on est des parents proches, ajouta-t-il d'un ton bourru.

Sa bouche projetait de minuscules fragments de marron quand il parlait.

— Où puis-je trouver le cimetière ?

— Prenez la montée, derrière l'église. Au bout de cinq cents mètres, environ, vous le verrez sur votre gauche.

Il alluma une cigarette, dévisagea Athanasia jusqu'à instiller un malaise en elle, puis se leva pour retourner au bar.

— Au moins, vous êtes sûre de le trouver. Une fois enterrés, les gens ne bougent plus. C'est pas la place qui manque ici.

Elle posa un euro sur la table et partit.

Elle était heureuse de ressortir à l'air frais, de s'éloigner du chahut de ces deux garçons turbulents et de la fumée de cigarette, que cet homme semblait prendre un malin plaisir à la lui souffler au visage.

Le village était aussi mort qu'auparavant, mais le paysage tout autour encore plus beau. La route menant au cimetière était bordée de vieux châtaigniers, et les marrons tombés sur la chaussée crissaient sous les semelles d'Athanasia. Tout en gravissant la côte, elle admira le panorama. Montagnes et collines s'étirant à perte de vue, tout en émeraude et nuances d'or, sous un ciel sans nuages.

Il fallait une quinzaine de minutes pour atteindre le cimetière et Athanasia trouva le portail grand ouvert, comme si elle était attendue. Pour un village aussi petit, le cimetière lui parut immense. Les tombes étaient toutes en marbre blanc, pour beaucoup surmontées de statues majestueuses. Toutes comportaient des photographies, des poèmes et des hommages. Le lieu n'allait pas sans rappeler le premier cimetière d'Athènes. Juste avant le décès de sa mère, Athanasia s'y était rendue pour déposer une fleur sur la tombe d'un chanteur qui avait acquis le statut de légende et venait de s'éteindre. Elle avait été soufflée par le caractère grandiose de sa sépulture et fut sincèrement surprise de trouver de tels mausolées dans une région aussi reculée.

Le « village » des morts était bien mieux entretenu que celui qu'elle venait de quitter. Propre, bien organisé, désherbé et balayé. Les tombeaux les plus anciens étaient, apparemment, nettoyés avec régularité – ceux des défunts ayant quitté la terre plus

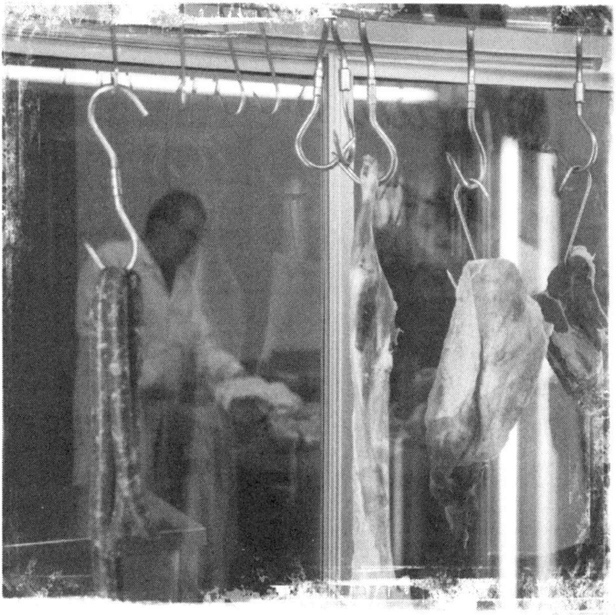

de cinquante ans auparavant semblaient neufs. Les sempiternelles fleurs en soie décolorée ou en plastique n'avaient pas droit de cité ici. La moindre tombe était ornée de fleurs fraîches, œillets, roses et lys principalement. Athanasia huma leur douce odeur au passage.

Elle fut frappée par l'impression qu'ici l'on veillait sur les disparus, qu'on les chérissait – et ce, d'autant plus que les morts dépassaient en nombre les vivants.

Giannis Malavas avait raison. Des dizaines de personnes portaient le même nom de famille qu'elle, et beaucoup avaient le même prénom que son père. Pourtant, aucune date ne correspondait à celle qu'elle avait en tête. Les portraits ne lui étaient d'aucune aide. Sa mère n'en avait pas conservé un seul de son défunt époux.

Athanasia arpenta les allées de tombes jusqu'au crépuscule. Si elle n'éprouvait aucune émotion pour son père, un homme qu'elle n'avait jamais connu, de nombreuses sépultures la touchèrent, avec leurs photographies, leurs poèmes et leurs hommages. Au bout d'une demi-heure de déambulation, elle fut soudain frappée par le fait que tous les noms étaient masculins. Quelques-uns avaient connu une mort tragique, dans leur jeunesse, plusieurs à la cinquantaine, cependant la plupart étaient des septuagénaires ou des octogénaires. Tous des hommes. Rangée après rangée après rangée.

Quand la lumière se mit à décroître, Athanasia sut qu'elle devait partir. Elle n'avait pas trouvé ce qu'elle cherchait et elle avait une question : où étaient les femmes ? Tout en descendant la rue déserte qui la ramenait à la place, elle songea combien cette situation était étrange. Les femmes étaient absentes aussi bien du village des morts que de celui des vivants.

Quelques boutiques avaient ouvert entre-temps. Athanasia longea une vitrine, derrière laquelle un boucher débitait de la viande d'une main assurée, puis vit deux boulangers qui portaient des fournées de pain, et enfin, dans une petite échoppe, un épicier qui servait un jeune maigrelet.

Il était bien après dix-neuf heures lorsqu'elle retrouva, au détour d'une rue, la place. Un tas de ferraille y était à présent garé. Il était crasseux et elle remarqua le panneau manuscrit placé à l'intérieur du pare-brise : *Taxi*. Il lui fallut quelques instants pour se rendre compte que sa Micra avait disparu. Athanasia n'en crut pas ses yeux. Elle était absolument certaine de l'avoir garée sous un platane… et celle-ci n'y était plus.

Sans la moindre hésitation, elle retourna au café pour demander au propriétaire s'il avait vu quelque chose. Plusieurs clients s'y étaient installés, à des tables séparées pour la plupart. Elle sentit leurs regards sur elle. Ils avaient tous à peu près l'âge qu'aurait eu son père.

Elle s'accouda au bar et attendit, nerveuse, le retour de Giannis Malavas. Il avait dû s'absenter : tous les clients étaient servis, néanmoins.

Il finit par sortir de l'arrière-salle du café, mais ne parut pas la reconnaître, alors qu'il ne s'était pas écoulé beaucoup de temps.

— Ma voiture a disparu, bafouilla-t-elle, espérant éveiller un minimum de sollicitude. Il y a un commissariat dans le village ?

L'homme hocha la tête.

— Le policier est là.

Elle l'avait vu plus tôt, c'était le père des jumeaux. Il était encore en train de boire.

— Il n'est pas en service, souligna-t-elle.

L'indifférence flagrante de Giannis Malavas la paniqua. Elle avait peut-être intérêt à contacter un ami d'Athènes pour qu'il vienne la chercher ? À moins qu'il n'y ait un bus au départ du village ? Elle se sentait submergée par le désir de fuir.

— Vous avez un téléphone que je pourrais utiliser ?

— On a un vieux téléphone à pièces, dit-il en lui indiquant un angle de la salle. Mais il n'accepte pas les euros.

La nouvelle monnaie était pourtant entrée en vigueur deux ans plus tôt.

— Alors, comment je…

Il haussa les épaules.

— Je peux rien pour vous, conclut-il en lui tournant le dos.

— Un taxi peut-être ? lança-t-elle, gagnée de plus en plus par le désespoir.

— Pas à cette heure, lui répondit un client dans un coin, qu'elle n'avait pas encore remarqué.

Athanasia observa les visages impassibles des hommes. L'hostilité était palpable, l'atmosphère étouffante, à cause de la fumée et du silence.

La voilà, la population du paradis ? se demanda-t-elle. Elle se rappela le visage de la seule femme qu'elle avait croisée ce jour-là et se rendit compte que la bergère avait dû devenir la semblable d'un homme pour survivre. Toutes les autres étaient peut-être parties depuis longtemps. Comme sa mère.

Athanasia comprit qu'elle n'avait pas le choix. Elle devait partir au plus tôt.

Alors que la lune se levait, elle prit ses jambes à son cou. L'Arcadie n'était pas faite pour les femmes.

Je voyais bien ce qui avait inspiré à Eva cette histoire et j'adhérais parfaitement à son message. Je me demande ce qu'il adviendra de sa génération, elle qui vit, au quotidien, avec la conscience de tout ce qu'on lui refuse.

Il est fort probable qu'Eva et ses amis se réveilleront dans quelques décennies, comprenant qu'ils n'ont pas eu l'occasion de s'accomplir, qu'ils sont passés à côté de la moitié de leur vie. Ce sentiment de mise à l'écart est très, très fort en Grèce. Je l'ai ressenti dans chaque village, chaque ville. La multiplication des graffitis en est une illustration évidente, mais la désillusion qui se lit sur les visages en constitue l'expression la plus frappante. Des millions de jeunes ne parviennent pas à imaginer de futur dans leur propre pays. Ils ont l'impression que celui-ci s'est retourné contre eux. S'ils le peuvent, ils prennent la fuite comme Athanasia. Peut-être qu'Eva le fera, elle aussi, si elle a assez de volonté.

Vers vingt-deux heures, le bar a commencé à se remplir – une poignée de jeunes désillusionnés de vingt, trente et peut-être même quarante ans. Ils avaient fait de bonnes études et avaient un avis sur tout. Ils étaient heureux de pratiquer leur anglais. Plusieurs étaient homos (hommes ou femmes). Les débats allaient de la corruption à la poésie de Cavafy, du capitalisme à la crise. On a discuté de la question du genre, du pouvoir, de la domination masculine dans la société grecque. Si les femmes sont fortes ici, celles des générations les plus anciennes restent souvent asservies à leurs époux. Personne n'avait d'objection. Tous avaient des mères qui se chargeaient seules des courses, de la cuisine et du ménage, même quand elles avaient par ailleurs un travail à temps plein.

Eva s'affairait pour que tout le monde ait à boire, ce qui ne l'empêchait pas de participer à la discussion. L'histoire qu'elle avait racontée était le reflet de sa perception du monde, et je voyais bien que sa colère farouche était tout particulièrement dirigée contre les dégâts irréversibles causés par les hommes dans son pays. Elle tenait en effet pour responsables les politiciens corrompus qui avaient été à la tête du pays pendant des dizaines d'années. Étant donné que les femmes n'ont pas joué un rôle prépondérant dans la vie politique grecque jusqu'à ce jour, personne n'a fait entendre ne serait-ce qu'un soupçon de désapprobation.

— Les dieux ont donné à notre peuple ce lieu idyllique, a dit Eva en posant un plateau de verres, et regardez ce qu'ils en ont fait…

Tous ont approuvé. C'était un drame.

— Stin ygeia mas ! *Santé !*

Nous étions une vingtaine à trinquer. Ce soir-là, nous avons profité de l'instant présent, le contraire aurait été vain.

La majorité des clients du bar étaient au chômage, et pourtant ils avaient de l'argent pour se payer à boire, pour acheter des cigarettes et de l'herbe de qualité. L'un d'eux était DJ, à minuit, il s'est mis à mixer.

La musique était envoûtante et je m'y suis totalement abandonné.

Je n'ai pas la moindre idée de l'heure qu'il était quand on a fini par quitter le bar. Je me souviens vaguement d'avoir remarqué que le jour se levait et de m'être dit que je n'étais pas en état de conduire. Lorsqu'ils ont compris que je n'avais nulle part où dormir, ils m'ont tous, sans la moindre hésitation, proposé leur canapé. J'ai suivi deux frères qui louaient un petit appartement en face du bar et j'ai sombré dans un sommeil de plomb jusqu'à quatorze heures. Mes hôtes n'étaient pas encore levés, je leur ai donc laissé un petit mot de remerciement avec mon e-mail, en les invitant à passer la nuit chez moi le jour où ils viendraient à Londres.

Avant de quitter la ville, je suis retourné au bar dans l'espoir d'avaler un café. Eva était là, aussi peu souriante que la veille. Son humeur n'avait pas changé et sa colère a réveillé toutes sortes d'idées noires en moi. Aussi fascinante fût-elle, elle avait la rage si chevillée à l'âme que c'en était troublant. Elle m'a préparé un café puissant et amer. Je l'ai remerciée pour la merveilleuse soirée. Au moment de partir, j'ai remarqué qu'elle barbouillait avec énergie un coin de mur, l'un des rares à être encore vierge. Peut-être que j'y retournerai un jour, que je lirai une autre de ses histoires. Une part de moi espère qu'elle ne sera plus là.

J'ai repris la direction du sud. Je voulais visiter Kalamata. Je n'étais pas dans le bon état d'esprit après ma « nuit » à l'aéroport, et je me sentais prêt maintenant, quelques semaines plus tard. Il y avait un musée archéologique que je tenais à voir.

Mieux vaut ne pas lire trop de choses sur cette ville : on pourrait renoncer à s'y rendre. Les guides mentionnent le port, les prostitués et leurs souteneurs, ils parlent des exportations d'olives et de raisins secs. Kalamata manque peut-être d'attraits pour les touristes, mais elle possède un charme évident – qui échappe sans doute à ceux qui la traversent trop vite.

Ça vaut la peine de s'y intéresser d'un peu plus près. Son nom dérive de kalamatia*, qui signifie « jolis yeux ». Il s'agit peut-être aussi d'une référence à la chance, au* mati *– l'œil qui protège du mal. Je reconnais que le simple fait d'être sur place a réussi, sans que je m'explique pourquoi, à me remonter le moral.*

Kalamata possède un port en ruine, une grand-place à environ un kilomètre de la mer avec des dizaines de cafés prospères, un quartier historique et même un château. Rien qui fasse vraiment « carte postale », mais le côté authentique compense les failles esthétiques. D'autant que j'y ai connu la dernière vague de chaleur, juste avant l'arrivée de l'hiver.

J'ai presque été heureux là-bas. J'ai vu les musées archéologique et militaire, j'ai passé du temps dans les cafés, j'ai exploré la ville et je me suis même promené dans le musée du Train, tout à fait insolite – on dirait une maison de retraite pour wagons retirés de la circulation. Qui peut expliquer pourquoi il préfère tel endroit à tel autre ? Les gens ici se sont montrés encore plus amicaux que dans d'autres coins de la Grèce, et j'ai gardé en mémoire leurs précieux sourires. J'ai aussi eu le sentiment qu'ils avaient conscience de leur chance.

Un jour que j'allais acheter du tabac (oui, j'ai craqué) dans un kiosque à journaux, j'ai remarqué un musicien qui posait l'étui de son bouzouki *juste en face.*

— Panagia mou ! *Sainte Marie mère de Dieu ! s'est écrié l'homme qui tenait le* periptero *avant de jeter bruyamment ma monnaie sur le comptoir en plastique. Pas encore lui…*

— Il n'est pas bon ?

— Après Antoni, personne ne l'est, m'a-t-il répondu avec nostalgie.

— Antoni ?

Le musicien s'époumonait maintenant. Les passants défilaient sans le voir et personne n'a jeté ne serait-ce que dix centimes dans l'étui à ses pieds.

La musique rendait la communication difficile et le kiosquier s'est penché vers moi. À travers la minuscule ouverture dans la paroi qui nous séparait, il a commencé à me raconter l'histoire de cet homme prénommé Antoni.

— Cette ville n'a pas connu de plus grand musicien. Ça remonte à quelques années maintenant, mais je ne suis pas le seul à en parler encore.

J'ai été immédiatement captivé.

— Mia fora kai enan kairo… *a-t-il débuté. Il était une fois…*

Il m'a été difficile de savoir dans quelle mesure il exagérait. Que la totalité des détails soit ou non avérée, il y avait, de toute évidence, un musicien qui était venu à Kalamata et avait marqué les esprits.

Quand le kiosquier est arrivé au terme de son récit, le musicien continuait à beugler sur le trottoir d'en face.

— Là, j'ai juste envie de me boucher les oreilles, a-t-il conclu.

SUR UN AIR DE BACH

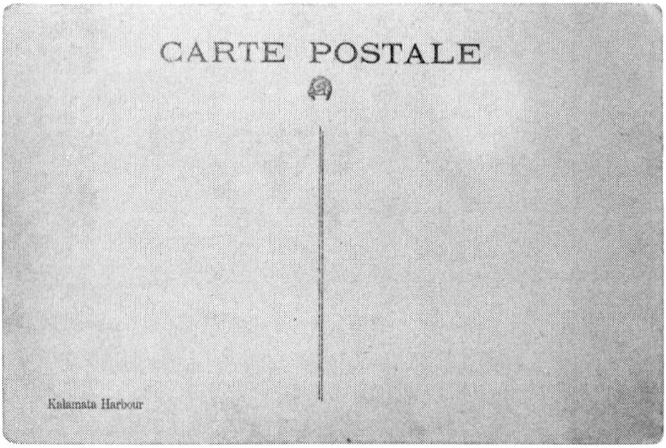
CARTE POSTALE
Kalamata Harbour

Sur un air de Bach

Un jour d'automne, le chef de gare qui consignait les arrivées et les départs de tous les étrangers vit descendre du train de Corinthe un homme avec un étui à violon éraflé. Son sourire radieux et son regard pétillant le distinguaient du reste des voyageurs.

Les jours de fête, il y avait toujours, à Kalamata, des groupes de musiciens itinérants, joueurs de *bouzouki* et de *klarino*, mais ce violoniste n'était pas comme eux. Ses vêtements étaient beaucoup plus élégants et, lorsqu'il sortit son instrument, les rues de la ville s'emplirent d'une nouvelle sorte de musique.

Même les enfants interrompirent leurs jeux pour l'écouter. Plus audacieux que les adultes, ils n'hésitèrent pas à s'approcher de lui. À la fin du morceau, l'un d'eux tendit la main vers le violon.

Le geste n'avait rien de maladroit. L'enfant voulait sentir si l'instrument était chaud ou froid, rugueux ou lisse. Le violoniste le comprit aussitôt.

Il se pencha vers le petit garçon, qui pinça une corde avant de laisser ses doigts courir sur les motifs complexes gravés à l'extrémité du manche. Il s'agissait d'un visage.

— Il te ressemble ! C'est toi ?

Les yeux du garçon circulaient de l'homme à l'instrument.

17

— Oui, c'est toi ! Regardez ! s'exclama-t-il à l'intention de ses amis. C'est lui ! C'est lui !

Les autres s'agglutinèrent autour du musicien. Il était bien vrai que le petit visage était semblable au sien. Le garçon était fasciné par le violon, appréciant d'instinct sa beauté.

— On dirait le pelage d'un tigre, observa-t-il en admirant le dos du violon, taillé dans un seul morceau d'érable strié.

Ses amis s'étaient dispersés, ils jouaient à présent au ballon sur la place. De plus en plus fasciné par les particularités de l'instrument, le garçon étudiait ses chevilles ouvragées et ornées de minuscules perles, la finesse du chevalet, le filet qui soulignait les formes. Seuls les yeux perçants d'un enfant pouvaient apprécier de tels détails.

Même si le violoniste ne lâcha jamais complètement son violon, il laissa le garçon le retourner dans tous les sens pour scruter le moindre centimètre carré de sa surface. Un rayon de lumière pénétra à l'intérieur et éclaira les lettres tout juste visibles à travers une des deux fentes en forme de *f* pratiquées dans le bois.

— An-to-ni…

C'était un élève brillant, il avait déjà appris l'alphabet romain et fut donc en mesure de lire le mot.

— Antoni ! Antoni ! s'exclama-t-il, aux anges. Je m'appelle aussi Antoni ! On a le même prénom !

Il supposa que quelqu'un l'avait inscrit à l'intérieur du violon. Il voulut encore voir.

— Antoni S-t-r-a…

Il abandonna en cours de route. Le mot était long, difficile à déchiffrer tant il y avait d'ombres à l'intérieur de l'instrument. Le violoniste lui sourit avant de le replacer sur son épaule et de se remettre à jouer. Sa musique était aussi onctueuse que du miel, aussi ronde qu'un bon vin vieilli en cave. Il n'y avait jamais de fausse note ou d'erreur de tempo.

La proximité des enfants le poussait à choisir des airs gais et faciles. Les garçons abandonnèrent leur ballon, aimantés par le violoniste.

Ils commencèrent à se prendre en chasse autour de lui, jusqu'à en avoir le tournis, bondissant en rythme sur ses mélodies. Les filles se tenaient par les mains et tournaient en sautillant. La musique débordait de joie et de vie, les enfants ne parvenaient pas à rester immobiles.

— Antoni ! Antoni ! crièrent-ils jusqu'à ce que la ville entière connaisse son prénom.

Aris, qui possédait la taverne la plus proche, avait assisté à l'échange entre le petit garçon et le musicien.

— Viens manger, Antoni ! l'apostropha-t-il.

Son restaurant était étonnamment plein ce jour-là : la compétition était féroce dans le quartier et il en déduisit que cet afflux inédit de clients ne pouvait s'expliquer que par une seule raison. Il voulait entretenir de bonnes relations avec cet homme.

Le concert d'Antoni durait depuis plus de trois heures et pourtant ses doigts n'étaient pas las. Il ramassa les pièces au fond de son étui ouvert pour les empocher, puis détendit la mèche de son archet en donnant quelques tours à la vis argentée. Il remballa ensuite soigneusement son instrument, appuya l'étui contre une chaise et s'assit pour attendre son déjeuner. Le silence semblait peser sur la place, sans sa musique.

Aris sortit de la cuisine avec un plateau chargé de victuailles qu'il déposa devant le violoniste.

— *Stifado*, *horta*, *fasolakia*, énuméra-t-il. Ragoût, salade et haricots verts.

Il lui avait déjà apporté un demi-litre de vin rouge dans un pichet cuivré, qui fut vidé en quelques instants.

Le musicien ne tarda pas à enfourner la nourriture, qui passait directement des plats de service à sa bouche. Il n'était pas envisageable d'entamer la discussion et Aris le laissa tranquille.

Quand tous les plats furent vides, intégralement saucés avec des morceaux de pain moelleux, à la mie abondante, le violoniste ramassa son violon pour se rendre à l'autre bout de la place. Il disparut en direction de la mer, où il trouverait d'autres cafés et un autre public.

— Reviens plus tard, lui lança le propriétaire de la taverne, conscient que, malgré ce repas « gratuit », il avait réalisé des recettes bien supérieures à la normale.

Magda était l'une des rares femmes célibataires de son âge en ville. Ses parents étaient tous deux décédés et elle vivait seule au-dessus de la mercerie familiale, où elle vendait des pelotes de laine, des rubans et des bobines de fil. Elle avait été fiancée à une époque, mais le mariage avait été annulé lorsqu'elle avait découvert qu'elle ne pouvait pas avoir d'enfants. Désormais, elle était surnommée la *yerontokori*, la vieille fille. Ce qu'il y avait de plus savoureux dans cette affaire, c'était qu'elle était, et de loin, la plus belle femme de Kalamata et, avec sa crinière brillante, ses lèvres pulpeuses et sa poitrine généreuse, la plus désirée.

Ce soir-là, comme souvent, Magda sortit faire un tour. Elle quitta la mercerie, située dans la partie ancienne de la ville, et rejoignit le bord de mer *via* la grand-place. Des sifflements et des commentaires admiratifs ponctuaient sa promenade : ils n'avaient rien d'agressif. Elle connaissait l'essentiel des hommes attablés aux terrasses des cafés, et ils manifestaient simplement leur admiration.

Elle s'était résignée à attirer l'attention : sa poitrine, difficile à dissimuler, exerçait une pression constante sur ses blouses, demandant beaucoup à leurs boutons.

— Magda ! Comment va la vie ?

Tous l'appelaient par son prénom.

— Bonne journée ?

— Tu passes une bonne soirée ?

Leurs interpellations étaient joyeuses, joviales, ils s'adressaient à elle comme de vieux amis. La plupart étaient dans sa classe au *gimnasio* et quelques-uns avaient échangé leur premier baiser avec elle, vingt ans auparavant.

Elle souriait et répondait d'un signe de la main.

L'air était doux pour la saison et les *neratzias* – les orangers amers – qui bordaient la rue étaient chargés de fruits éclatants.

Magda rejoignit le port en empruntant le bord de mer, où se succédaient des cafés animés.

Elle allait toujours dans celui de son cousin Andreas. Elle s'assit en terrasse et alluma une cigarette. L'eau était immobile et le port, vaste étendue de béton, désert, à l'exception d'une poignée de gens au loin qui attendaient le retour d'un bateau pour le charger. Les entrepôts étaient remplis de caisses de fruits secs, prêts à être expédiés, et de gigantesques bidons d'huile d'olive.

Se découpant sur le ciel qui virait progressivement au rose, un homme à bicyclette passa devant elle.

Soudain, le silence fut rompu. La source du son était proche : une seule note, tenue. Magda tourna la tête dans sa direction.

Elle découvrit un beau violoniste d'une cinquantaine d'années. Il tirait sur son archet sans frémir. Il attaqua une deuxième note. Il regardait Magda, puisant peut-être son inspiration en elle, à moins qu'il ne la voie pas. Elle eut, quoi qu'il en soit, le sentiment qu'il jouait pour elle.

Il était seul. Elle aussi, comme toujours. Les femmes mariées la considéraient d'un œil soupçonneux, et

rares étaient celles qui lui proposaient de partager leur table.

Quelles étaient ces notes ? Magda était habituée aux sonorités du *bouzouki* et du *baglama*, elle connaissait les pas du *kalamatianos* mieux que quiconque. La musique allait souvent de pair avec le mouvement, et étrangement cette mélodie l'apaisait. Les sons merveilleux qui s'échappaient du violon la fascinaient.

Elle ferma les yeux, prêtant l'oreille à chacune des notes, goûtant même les silences entre elles.

D'abord, les poils de ses bras se dressèrent comme ceux d'un chat en pleine bagarre. Puis un picotement inhabituel lui chatouilla les yeux, les muscles de sa gorge se contractèrent, son cou se mit à rougir. Et enfin vint la sensation caractéristique de larmes sur ses joues. Elle prit une serviette en papier dans le distributeur posé à l'extrémité de sa table et se tamponna le visage. Les larmes continuaient à couler.

Comme la plupart des autres habitants de la ville, elle n'avait jamais entendu pareille musique. Elle vit des hommes, et des femmes aussi, déposer des pièces dans l'étui à violon. Quelques centimes par-ci, un euro par-là, la somme croissante permettrait au musicien de s'offrir un repas. Le public ne le payait pas seulement pour sa musique, mais aussi pour l'effet que celle-ci avait sur eux. Avant l'arrivée du violoniste, le seul bruit était le brouhaha des conversations. Ce soir-là, l'immobilité de la mer semblait amplifier la musique et, même lorsqu'il « murmurait », le violon faisait entendre sa voix dans le moindre recoin. Quand il attaquait un crescendo,

la succession de notes s'immisçait dans les discussions telle une explosion.

Si Magda n'était pas certaine d'apprécier la réaction, involontaire, que la musique provoquait en elle, elle n'y pouvait rien. Les larmes affluaient et bientôt un petit tas de serviettes froissées se forma sur la table. Elle remarqua qu'elle n'était pas la seule à avoir été touchée par le violoniste.

Il ne s'arrêtait jamais, pourtant, à la fin d'un air, ses yeux brillants se mirent à danser dans son visage, à questionner, à chercher à tâtons quoi jouer ensuite.

Les demeures vénitiennes près de la mer et la soirée fraîche de novembre lui suggérèrent Vivaldi, et plus précisément l'« automne » des *Quatre Saisons*. Son archet attaqua la mélodie sans la moindre hésitation.

Les gens affluaient maintenant que le soleil s'était couché. Des couples qui se promenaient main dans la main, des hommes âgés en quête de compagnie après leur dîner et des hommes plus jeunes aspirant à l'amour. À la fin de l'automne et en hiver, hommes comme femmes travaillaient dur à Kalamata pour la récolte dans les immenses oliveraies en dehors de la ville et, le soir, ils se retrouvaient par centaines pour un verre bien mérité dans l'un des cafés.

Antoni jouait un air plus lent à présent.

Un autre bateau entra dans le port, mais le bruit de l'ancre n'interrompit pas la musique. Magda ne quittait pas le violoniste des yeux.

Une fois le bateau amarré, une poignée de marins et de dockers se dirigèrent vers elle ; ils ne parvinrent pas à croiser son regard pourtant, fermement rivé au musicien.

Il gardait les paupières closes pour jouer, s'imprégnait de son environnement et de l'humeur de son public, piochant, encore et encore, le morceau idoine dans le gigantesque répertoire que sa tête contenait. Bach, Mozart, Telemann, Corelli, quantité de Vivaldi (il avait perçu la réaction enthousiaste des auditeurs). Son jeu semblait obsessionnel, comme s'il était incapable de s'arrêter.

— D'où vient-il ? demanda Magda à son cousin.

— Je n'en sais rien. Mais quelqu'un a entendu l'un des gosses l'appeler Antoni.

Il était à présent plus de vingt-deux heures. Tous les cafés étaient pleins. Les gens continuaient à affluer et personne ne partait. Il n'y avait pas un seul siège de libre. Dans une ville où rien n'était gratuit, un tel récital ne s'était jamais produit auparavant. Le violon produisait un son si puissant et si pur qu'on avait parfois l'impression que des passages entiers étaient composés d'accords – ou qu'un violon « fantôme » l'accompagnait.

Aux environs de vingt-trois heures trente, la dernière note résonna. Il y eut un tonnerre d'applaudissements. Le musicien rangea son instrument dans son étui et relâcha la tension des mèches de son archet. La seule chaise vide, sur le front de mer, se trouvait à la table de Magda. Les applaudissements continuèrent bien après qu'il se fut assis face à elle, et il sourit avec chaleur pour signifier sa reconnaissance.

— Ils vous adorent, lui dit Magda.

En vérité, elle parlait pour elle.

— C'est ça qu'ils adorent, répondit-il en tapotant le dessus de son étui. C'est ça qu'ils ont entendu.

Son accent suggérait qu'il venait d'une autre région de Grèce, près des montagnes du Nord.

— Mais c'est vous qui jouez, insista Magda.

— Vous avez écouté la voix d'Antoni.

Andreas vint prendre la commande du violoniste. Comme le propriétaire de la taverne plus tôt dans la journée, il avait le sentiment d'avoir une dette envers cet homme pour les recettes exceptionnelles de la soirée.

— Monsieur Antoni ? Que puis-je vous offrir ?

— Je me laisserais bien tenter par un cognac.

— Et toi, Magda ?

Andreas était d'humeur généreuse.

— La même chose, dit-elle à son cousin.

Le musicien et elle restèrent un moment sans parler, dans un silence qui n'avait rien de pesant. Tous deux étaient habitués à la solitude. Personne ne les attendait à la maison.

— Où avez-vous appris à jouer ainsi ? lui demanda-t-elle.

— Je crois que c'est le violon qui a été mon enseignant, répondit-il avec un sourire. Quand on joue d'un instrument pareil, la musique est déjà là. Comme si elle était enfermée à l'intérieur et attendait que quelqu'un la libère.

Magda pencha la tête sur le côté, ses épais cheveux dévalant sur ses épaules.

— Alors, si je le prenais, je pourrais jouer aussi bien que vous ?

— Il faudrait sans doute un peu de temps, mais voyons voir…

Il se pencha pour ouvrir l'étui, sortit le violon de son écrin de velours rouge, avant de passer l'archet sur les cordes pour ajuster les chevilles au millimètre près. Les yeux de Magda furent attirés par la tête sculptée de l'instrument.

Il écarta délicatement sa chevelure pour glisser le violon sous son menton, plaça sa main gauche sur le manche, puis lui prit la main droite pour lui montrer comment tenir l'archet, en plaçant les doigts à son extrémité.

Il approcha ensuite l'archet de la corde du bas et tira délicatement sur le coude de Magda pour qu'elle sente la mèche effleurer l'acier. Tout autour d'eux, des curieux suivaient la scène.

La note s'éleva.

Un *sol* « à vide », la note la plus grave du violon, riche et profonde.

Puis il pressa doucement l'index de Magda sur la corde du *mi* et un *fa* dièse retentit. C'était sur cette note qu'il avait entamé son récital du soir, quand il avait joué l'*Air sur la corde de sol* de Bach. Le son, pur, s'immisça dans les conversations animées qui avaient repris et résonna dans le ciel pendant quelques secondes supplémentaires.

Lorsque la note finit par se dissiper entièrement, Magda déposa le violon sur ses genoux. Elle le regarda avec autant de tendresse que s'il s'agissait d'un bébé, un être fragile dont elle ne savait pas très bien quoi faire. Elle s'autorisa à suivre, du bout des doigts, les contours du petit corps en bois. Comme le garçon plus tôt dans la journée, elle fut surprise d'apercevoir une inscription à travers une ouïe.

— Qu'est-ce qui est écrit ? demanda-t-elle.

— Antonio Stradivarius.

— C'est votre nom ?

— Non, dit-il dans un éclat de rire. C'est celui de l'homme qui l'a fabriqué. Le nom de l'homme que vous entendez quand on joue de ce violon.

— Il a mis son nom à l'intérieur de tous ceux qu'il a fabriqués ?

— Tous, sans exception, lui confirma le violoniste. Et chacun est unique, même s'ils ont tous la voix d'Antonio. Lorsque les gens aperçoivent sa signature et s'imaginent que je m'appelle Antoni, je ne les détrompe pas. En un sens, ils ont raison : nous ne faisons qu'un, le violon et moi. Je m'exprime avec sa voix.

Magda le contemplait pendant qu'il parlait.

— Je ne possède rien de plus précieux. Je ne possède rien d'autre d'ailleurs, à l'exception des vêtements que je porte. Sans lui, je ne mangerais pas.

Magda rendit le précieux instrument à son propriétaire, aperçut son fond légèrement bombé.

— Depuis combien de temps… ?

— Je dirais depuis toujours.

Les clients de l'enfilade de cafés parlaient tous du violoniste maintenant. En temps normal, les musiciens de rue n'intéressaient personne. Et il était tout aussi surprenant de voir Magda discuter avec un inconnu. Son physique plantureux lui valait les prévenances malvenues de certains étrangers, et elle avait tendance à se montrer distante.

— J'ai parfois l'impression que ce violon me possède, que c'est lui qui joue à travers moi. Et même lorsqu'il est rangé dans son étui, je dois le protéger à cause de sa valeur. Il occupe mes pensées vingt-quatre heures sur vingt-quatre.

Andreas vint les trouver avec deux nouveaux verres.

— De la part de la table là-bas, précisa-t-il avec un signe de tête. Et beaucoup d'autres voudraient aussi vous témoigner leur reconnaissance.

Magda sourit.

— Ça doit être plaisant d'être apprécié à ce point, observa-t-elle.

— Ça l'est… J'aimerais juste avoir quelques heures pour l'oublier. Une nuit sans la voix de mon violon…

Ils levèrent leurs verres pour trinquer.

— *Stin ygeia sas !* À votre santé !

— Vous voudriez bien rejouer cet air ? Celui de tout à l'heure, le tout premier ? lui demanda-t-elle.

— Pour vous, oui, répondit-il en vidant son cognac.

Les notes délicieuses du fameux air de Bach résonnèrent à nouveau, posées, tranquilles et envoûtantes.

Les habitants de Kalamata les écoutèrent. Personne ne bougea avant la fin du morceau. Au moment de se lever pour rentrer, ils remarquèrent que Magda et le violoniste étaient absorbés par leur échange.

Lorsque la plupart des clients furent partis, Andreas sortit du café avec un énorme bidon. Les olives que celui-ci avait contenues à l'origine avaient toutes été mangées et il était à présent entièrement rempli de pièces. Même à deux mains, le jeune homme avait du mal à le porter. Les clients voulaient que cet argent aille à « Antoni ».

Mais le violoniste avait disparu. Tout comme Magda. Leur table était vide.

Le lendemain, Andreas aperçut Magda dans la rue. Il se rendit compte, à son approche, qu'elle fredonnait un air familier. Il avait gardé le souvenir de ces notes entendues la veille.

— Bonjour, Magda.

Elle lui adressa un signe de tête en souriant.

— Il était beau, cet air-là…

— L'*Air sur la corde de sol*, dit-elle avec une assurance d'experte. Bach.

— Quel virtuose, cet homme, reprit Andreas. Et les clients lui ont laissé plein d'argent : plus de trois cents euros ! Je dois les lui donner.

— Il est parti.

— Tu es sûre ?

Elle hocha la tête.

— Il ne reviendra pas ?

Elle secoua la tête.

— Non, ajouta-t-elle.

Andreas remarqua qu'elle jouait avec un objet autour de son poignet. Comme la journée était douce, elle avait retroussé les manches de son gilet jusqu'aux coudes, et il vit le fil argenté enroulé autour de son bras.

— On a échangé des cadeaux, dit-elle en réponse au regard interrogateur d'Andreas. C'est une corde de violon. Le sol.

— Et que lui as-tu donné, toi ?

Elle lui adressa un sourire énigmatique et poursuivit sa route, en fredonnant. La célèbre mélodie de Bach résonna une nouvelle fois dans le ciel de Kalamata.

Apparemment, cette rencontre d'une nuit a rendu ces deux êtres heureux. Je ne crois pas qu'« Antoni » ait fait l'amour à une femme différente dans chaque ville. Cela arrivait peut-être seulement lorsque sa route croisait celle d'une auditrice dont la réaction, l'ouverture à la musique étaient comparables à celles de Magda. Je suis convaincu que celle-ci n'a pas été la seule à avoir été séduite par son Stradivarius.

J'aime me figurer que Magda conservera éternellement la corde de violon. L'acier la rend indestructible, et il n'y a donc aucune raison pour que cette femme n'en ait pas ceint son poignet dans le but de la conserver jusqu'à la fin de ses jours, en souvenir de cette nuit de bonheur. Elle a puisé de la joie dans l'expérience en soi, au lieu d'éprouver du regret devant sa fugacité. Si seulement l'amour pouvait toujours être aussi dénué de souffrance. Au moment où j'écris ces mots, l'amour me semble une force qui m'a rendu à la fois triste et fou.

Rien que pour un temps j'aimerais être comme Antoni, qui voyage le cœur léger, ou comme Magda, qui est heureuse de rester au même endroit. Je vais continuer à m'efforcer de suivre un exemple ou l'autre, mais je suis bouleversé de constater à quel point j'ai du mal à contenir le flot de mon chagrin et de mes regrets.

Pendant des mois, j'ai évité d'écouter de la musique. Elle provoquait une émotion trop forte en moi. Non que notre lien, à toi et moi, ait été nourri par elle…

Simplement, elle me va droit au cœur, surtout celle du violon. Il m'est même arrivé une ou deux fois de quitter un café parce qu'il y avait un morceau émouvant et que, je le sentais, je commençais à perdre le contrôle de mes sentiments. J'ai téléchargé plusieurs sonates de Bach, le soir du jour où l'on m'a raconté l'histoire d'Antoni et de Magda, elles me tiennent compagnie dans la voiture désormais. Le fameux Air sur la corde de sol *en fait évidemment partie. Petit à petit, j'introduirai d'autres musiques dans ma vie, comme un convalescent ajoute des éléments plus riches à son régime. Il faudra que je m'assure d'être prêt avant.*

La semaine, ou presque, que j'avais passée dans la douce et humble Kalamata touchait à sa fin. J'ai repris la direction du nord : deux cents kilomètres le long de la côte vers Patras. C'était un beau voyage et une journée d'automne parfaite. Je me suis arrêté à Olympie en route et suis allé voir le stade. En bon touriste, j'ai imaginé les acclamations d'une foule.

Sur une carte de la Grèce, on trouve des dizaines d'endroits contenant des sites archéologiques, souvent des temples et des palais vieux de milliers d'années et qui ne sont plus que des tas de décombres. Quelques-uns possèdent encore des structures identifiables, telles que le Parthénon, mais la plupart se résument à des rangées de pierres sur le sol, seules traces survivantes d'un mur ou d'un temple. Pour certains, ces vestiges sont la principale raison de visiter la Grèce.

Lors de mes pérégrinations, je me suis fait la remarque que la prochaine génération de ruines était en cours de formation. Celles-ci ne figurent pas encore sur la carte, ou dans les guides touristiques, pourtant le pays en regorge : bâtiments vides et délabrés, que l'on trouve dans chaque ville et chaque village. Une partie d'entre eux semblent remonter à plusieurs siècles quand d'autres n'ont que quelques dizaines d'années. Ils ont souvent été abandonnés après avoir été morcelés par des héritages insolubles… Et personne n'a voulu s'en occuper. Ce n'est pas toujours le cas cependant. Nombre d'édifices expriment l'optimisme de leur créateur et regardent vers l'avenir. Ainsi, la présence pléthorique de ces constructions aux fenêtres aveugles m'a toujours intrigué. Derrière chacune de ces ruines étranges et inquiétantes doit se cacher une histoire.

Celle-ci m'a été relatée par un couple de personnes âgées assises à la table voisine de la mienne dans une taverne de Patras. Pas très loin se dressait un immense hôtel désert, véritable verrue dans le paysage. Le couple n'était pas installé en ville depuis longtemps, mais il s'est fait un grand plaisir de me rapporter ce qu'il avait entendu dire à son sujet.

JAMAIS LE MARDI

POST CARD
CARTE POSTALE
K

Jamais le mardi

Certains Grecs ne prévoient jamais rien d'important le mardi. C'est ce jour-là que la grande Constantinople, lieu le plus important de la chrétienté, est tombée aux mains des Turcs. Cet événement a beau remonter à plus de cinq cents ans, l'ombre de la tragédie de 1453 reste présente. Certains y pensent tous les jours, et, le mardi, ce « souvenir » est particulièrement vivace.

Constantinople, que beaucoup continuent à appeler *i poly*, la cité, a enduré le siège des Ottomans pendant quarante jours. Tandis qu'ils cherchaient à repousser les assaillants hors de leurs murs, les Grecs ont été témoins d'une succession de terribles présages : éclipse de lune, icône de la Vierge tombant alors qu'elle était portée en procession dans les rues de la ville, orage d'une grande violence. Lorsque les Turcs finirent par entrer dans l'enceinte de la cité, le mardi 29 mai, des hommes, des femmes et des enfants furent assassinés, mais, pour certains, la pire des atrocités fut la profanation de la basilique Agia Sofia, accompagnée du massacre des prêtres et des fidèles qui priaient à l'intérieur. Aujourd'hui encore, de nombreux Grecs sont incapables de prononcer le nom que les Turcs lui ont donné : Istanbul. Ainsi, à l'aéroport, sur le tableau des départs et sur celui des arrivées, on utilise encore l'ancien nom.

Pour d'autres, bien sûr, le mardi est un jour comme un autre. Ceux-là ne croient pas à ces « superstitions absurdes ». Telle était la position de la famille Papazoglou sur la question.

Le 29 mai 1979, ils ouvrirent deux hôtels. Les gens étaient effarés. C'était un mardi et, pire, le jour précis de l'anniversaire de la chute de Constantinople.

— Comment ça a pu leur traverser l'esprit ? grommelaient les vieux dans les *kafenions* de la ville. Ils auraient pu attendre un petit jour de plus...

Autour de leurs pâtisseries, au *zacharoplasteion*, les vieilles dames avaient la même réaction.

— Vous vous rendez compte ! Une famille de Constantinople en plus !

Apostolos Papazoglou faisait partie de ceux qui avaient fui Istanbul en 1955, lors d'un pogrom contre la population grecque restée sur place. La violence qui se déchaînait contre sa communauté ne lui avait pas laissé le choix : il avait été contraint d'abandonner sa maison et une pension de famille florissante. Avec sa jeune épouse Melina, ils arrivèrent en Grèce sans rien d'autre que leurs deux jeunes fils et les quelques biens qu'ils avaient pu transporter.

Papazoglou avait des bouches à nourrir et il se mit immédiatement en quête d'un emploi. Ses pas les menèrent, sa famille et lui, à Patras : de chez eux, ils pouvaient voir la mer, comme à Constantinople. Après ces longues journées dans un *kafenion*, il transportait des marchandises sur les quais, plusieurs heures tous les soirs. Il gagnait ainsi assez pour nourrir sa famille et se constituer un pécule.

Pendant la dictature militaire de la fin des années soixante, des hôtels touristiques avaient ouvert leurs portes – c'était un moyen de dynamiser l'économie. Lorsque la junte fut chassée du pouvoir et que la liberté touristique s'accrut, l'industrie connut une croissance exponentielle. Papazoglou y vit une opportunité à saisir.

Les étrangers affluaient pour venir jouir du climat, de la luminosité et de tout ce que la Méditerranée avait à offrir. Même l'inflation subie par la monnaie avait son charme, les touristes aimaient payer des milliers de drachmes pour une bière, surtout quand ils comprenaient, après avoir fait la conversion, que ça ne représentait que quelques centimes. Ils se sentaient millionnaires.

Apostolos suivit avec intérêt la prospérité croissante d'un hôtel d'une grande laideur, le Xenia. Proche de la plage, il offrait le strict minimum en matière de confort. Dès qu'il passait devant, Apostolos apercevait les clients allemands alignés sur des chaises longues de mauvaise qualité, jouissant d'à peine plus que ce que la nature donnait gratuitement. Ils se satisfaisaient du soleil, de la mer et du sable, d'une bière locale fraîche et d'un repas bon marché. Pour un habitant du nord de l'Europe, qui n'avait jamais goûté de *taramasalata* auparavant, la découverte de la saveur puissante des œufs de cabillaud constituait un tournant dans leur existence, tout comme l'instant où ils mordaient pour la première fois dans une pastèque bien fraîche.

Apostolos contracta un prêt pour acquérir un petit terrain voisin. Il fit construire un hôtel similaire, tout simple, sans fioritures. Les lits étaient étroits, les chambres exiguës et les rideaux ne fermaient pas complètement. Les chauffe-eau ne fonctionnaient pas toujours, mais les températures estivales étaient si élevées que rares étaient les clients à se plaindre. Cela faisait partie du charme de la Grèce.

À la fin du premier été, il projetait déjà l'ouverture d'un deuxième établissement. Durant les cinq années suivantes, il érigea, chaque hiver, un nouvel hôtel. Et pendant la saison, de Pâques à la fin octobre, ils affichaient complet.

Papazoglou veillait à satisfaire les demandes des voyagistes, qui réclamaient désormais davantage de confort et des chambres répondant à un cahier des charges plus exigeant. En vingt ans, le nombre de clients avait été multiplié par vingt, tout comme ses profits. Papazoglou avait jeté son dévolu sur des terrains en bord de mer avant que de nombreux autres investisseurs perçoivent leur potentiel. La plupart s'étaient uniquement focalisés sur le développement urbain ou industriel.

Il étendit son empire, multipliant les hôtels de luxe dans les stations balnéaires de Grèce et sur les îles.

Ses deux fils, Manos et Stephanos, avaient atteint la vingtaine. Pendant dix ans, ils avaient passé leurs étés à jouer sur différentes plages du domaine de leur père, recourant sans limites au room-service, n'ayant jamais à débourser une pièce pour un Coca. Ils n'avaient pas fait leur lit une seule fois dans toute leur vie. Ils ne gardaient aucun souvenir d'avoir dormi tête-bêche sur un divan dans le deux pièces de leurs parents à Patras. Et ils se chamaillaient constamment.

Leur mère leur avait toujours donné le sentiment qu'ils étaient des dieux. Elle chantait leurs louanges même quand ils avaient de mauvaises notes à l'école, et ils avaient grandi dans l'idée que les règles ne s'appliquaient pas à eux. Ils étaient, indépendamment de leur volonté, des enfants gâtés, victimes d'une mère trop complaisante et d'un père plus âgé, trop accaparé par l'appât du gain pour leur prêter attention.

À l'approche de son soixante-quinzième anniversaire, Papazoglou se demanda ce qu'il adviendrait de son affaire. Il souhaitait prendre sa retraite, mais ne voulait pas que son groupe hôtelier soit divisé. Pas plus qu'il ne voulait le léguer automatiquement à Manos, ainsi que tout le monde le supposait. Son statut d'aîné ne le rendait pas plus méritant, et Papazoglou avait la conviction secrète que Stephanos, doté d'un plus grand charme, avait, bien plus que son frère, la carrure nécessaire.

— Pourquoi tu ne leur fais pas passer un test ? lui suggéra Melina Papazoglou. Ainsi, tu sauras qui est le meilleur et tu pourras choisir ton héritier.

Le vieux Papazouglou adopta l'idée.

Le jour de son anniversaire, le 13 octobre, il sortit une vieille drachme du tiroir de son bureau avant de rejoindre sa famille dans un petit restaurant de la ville. Au moment où on leur apportait un gâteau au chocolat très riche, il mit un terme au débat qui opposait ses deux fils sur le sujet du football : il avait une annonce à faire. Il possédait, à Patras, deux sites qu'il n'avait jamais exploités. Le premier à côté du port animé, le second en dehors de la ville, sur une étendue de sable. La pièce déciderait de la répartition des lieux entre

Manos et Stephanos : celui des deux qui se retrouverait à la tête de l'hôtel le plus prospère hériterait de la totalité de l'empire paternel.

Lorsque Papazoglou lança sa drachme en l'air, les serveurs, qui laissaient traîner leurs oreilles, échangèrent des messes basses. Une décision de cette importance n'aurait jamais dû être prise le 13 du mois, disaient-ils. Ce nombre portait malheur dans le monde entier, et encore plus en Grèce. L'addition des chiffres de l'année 1453 avait pour résultat 13. Choisir ce soir-là pour tirer à pile ou face ne relevait pas simplement de l'ignorance.

— C'est de la bêtise à l'état pur, grommela le maître d'hôtel.

La pièce avait tranché : le fils aîné, Manos (face), aurait le site près du port et Stephanos (pile), celui sur la plage.

— Ces deux terrains ont un grand potentiel, on va bien voir ce que vous arriverez à en faire, conclut Papazoglou. D'ici deux ans, j'examinerai vos bilans comptables. Celui qui sera en tête, même de dix drachmes, l'emportera.

Les deux garçons avaient quitté l'école à seize ans et arrêté définitivement leurs études. À quoi bon chercher à dépasser leurs limites à l'université quand ils avaient un père riche et savaient quel avenir professionnel les attendait ? Avec leurs piètres résultats, ils auraient eu du mal à faire accepter leurs dossiers de toute façon.

Chacun était parti du principe qu'il hériterait naturellement de la moitié de l'affaire familiale. Ils furent scandalisés par le test auquel leur père avait décidé de les soumettre. La tâche, intimidante, les plaçait dans une situation cruelle de compétition totale.

En tant qu'aîné, Manos pensait avoir l'avantage sur son frère. Il portait le prénom de leur défunt grand-père et était naturellement le préféré de leur grand-mère – il en avait d'ailleurs été encore plus gâté. Ça l'agaçait que Stephanos sorte avec des filles plus jolies, et il se montrait toujours méprisant face à leurs capacités intellectuelles limitées. Manos se battait constamment avec son poids (il avait hérité du physique ramassé de leur père), tout en s'enorgueillissant d'être un fin gastronome et un amateur de bons vins.

Stephanos était indéniablement plus beau. Il tenait de leur mère des traits à la proportion parfaite et un corps à l'avenant. Il avait une passion pour le sport et était d'ailleurs un membre des équipes municipales de football et de water-polo. Il était toujours accompagné, ce qui n'échappait pas à Manos le jaloux, d'une femme qui l'admirait.

Le fils aîné de Papazoglou décida que les touristes ne constitueraient pas le noyau dur de sa clientèle. Il voulait enregistrer des recettes douze mois par an et se concentra donc sur les hommes d'affaires, les représentants et même les travailleurs des docks. Ceux-ci avaient de l'argent à dépenser, et Manos les attirerait avec un établissement plus sophistiqué que ceux que l'on trouvait dans cette ville sans prétention.

Sur le terrain se dressait déjà un immense immeuble de bureaux vides. On aurait dit une gigantesque boîte avec des trous pour les fenêtres. Le bâtiment ne possédait aucune spécificité architecturale. Manos était face à une alternative : le détruire, ce qui prendrait du temps et coûterait cher, ou le convertir en hôtel. La dernière option était, et de loin, la meilleure. Plus rapide et plus économique.

Il ne lui fallut pas plus de vingt minutes pour que, armé d'une règle, d'une équerre et d'une gigantesque feuille de papier blanc, il dessine son projet. Un château médiéval. Enfant, il avait visité la citadelle de Nauplie et il s'en inspirerait. Ce bloc massif s'ornait de tourelles et de créneaux. L'hôtel Pyrgos serait sa forteresse personnelle.

Pendant que les ouvriers transformaient les façades en ajoutant des balcons, il s'attaqua à l'intérieur. Les anciens bureaux furent fractionnés au moyen de cloisons peu épaisses et on installa des salles de bains. Les espaces les plus vastes étaient situés au rez-de-chaussée. Ce serait là que Manos ferait des profits.

Les fresques seraient le point de mire des salles de réception, dans un style pseudo-classique avec un soupçon d'érotisme. Il s'assurerait que l'hôtel proposerait la meilleure « cuisine gastronomique » de Patras, et il y aurait aussi plusieurs bars pour écouter de la musique et danser, sans oublier un club « privé » où l'on pourrait jouer.

Manos commanda des copies de peintures de Botticelli – tenant davantage du pastiche que du fac-similé – pour sa salle de jeu. Il demanda à ce que les femmes soient encore plus dévêtues que sur les originaux. Les hôtesses seraient habillées de la même façon (ou « déshabillées », ainsi qu'il le disait en plaisantant à ses amis).

De l'extérieur, l'hôtel donnait une impression de solidité. Et Manos n'avait pas lésiné pour les pièces du rez-de-chaussée, très luxueuses. Il se félicitait d'avoir parfaitement cerné sa clientèle et d'avoir une tête d'avance dans la course contre la montre.

En tant que nageur passionné, Stephanos orienta tout naturellement son choix vers un hôtel dédié aux loisirs. Il partait de rien et devait se mettre au travail au plus tôt. Il avait à peine plus de six mois, avant le début de l'été, pour construire un bâtiment et l'équiper en vue de la saison touristique.

S'inspirant des choix que son père avait faits au tout début de sa carrière, il opta pour un édifice tout simple sans enjolivures, avec des chambres dépouillées qui jouissaient toutes d'une vue sur l'eau. Son hôtel du bord de mer, le Thalassa, serait bientôt prêt à ouvrir ses portes. Les travaux progressèrent en un temps record. Les fondations étaient peu profondes,

les murs à peine plus épais qu'une planche de contreplaqué, mais ça n'avait aucune importance : sa clientèle passerait l'essentiel de ses journées sur la plage et ses soirées dans un bar du coin. Il avait restreint au maximum les investissements pour la construction de son établissement, ce qui l'avantagerait au moment des bilans.

Dès qu'il apprit que son frère envisageait d'inaugurer le Pyrgos le 29 mai, Stephanos visa la même date. Les deux soirées de lancement rivales eurent donc lieu le même jour. Apostolos Papazoglou se rendit d'abord au Pyrgos, tandis que son épouse allait au Thalassa. Ils échangèrent ensuite.

Le premier été sembla favorable aux deux frères. Le père, agréablement surpris par ce qu'ils avaient accompli, fut impressionné par les deux marges de bénéfice et, au grand soulagement de ses fils, ne mit pas le nez dans leurs affaires.

Manos cacha toujours à son père la vérité sur ce qui se déroulait en coulisse. Il se le cacha presque à lui-même. Quelques mois après l'ouverture, néanmoins, il reçut une « visite ». Giorgos Kourtis, client occasionnel, semblait apprécier les services de l'hôtel. Il s'était même rendu dans le club privé une ou deux fois pour jouer et y avait passé la soirée avec une des filles. Il ne tarda pourtant pas à révéler ses véritables intentions. Kourtis possédait un hôtel concurrent en centre-ville – et une partie de sa clientèle, ainsi que l'apprit Manos, avait préféré le Pyrgos – et il avait surtout le bras long.

Une nuit, cinq mois peut-être après l'ouverture de l'hôtel, il y eut une coupure de courant. Dans un premier temps, la situation fut gérable. On sortit des bougies et Manos persuada ses clients que c'était « romantique ». Les électriciens ne découvrirent aucun problème sur place : Manos avait tout bonnement été privé d'accès au réseau de la ville. Et il n'avait aucun moyen d'y remédier, sauf à payer cinq millions de drachmes. Le même problème se répéta avec l'eau. Et la « solution » s'élevait au même montant. Ces prix étaient exorbitants et il finit par comprendre qu'il était victime de racket.

S'ensuivit une visite de la police. Les agents retournèrent l'hôtel sans ménagement pour trouver les preuves que des jeux d'argent avaient lieu – preuves qu'ils découvrirent sans la moindre difficulté bien sûr. Ils savaient très bien où chercher. Et ils revinrent régulièrement. Manos ne tarda pas à comprendre que seul un dessous-de-table conséquent, remis à la bonne personne, pourrait lui éviter ces désagréments. Il n'avait pas le choix s'il voulait survivre.

À son grand déplaisir, ses chiffres ne tardèrent pas à montrer que ses dépenses excédaient, et de loin, ses recettes. Si les coupures d'électricité pouvaient avoir leur charme en été, en hiver, elles privaient les chambres de chauffage. La fréquentation de l'hôtel baissa durant les mois les plus froids. Lorsque les vents se levaient sur la mer Ionienne, les températures intérieures pouvaient descendre en dessous des dix degrés. Les murs se couvrirent peu à peu de condensation, les muses de Botticelli s'écaillèrent. Le nombre de clients chuta de façon catastrophique. Au début du second été, l'hôtel, conçu pour être aussi indestructible qu'une citadelle, commença à se détériorer.

Manos fit tout son possible pour éviter la banqueroute. Le plus important à ses yeux était le bilan comptable qu'il devrait présenter à son père en octobre. Quatre mois seulement le séparaient de l'échéance. Il avait souscrit plusieurs prêts pour pouvoir continuer à payer ses racketteurs et verser des pots-de-vin. Il savait que Kourtis était la source de tous ses maux : si Manos ne coopérait pas, il pouvait dire adieu à son hôtel et à son avenir. Il croulait déjà sous un tel monceau de dettes qu'il ne parvenait pas à trouver le sommeil la nuit et le jour il souffrait régulièrement de crises d'asthme provoquées par le stress. Il avait pris tant de poids qu'il avait du mal à monter jusqu'à son bureau, au deuxième étage de l'hôtel. Et il n'avait pas les moyens de payer les réparations de l'ascenseur. La fille qu'il fréquentait depuis six mois (un record) le quitta. D'abord attirée par sa stature de propriétaire du plus grand hôtel de la ville, elle avait fini par comprendre que le prix à payer était trop lourd.

Le désespoir de Manos était renforcé par le succès florissant du Thalassa. Stephanos n'avait pas besoin d'ouvrir plus de six mois de l'année pour faire des profits. Alors qu'ils bénéficiaient d'un minimum de prestations, les clients donnaient beaucoup en retour : ils achetaient, à longueur de journée, des bières fraîches ou des boissons gazeuses au bar de la plage, payaient des prix exorbitants pour faire du ski nautique.

Par une nuit chaude de juin, si suffocante que tous les clients du Thalassa dormaient la fenêtre grande ouverte, la terre trembla. Il était aux environs de quatre heures du matin, l'heure où les rêves sont profonds et le soleil encore couché. Les dormeurs n'entendirent rien dans un premier temps, ce qui ne les empêcha pas de ressentir la violence du séisme qui les fit tomber de leurs lits. D'un niveau de 4,3 sur l'échelle de Richter, le tremblement de terre ne fut pas considéré comme important, mais les planchers bougèrent de quelques millimètres dans les deux sens, vers le haut et vers le bas. L'hôtel ne possédait pas d'issues de secours et il n'y avait pas de consignes à suivre en cas d'incident. De toute façon, le temps aurait manqué.

Le bâtiment fut réduit en poussière : le cinquième étage s'effondra sur le quatrième, qui s'effondra à son tour sur le troisième, ne laissant au final qu'un tas informe de béton, de grilles métalliques, de lits et de corps. Si certains des murs extérieurs résistèrent, la plupart des étages furent détruits. Il ne fallut pas plus de quelques minutes pour que l'hôtel entier vacille sur sa base et s'écroule.

Stephanos ne vivait pas sur place. Il fut cependant réveillé par le tremblement de terre et dévala la rue : il découvrit le Thalassa en ruine. Son premier réflexe fut de fuir la scène le plus vite possible, tel un chauffard responsable d'un accident. Il y avait plus de deux cents clients dans son établissement. Trente avaient été tués. La police scientifique examina les décombres et parvint facilement à la conclusion que le bâtiment ne respectait aucune des mesures de sécurité élémentaires. Les familles des victimes, dont les rangs furent grossis par la centaine de blessés, traînèrent Stephanos en justice pour négligence. Le Thalassa n'avait suivi aucune des règles lors de sa construction. Seul un autre hôtel du coin, le Pyrgos, avait été légèrement touché par le séisme : il avait une vitre fêlée.

Et c'était bien le cadet des soucis de Manos. Il avait fini par se rendre à l'évidence : il étouffait sous les dettes. Les intérêts des intérêts des intérêts représentaient une somme dont il ne pourrait jamais s'acquitter en une vie, même si l'hôtel affichait complet sans discontinuer. Le jour précis de l'inculpation de Stephanos, le dernier client de Manos quitta les lieux, tout comme son dernier employé, qui n'avait pas été payé depuis six mois.

Manos prit la dernière bonne bouteille de whisky sur une étagère du bar, porta le goulot à ses lèvres et en but la moitié à longs traits. Sans la lâcher, il s'engagea en chancelant dans le couloir, ses pas résonnant sur les dalles de pierre : quelqu'un tambourinait à la porte de la réception.

Manos se rendit le plus discrètement possible dans un petit bureau d'où il pouvait apercevoir le visiteur. C'était un agent de la police locale, celui-là même qui s'était présenté avec régularité au cours des derniers mois. Il était planté sur le seuil, bras croisés. Manos remarqua qu'il regardait son poignet. Poignet auquel il portait la montre qu'Apostolos Papazoglou avait offert à son fils pour son vingt-cinquième anniversaire. Lors de sa précédente venue, Orestes Sakaridis l'avait acceptée comme paiement : Manos n'avait plus aucune liquidité. Le jeune homme était furieux de revoir le policier. Il n'avait plus rien à lui donner et plus rien à perdre. Il déverrouilla la porte et l'ouvrit en grand.

Sakaridis perçut aussitôt la colère dans les yeux de Manos Papazoglou.

— Qu'est-ce que tu veux, bordel ?

— Je crois que tu connais la réponse, répondit le policier avec un sourire suffisant. La même chose que d'habitude.

Manos se jeta sur lui et essaya de l'atteindre au visage avec la bouteille. Sakaridis esquiva l'attaque et l'agrippa par les épaules pour l'immobiliser. Manos parvint pourtant à libérer un de ses bras et planta son coude dans le ventre du policier. Il avait mis toute la puissance que lui conférait son poids dans le coup.

Le policier tomba à la renverse. Il fit une mauvaise chute et se cogna la tempe sur une marche en marbre. Il resta immobile… parfaitement immobile.

Manos, qui pantelait, eut besoin de plusieurs minutes pour retrouver une respiration normale.

La rue devant le Pyrgos était aussi déserte que l'hôtel. Évitant de toucher le corps inerte, Manos se dirigea d'un pas calme vers sa voiture, garée à proximité. Il démarra et fila sur la route de la côte, pied au plancher, avec une seule idée en tête : fuir.

Il grilla plusieurs feux rouges, faillit perdre le contrôle de son véhicule dans un virage et évita de peu la collision avec une voiture de police. Celle ci le prit en chasse, après avoir allumé son gyrophare et sa sirène, et le força à s'arrêter sur le bas-côté.

Les deux policiers sentirent immédiatement l'alcool dans son haleine et le firent monter à l'arrière de leur voiture. En route, ils apprirent, par leur radio, que le cadavre de leur collègue avait été découvert sur le perron du Pyrgos.

Le soixante-dix-septième anniversaire d'Apostolos Papazoglou ne ressemblait en rien à ce qu'il avait imaginé. Il aurait dû prendre sa retraite ce jour-là, confier son empire hôtelier à l'un de ses fils. Il fut confronté à un autre choix. Manos et Stephanos étaient traduits devant la justice et leurs procès commenceraient le même jour à Athènes. Auquel assisterait-il ? Sa femme lui suggéra de tirer à pile ou face.

Les habitants de Patras n'avaient pas oublié la date de l'inauguration des deux hôtels. Lorsque le verdict tomba – homicide involontaire dans les deux cas – sept mois plus tard, le 29 mai, ils échangèrent des hochements de tête entendus. Le montant des indemnités à verser aux blessés et aux familles des victimes ne put être couvert par la vente de l'empire hôtelier. Apostolos Papazoglou fut contraint de se mettre en faillite.

Pendant de nombreuses années, les vestiges croulants et fantomatiques des deux hôtels rappelèrent le pillage de Constantinople. La superstition et la croyance religieuse renforcèrent leur emprise sur la population locale.

Les gens âgés, dès qu'ils passaient devant les hôtels, émettaient un claquement de langue réprobateur.

— Ils ont manqué de jugeote… Il ne faut jamais oublier que ce jour n'est pas comme les autres !

Je n'arrêtais pas de penser au jour de notre rencontre. C'était un mardi…

Patras ne se résume pas à ces bâtiments à l'abandon. Il y a aussi de très beaux sites : une immense place, avec un théâtre du XIXe *siècle dessiné par Ernst Ziller, d'élégantes rues piétonnes avec de jolies boutiques, un port animé avec des bateaux en partance pour certaines îles.*

Quand j'y suis arrivé, il y avait près de deux mois que j'étais en Grèce, en comptant les deux semaines passées à Athènes pour mes recherches, et j'améliorais peu à peu mes rudiments de grec. J'avais dépassé le stade où je ne savais que dire bonjour et commander à manger. J'arrivais à lire les gros titres des journaux, et les nouvelles ne semblaient jamais bonnes. L'économie traversait une grave crise et j'avais conscience de ma chance, moi qui voyageais aussi librement. Alors que le soleil perdait peu à peu de sa force lors des soirées de la fin octobre, je mesurais combien la vie était de plus en plus difficile pour la plupart des Grecs. Le délabrement général de la situation me déprimait parfois, tout comme l'état de décrépitude de tant de bâtiments, qui semblait refléter la fragilité croissante du tissu social. Lorsque je faisais l'erreur d'essayer d'interpréter les graphiques et schémas en une des journaux, je ne voyais pas par quel moyen ce pays pourrait venir à bout de ses dettes, sans parler d'entamer sa reconstruction.

Pour la première fois, on m'a demandé de l'argent dans la rue. Il ne s'agissait pas d'immigrés tout juste débarqués (même si ça m'est aussi arrivé), mais d'un vieux Grec dont la retraite avait été si réduite qu'il ne disposait même plus du miminum vital ou, par la suite, d'un chef de famille sans argent pour nourrir les siens. Ces situations m'ont brutalement sorti de mon état d'apitoiement. Je pouvais manger et boire à l'heure que je voulais, ce qui n'était pas le cas de tout le monde. La fréquence à laquelle je voyais un Grec fouiller dans une poubelle augmentait. Comment aurais-je pu continuer à pleurer sur mon sort ? Dans ces moments-là, je me méprisais : ces gens avaient des problèmes bien plus graves que les miens. Mon cœur avait peut-être connu beaucoup de souffrance, je conservais néanmoins les moyens d'assurer ma survie.

S'il y a bien une chose qui ne m'a pas semblé affectée par la crise économique, c'est l'Église orthodoxe grecque. J'ai vu des enfilades de magasins fermés, et jamais une seule église. Qu'elles soient grandes, moyennes ou petites, elles sont toujours grandes ouvertes, tout en ors étincelants, et on y croise des popes et des fidèles. Il y en a une immense à Patras. Elle a été consacrée en 1974. Sa façade est d'une telle vulgarité qu'elle m'a d'abord rebuté et que je ne me suis pas embêté à entrer. Puis un habitant du coin m'a assuré que l'intérieur méritait le coup d'œil.

Avant de m'y rendre, je suis allé dans une boutique voisine, j'espérais y trouver un guide. Le magasin, gigantesque, vendait les icônes de tous les saints possibles et imaginables. La vendeuse était amicale et enjouée. Après m'avoir demandé mon prénom, elle a insisté pour que j'achète une icône d'Agios Antonis.

Tout chez elle était exagéré. Un vrai personnage de dessin animé avec ses lèvres rouges pulpeuses, sa taille fine et ses hanches volumineuses. Elle m'a raconté l'histoire de l'église. Apparemment, lorsque André, l'apôtre, arriva dans la ville il y a deux mille ans pour annoncer la résurrection du Christ, il apprit que la femme du proconsul romain était malade. Une fois guérie, elle se convertit au christianisme et tenta de convaincre son époux de tourner le dos aux dieux romains, qui étaient des simulacres.

Furieux de voir qu'elle vantait les mérites de cette nouvelle religion dangereuse, le proconsul fit torturer André avant de le condamner à la crucifixion. Les reliques du saint disparurent, mais, des années plus tard, une partie d'entre elles retournèrent dans la ville, avec des fragments de la croix sur laquelle il était mort.

La vendeuse m'a décrit l'église avec tant d'enthousiasme que je m'y suis rendu avec de grandes attentes. Elle m'a rattrapée dans la rue alors que je venais de quitter la boutique : j'avais laissé mon icône.

— Et j'ai oublié de vous dire une chose ! m'a-t-elle précisé, hors d'haleine. Saint André continue à faire des miracles ! Cette église a changé la vie de mon père, elle en a fait un nouvel homme. Itan thauma ! *Un miracle ! Un miracle !*

NE NOUS SOUMETS PAS À LA TENTATION

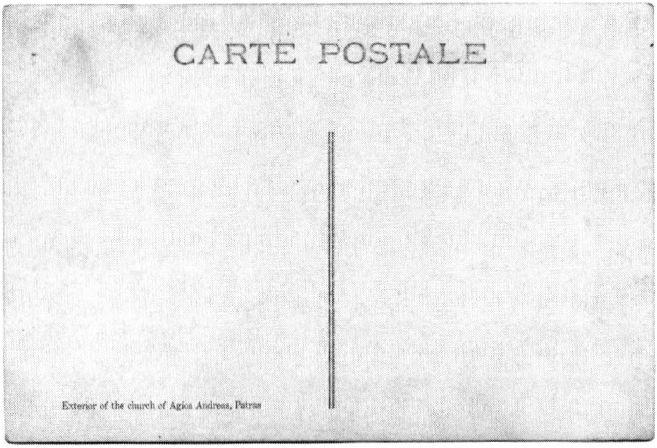

CARTE POSTALE

Exterior of the church of Agios Andreas, Patras

« Ne nous soumets pas à la tentation »

« Me eisenenkes emas eis peirasmon »

Certains habitants continuaient à préférer l'ancienne église byzantine voisine qui avait hébergé un doigt de saint André. Cette minuscule bâtisse était désormais plongée dans l'ombre de la nouvelle, flambant neuve, que certaines vieilles dames avaient accueillie avec de nombreuses réserves.

La nouvelle église évoquait une énorme meringue blanche. Ses dimensions à elles seules étaient impressionnantes : c'était l'une des plus grandes de Grèce et elle ne pouvait être comparée à l'espace intime et sombre de l'ancien bâtiment construit en l'honneur de saint André.

Lors de sa consécration, les anciens ne virent que les inconvénients. Avant même d'atteindre son entrée, ils se plaignirent : il leur fallait une éternité pour passer de la rue au parvis en marbre. Une fois à l'intérieur, ils eurent le sentiment d'avoir encore besoin de cinq minutes pour se rendre jusqu'à l'icône après avoir acheté un cierge. C'était très contraignant. Ils se sentaient néanmoins obligés de faire leur devoir dans ce nouveau lieu dédié à leur culte.

Pour la plupart, cependant, ouvrir la porte et pénétrer dans cet endroit était un moment d'étonnement et d'émerveillement. Les visiteurs, en provenance de toute la Grèce et au-delà, étaient époustouflés. L'intérieur était d'une beauté à couper le souffle.

L'architecte avait voulu incarner la « lumière du monde » dans tous les sens du terme. Des flots de soleil pénétraient dans le bâtiment, se déversant par des fenêtres percées dans l'immense dôme, mais aussi dans les parois et à travers les portes vitrées. Sur chaque mur, les mosaïques dorées à la feuille réfléchissaient la lumière et éclairaient l'église. Au centre se trouvait un lustre imposant et éblouissant constitué de plus de cinq cents ampoules.

En plus de la lumière, l'architecte avait voulu exprimer la vie du monde et la gloire de la création divine. Son ambition, sa foi et le budget alloué à ces travaux ne connaissaient aucune limite. Des images étourdissantes d'oiseaux et de bêtes ornaient le moindre espace, du feuillage et des fleurs embellissaient les colonnes et les voûtes, des illustrations de la vie de l'apôtre apportaient de la couleur et du mouvement aux myriades de surfaces. La ville qui avait fait de saint André un martyr l'accueillait dorénavant à bras grands ouverts et chantait sa gloire. Le bâtiment entier semblait clamer : « Pardonne-nous ! »

De superbes reliquaires en argent avaient été conçus pour accueillir ses os en décomposition, qui attiraient des milliers de pèlerins, venus rendre hommage à la mémoire du saint homme ayant connu Jésus et se prosterner devant ses restes. Ils touchaient ce que, peut-être, Il avait lui aussi touché.

Maria Leontidis était de ceux à qui cette inauguration n'avait apporté que des malheurs. Depuis des années, elle nettoyait la minuscule église byzantine voisine, comptant sur la pénombre perpétuelle pour dissimuler la poussière et les toiles d'araignée. En été, elle passait l'essentiel de ses journées sur le petit banc à l'extérieur, se régalant d'une cigarette et d'un café frappé. En hiver, après avoir donné un ou deux coups de plumeau sur le reliquaire, elle allait se réchauffer dans le *zacharoplasteion* juste à côté, puis, en toute fin d'après-midi, quand les visites étaient terminées, il ne lui restait plus qu'à fermer les portes à clé.

Cet été-là, on lui proposa de prendre en charge le ménage dans la nouvelle église. Âgée de soixante ans, Maria ne se sentait pas prête pour la retraite et se crut obligée d'accepter ce travail.

Dans le vaste espace frais, la brise plaisante qui faisait constamment vaciller la flamme des cierges était appréciée des fidèles. Maria était pourtant assaillie de bouffées de chaleur qui la débordaient comme du café dans un *briki*.

Elle avait pris ses nouvelles fonctions peu de temps après l'enterrement de son frère. Ils n'avaient jamais été proches, ce qui ne l'empêcha pas de respecter la tradition avec scrupule et de porter du noir pendant quarante jours. Malgré la chaleur, toutes les femmes de la famille se sentaient tenues de suivre la règle.

— Il me faudra un mois rien que pour astiquer les chandeliers, dit-elle d'un ton larmoyant à sa petite-fille, Pelagia, ce soir-là. Et il m'a fallu toute la journée pour balayer. Le temps que je finisse, il ne me restait plus qu'à tout recommencer…

Maria pensait avec nostalgie aux jours anciens, lorsqu'elle nettoyait la petite église en une heure. À présent, il lui fallait autant de temps rien que pour récupérer ce qu'il restait des cierges consumés. Il y avait trois mille chaises et chacune retenait la poussière.

Si, durant quelques semaines, elle tint le rythme, la fatigue commença à se faire ressentir. Les veines de ses jambes étaient aussi visibles que celles des colonnes de marbre, son visage aussi écarlate que la bande de moquette neuve qui recouvrait les marches conduisant à l'autel. Ses douleurs s'intensifièrent : genoux, poignets, chevilles, coudes, toutes les articulations de son corps étaient au supplice. Cette nouvelle église la tuait.

Un matin, elle se réveilla le dos si raide qu'elle ne put quitter son lit. Elle appela Pelagia, versa des larmes de peine et d'inquiétude. Si personne n'entretenait l'église en son absence, Maria ne parviendrait jamais à reprendre le dessus sur la poussière. Déjà, elle imaginait les marches de marbre blanc noircies par les traces de chaussures, les milliers de morceaux de cire plantés dans le sable des autels de dévotion, les traces de lèvres sur les vitres qui protégeaient les icônes et sur les reliquaires.

— Ne t'inquiète pas, yaya, tu as besoin de repos. Je m'en chargerai pour toi.

Pelagia se rendit sans tarder à l'église. Beaucoup de femmes convoitaient le poste de sa grand-mère, la jeune femme le savait et ne les laisserait pas saisir cette occasion.

La famille Leontidis vivait à l'autre bout de la ville. Maria devait faire un long trajet en bus pour arriver à Agios Andreas, mais Pelagia, elle, en dépit des huit heures passées dans un bar la nuit précédente, s'y rendit à pied et arriva bien avant l'heure habituelle de sa yaya.

Au moment de traverser la place, elle vit sortir le pope. Il était neuf heures et il venait d'ouvrir les portes.

Pelagia trouva l'immense église déserte. Sa grand-mère lui avait expliqué où elle rangeait tous les produits d'entretien, la jeune femme était donc prête, quelques minutes plus tard, à travailler d'arrache-pied. Elle commença par astiquer l'argenterie oxydée. Grâce à l'énergie de sa jeunesse, il lui fallut quatre fois moins de temps, au bas mot, que sa yaya. À dix heures, l'argenterie brillait autant que les dorures. Pelagia eut même le temps de prendre un peu de recul pour admirer les peintures et les mosaïques.

De retour de sa petite visite à un *kafenion* du quartier, le pope n'en crut pas ses yeux. Un rayon de soleil, qui filtrait par l'une des fenêtres supérieures du dôme, frappait un gigantesque chandelier en argent. Celui-ci renvoyait un éclat presque surnaturel et, l'espace d'un instant, le prêtre crut qu'il s'agissait d'un signe divin – au lieu de le mettre sur le compte de l'alignement parfait du soleil et du métal astiqué.

Une seconde plus tard, le soleil changea de position, c'était terminé. Le pope se rendit dans son bureau à l'arrière du bâtiment et se plongea dans une pile de documents administratifs – il y en avait toujours beaucoup.

Vers dix heures trente, une poignée de fidèles franchirent les portes, se signèrent puis allumèrent un cierge et s'approchèrent du reliquaire. Ces habitués – des veuves surtout, mais aussi quelques veufs de fraîche date – venaient tous les jours. Cela faisait partie de leur routine quotidienne. Les hommes passaient avant de se rendre au *kafenion*, les femmes avant de s'atteler à la préparation du repas de midi, et rien ne pouvait troubler ce rituel. Certains repartaient aussitôt, quelques-uns s'attardaient dans la nef, les hommes à gauche, les femmes à droite.

Ils étaient habitués à voir Kyria Leontidis endeuillée, et la jeune femme en noir qui s'affairait sous leurs yeux n'attira donc pas aussitôt leur attention.

Pelagia maniait un balai souple, traquant méticuleusement la poussière jusque dans les recoins les plus sombres. Elle passa devant l'autel en faisant bruisser les poils de son balai. Le petit groupe de fidèles s'était dispersé à l'exception d'un homme, Spiros Kouris.

Il regardait droit devant lui. Il n'avait pas une vue particulièrement perçante, mais ce qu'il apercevait l'abasourdissait. Ce n'était pas l'image de la beauté sacrée et de la pureté, telle qu'elle était figurée dans la représentation de la Sainte Vierge sur les parois du dôme au-dessus de sa tête. Non, c'était autre chose. La silhouette qu'il apercevait à travers un panneau chantourné appartenait à une femme qui tenait plus de la déesse que de la mère de Dieu. Son haut en Lycra noir et son pantalon épousaient les formes de son corps. La lumière faisait briller son abondante chevelure brune qui lui tombait à la taille et semblait animée d'un mouvement propre, indépendant du balancement de son corps. La jeune femme n'avait pas conscience de sa perfection. Pas plus qu'elle ne se rendait compte qu'elle était observée.

Spiros s'attarda plus qu'à son habitude ce jour-là. Le lendemain, il arriva plus tôt. Et prolongea encore un peu plus sa prière. Quand un ami, qui l'attendait au *kafenion* pour une partie de cartes, l'interrogea sur son retard, il lui fit une réponse vague. Quand son épouse s'étonna qu'il rentre après l'heure habituelle, il lui dit qu'il avait été surpris par le monde chez le primeur.

Spiros Kouris ne tarda pas à remarquer la présence d'un jeune homme, de vingt-cinq ans environ, qui restait plus longtemps dans l'église, lui aussi. Sokrates Papalambros avait perdu sa mère récemment – Kouris avait reconnu son portrait sur un avis de décès punaisé à l'extérieur.

Le jeune homme, posté dans un coin de la nef, griffonnait sur des petits morceaux de papier, qu'il froissait, l'un après l'autre, et fourrait dans ses poches – celles-ci débordaient à présent. Kouris savait qu'il s'agissait de demandes pour le pope : de toute évidence, Sokrates hésitait sur la question à poser ou sur sa formulation.

Ce dernier contempla une image de saint André, resté trois jours sur la croix. Trois jours de souffrance, voilà qui paraissait bien peu en comparaison de la sienne. Il se retira au fond de l'église, s'assit et leva les yeux vers le plafond.

Pendant ce temps, Pelagia continuait à épousseter et à astiquer en toute innocence.

La nouvelle se répandit. Petit à petit, les *kafenions* du coin commencèrent à se vider, et l'église à se remplir. Le pope s'émerveillait que les gens apprécient à ce point sa beauté et les œuvres d'art qu'elle contenait. Certains jours, il ne restait pas une place de libre dans la partie gauche de la nef.

Les fidèles faisaient la queue pour embrasser l'icône. Beaucoup avaient mangé des *souvlakis* et laissaient des traces de gras sur la vitre. Ils retournaient ensuite s'asseoir, comme pour prier, et, au son des chants byzantins diffusés en continu, ils dévoraient du regard, sans la moindre honte, la jeune femme devant eux – ainsi qu'ils l'auraient fait avec une icône. Pelagia allait et venait sans se rendre compte de rien. Souvent, le rythme qu'elle imprimait à son nettoyage s'apparentait à une danse. Elle écoutait, avec son casque, les playlists préparées par son petit copain, DJ, et qu'il s'agisse de passer l'aspirateur, le plumeau ou le chiffon, elle y mettait toute l'énergie dont elle disposait. La sueur lui dégoulinait parfois le long des bras et le dos de son tee-shirt devenait translucide ; ses tempes s'humidifiaient.

Spiros Kouris prit l'habitude de se vêtir avec davantage de soin, alternant les quatre costumes que comptait sa garde-robe et portant une cravate. Il rendait aussi régulièrement visite au barbier pour que celui-ci taille ses cheveux et sa moustache grisonnants. Il n'avait pas attaché autant d'importance à son apparence depuis

de nombreuses années. Son épouse s'en réjouissait. Comme tous les autres hommes de l'église, il avait l'illusion d'entretenir une véritable relation avec Pelagia, aussi réelle que celle qui le liait à la Sainte Vierge. Le fait de partager ce sentiment avec tous les autres fidèles ne le troublait pas. Il passait plusieurs heures dans l'église, jusqu'à ce que Pelagia ait terminé son ménage, puis s'occupait de faire les courses avant de rentrer chez lui d'un pas sautillant.

Le bénéfice de la vente des cierges connut une croissance exponentielle, et le pope eut beau passer des commandes régulières, les livraisons n'arrivaient pas assez vite. Il était aussi très accaparé par le flot de demandes rédigées sur des morceaux de papier et qui réclamaient une intercession particulière auprès du Seigneur. Beaucoup se contentaient d'écrire : « Ne nous soumets pas à la tentation. » Sans plus de précision.

Une seule personne ne semblait pas remarquer la présence de Pelagia : le pope. Il ne s'était même pas rendu compte qu'il y avait une nouvelle femme de ménage. Tout ce qu'il voyait, lui, c'était que l'église était aussi immaculée que le jour de son inauguration.

Un matin, de bonne heure, il s'agenouilla pour prier et ferma les yeux afin de se couper du monde. Des effluves attirèrent son attention. Ce n'était ni le parfum de l'encens ni celui des cierges. Il ne parvint pas à identifier l'odeur sucrée. Rouvrant les yeux, il se trouva nez à nez avec la poitrine d'une femme, généreuse et ferme. Pelagia, qui n'avait enfin plus à porter de noir pour rendre hommage à son défunt grand-oncle, nettoyait la vitre d'une icône. Le pope se releva si précipitamment

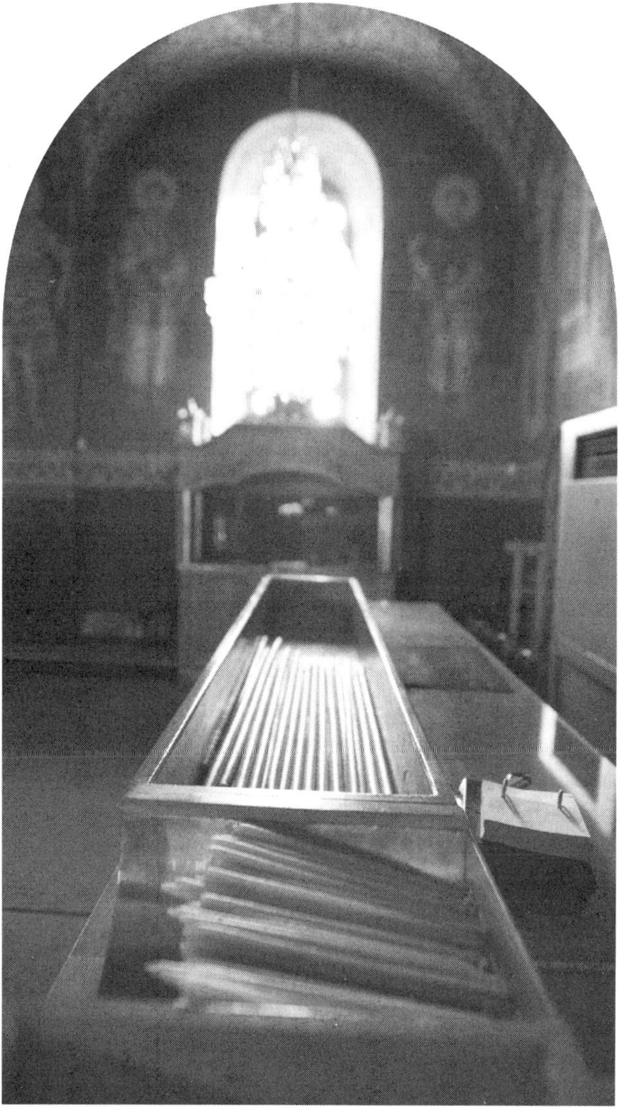

qu'il faillit se prendre les pieds dans sa robe et quitta l'église. Il avait besoin d'air frais.

Les voies du Seigneur sont impénétrables, se dit-il. Pas étonnant que l'église soit aussi fréquentée.

La « disparition » des hommes contrariait leurs épouses. Une femme avait fait suivre son mari par un détective privé. Et quand il lui avait annoncé que son époux était tout simplement à l'église, elle n'en avait pas cru ses oreilles.

Plusieurs propriétaires de *kafenions* commençaient aussi à se plaindre.

— Débarrassez-vous de cette fille, dirent-ils au pope. Elle nuit aux affaires.

Le prêtre considéra attentivement la situation. Pelagia n'était pas responsable. Cette femme était une créature divine, la preuve de la toute-puissance du Seigneur. Son innocence n'était en rien un crime, sa beauté ne pouvait lui être reprochée, elle n'était animée par aucune malveillance. Il avait une église resplendissante, une grande assemblée de fidèles et des caisses pleines. La renvoyer serait un péché.

Un matin, des mois plus tard, l'église était si pleine qu'une poignée d'hommes furent contraints de s'asseoir du côté droit. Ils attendirent l'apparition de la jeune femme. Leur attente se prolongea.

Ils finirent par entendre un bourdonnement. Quelques-uns se penchèrent en avant. Un gigantesque aspirateur professionnel surgit dans leur champ de vision, suivi par une femme, la tête haute. On aurait dit un fermier poussant une charrue antédiluvienne. Ce n'était pas Pelagia. Si l'aspirateur n'avait pas été aussi bruyant, les murmures de déception qui se propagèrent dans l'église auraient été audibles.

Maria Leontidis s'était remise. Elle s'était un peu remplumée pendant sa convalescence et la douceur du soleil automnal avait rendu de leur vigueur à ses articulations endolories et vieillissantes.

Le pope entra dans l'église au moment où les hommes sortaient en troupeau. Il comprit aussitôt la raison de ce départ massif. Les énormes profits générés par la vente des cierges lui avaient permis d'acheter du meilleur matériel de nettoyage. Maria avait fait un retour triomphal.

Les *kafenions* se remplirent à nouveau ce jour-là, et les femmes accueillirent avec plaisir leurs maris pour le déjeuner. Spiros Kouris rentra chez lui d'un pas traînant. Son épouse lui sourit avec tendresse quand elle le vit entrer. Elle avait retrouvé l'homme auquel elle avait donné sa main.

Je doute que le vieux Spiros ait pu s'imaginer un instant que Pelagia le remarquerait, mais la beauté d'une femme peut avoir un effet puissant sur un homme, je ne le sais que trop bien.

C'est si facile de tomber dans le piège de la vénération. Nous sommes tous attirés par certains idéaux esthétiques, même quand nous nous en défendons, et c'est à cause de ton physique, évidemment, que je t'ai repérée dans le bar du cinéma, ce soir-là. Ce genre d'attirance foudroyante nous prend au dépourvu, on n'est jamais prêt. C'est peut-être une malédiction de posséder une si grande beauté, qui aimante les autres, un fardeau d'être jugé d'abord sur son apparence plutôt que sur sa personnalité. Où que tu sois maintenant, quelqu'un d'autre vient peut-être d'entrer dans la même pièce que toi, a peut-être senti son cœur s'emballer. Je ne pense pas que j'ai été le premier homme, ni que je serai le dernier, à succomber à ton sourire.

J'ai passé presque trois semaines à Patras, jouissant de l'anonymat que sa taille m'offrait. Je me rendais dans différents cafés et tavernes chaque jour, je n'avais aucune explication à fournir sur ma situation, à personne. Je ne me suis pas contenté d'une seule visite à l'église. Je m'y suis souvent rendu pour m'asseoir sur une chaise, me délecter de son décor somptueux et réfléchir. Maria Leontidis était souvent là, avec son aspirateur bruyant. Ça me faisait sourire.

Que saint André ait vraiment accompli ou non le miracle de guérir la femme du proconsul, la nouvelle église qui lui était consacrée possédait un pouvoir évident. Je l'ai ressenti. Grâce à la lumière et à la beauté, j'ai connu des instants de joie pure.

Je continuais à penser à mon engouement pour toi, à me demander si tu avais éprouvé ne serait-ce qu'une fraction de mes sentiments, tandis que je roulais dans les montagnes en direction de Kalávryta, un endroit magnifique mais mélancolique : ses habitants ont subi des traitements d'une violence incroyable pendant l'occupation allemande. Le monument aux morts, dédié aux victimes innocentes du massacre qui a eu lieu ici le 13 décembre 1943, est l'un des plus émouvants qu'il m'ait été donné de voir. Après avoir visité les différents mémoriaux de la ville (notamment un musée consacré aux événements ayant conduit à l'hécatombe), je ne pourrai jamais oublier le meurtre de près de cinq cents hommes et garçons, l'incendie de toutes les maisons. Sur la côte en surplomb de Kalávryta, on peut lire le mot Eirini : *paix. Cette ville gardera toujours en mémoire ce qui s'est produit là-bas, et j'ai tiré un enseignement de mon passage dans ces lieux : la guérison commence par le pardon. Je ne compare pas ce que tu m'as fait à la souffrance de ces habitants, pourtant, le principe s'applique dans les deux cas, et je sais que je suis encore loin du but. Malgré l'atmosphère pesante, je suis resté à Kalávryta quelques jours, puis j'ai emprunté le petit train à crémaillère qui m'a conduit à la mer, le long de gorges spectaculaires. Il y avait quelque chose de très naïf, et charmant, à débarquer dans une gare démodée, et j'ai séjourné plus d'une semaine à côté du petit port de Diakofto avant de retourner chercher ma voiture à Kalávryta. J'ai emprunté, en la quittant, une route de montagne particulièrement escarpée. J'ai traversé de petits villages et dépassé des chutes d'eau bouillonnantes.*

J'ai fini par traverser l'étroit canal qui sépare le Péloponnèse du centre de la Grèce sur l'élégant pont suspendu à Rion. Je me dirigeais vers Missolonghi, célèbre pour avoir accueilli Lord Byron (un parangon de séduction).

Partout en Grèce j'ai remarqué la présence de rues ou de places Vyronas : Byron en grec. J'ai même entendu dire qu'un quartier entier d'Athènes porte ce nom. Ça confine à l'idolâtrie. Missolonghi est la ville de Grèce le plus étroitement liée au poète anglais. Elle ne m'a pas plu au début, mais, au bout de quelques jours, j'ai commencé à apprécier la densité de son histoire.

Missolonghi est située très bas, presque au-dessous du niveau de la mer. Elle n'a rien de pittoresque, cependant son cadre naturel est spectaculaire, avec ses hautes montagnes en arrière-fond, et son emplacement sur une carte en fait un lieu hautement stratégique.

À la façon dont le pays entier le commémore, on pourrait presque croire que Lord Byron a bouté tout seul les Turcs hors de Grèce. En réalité, il n'a pas brandi une seule épée pendant la guerre d'indépendance, mais il a su inspirer à d'autres nations la volonté d'aider les Grecs dans leur lutte pour se libérer après près de quatre cents ans d'occupation.

J'étais curieux de découvrir comment le plus célèbre Anglais de Grèce était perçu par les Grecs. Charismatique et adepte de la transgression, il avait été profondément abîmé par les drames de son enfance et son handicap – avec lequel il s'est débattu tout au long de sa brève existence. J'ai rencontré plusieurs Grecs qui désapprouvaient, d'un point de vue moral, sa façon de traiter les femmes, son amour incestueux pour sa demi-sœur et son homosexualité. On garde néanmoins le souvenir d'un héros, même si beaucoup ne savent pas très bien expliquer pourquoi.

Je me suis rendu dans un petit musée à Missolonghi, situé dans une vieille demeure aux murs qui dégoulinaient littéralement tant l'humidité est omniprésente dans cette ville.

Les peintures à l'huile se dégraderaient dans un tel environnement, les toiles aux murs sont donc des copies. Notamment le célèbre portrait du poète sur lequel on le voit porter le costume militaire somptueux qu'il s'était fait tailler.

Il y a aussi une reproduction du tableau de Delacroix, La Grèce sur les ruines de Missolonghi. *C'était la première fois de ma vie que j'ai été ému par un fac-similé décoloré. Une femme en tenue traditionnelle, dépoitraillée et ravagée, se dresse sur des décombres dont dépasse la main d'un mort. Un envahisseur enturbanné plante un étendard au second plan et il ne fait aucun doute que les violences sont ici dénoncées. Ce tableau nous raconte la grande histoire de Missolonghi : en 1826, deux ans après la mort de Byron, la ville a connu un troisième siège et la population a tenté de s'échapper. Des milliers de personnes ont été tuées lors de ce que l'on appelle aujourd'hui l'*Exodos. *La ville portera toujours le deuil de son passé.*

En quittant le musée, je suis allé me promener dans le jardin des Héros qui célèbre la mémoire de cet exode. On y trouve une belle statue sans doute idéalisée de Byron. Dans la lumière crue de cette fin d'automne, son expression m'a fait penser à celle d'un enfant triste. Pendant que je l'observais, un employé municipal, occupé à ramasser des branches de palmier par terre, s'est arrêté pour me parler.

— On n'évoque jamais la vaillance des gens du peuple face aux Turcs. On croit que Byron les a chassés... Byron ! Il est mort bien avant qu'on ait réussi à les faire partir !

Je savais que Byron n'était pas tombé au combat et pensais qu'il avait succombé au paludisme (ce que je n'ai aucun mal à croire, ayant été dévoré par les moustiques toutes les nuits depuis mon arrivée dans ce pays). L'homme appuyé sur son balai avait pourtant très envie de me livrer une autre version de la « mort » de Lord Byron, un conte qu'il considérait, lui, comme la vérité.

— La beauté, l'intelligence et la richesse ne servent pas toujours ceux qui les possèdent, m'a-t-il dit en guise de conclusion avant de se remettre au travail.

TÉMOIN OCULAIRE

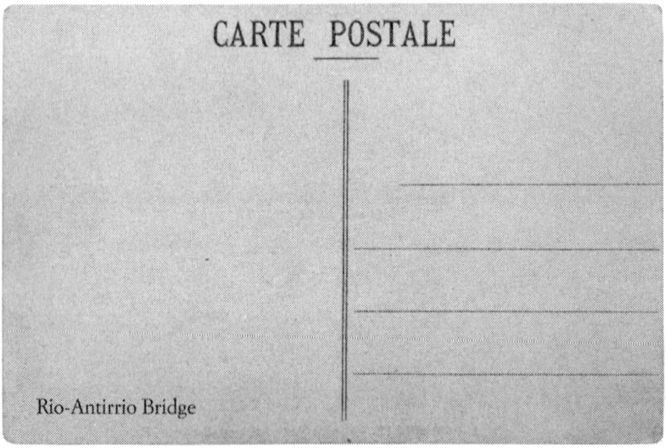
CARTE POSTALE
Rio-Antirrio Bridge

Témoin oculaire

Missolonghi a toujours été isolée. Et certains mois de l'année, son isolement frôlait l'engloutissement. Une ville de pêche à peine plus haute que le niveau de la mer, entourée de prés marécageux et dont les rues se transformaient en bourbiers à la saison des pluies. On avait parfois l'impression que la ville entière risquait d'être submergée par la mer, de s'enfoncer dans la vase. Un jour, elle pourrait bien se détacher du continent et disparaître pour de bon, avec pour seuls habitants des millions de moustiques – et quelques pêcheurs vivant dans des maisons sur pilotis sur la lagune.

Au cours des derniers mois, Missolonghi avait été envahie de brigades de Souliotes affamés, soldats imprévisibles et sous-payés venus de l'Épire. D'aucuns prétendaient qu'ils constituaient un danger encore plus grand pour les habitants de la ville que les troupes turques, qui rôdaient encore dans la région, ayant assiégé, sans succès, Missolonghi deux ans auparavant.

Le vacarme était assourdissant dans les rues qui grouillaient de soldats, certains en patrouille, d'autres ivres et chahuteurs. Ce boucan s'ajoutait à la cacophonie habituelle des vendeurs à la criée, les poissonniers étant les plus bruyants.

Dans cette ambiance, qui n'était ni tout à fait plaisante ni tout à fait salubre, une rumeur se mit à circuler : l'aristocrate anglais Lord Byron était en chemin pour aider le peuple de Missolonghi, et peut-être la Grèce tout entière.

Le poète, volontairement exilé de sa terre natale, avait trouvé la mission de sa vie : jouer un rôle dans la libération de la Grèce occupée par les Turcs. Philhellène depuis des années, il croyait passionnément que ce pays, qui avait vu la naissance de l'idée de démocratie, ainsi que son peuple opprimé avaient droit à leur indépendance.

Grâce aux revenus des ventes de ses poèmes les plus populaires, il avait apporté son soutien financier à Aléxandros Mavrokordátos, commandant en chef des armées et gouverneur de la Grèce occidentale. Aux yeux de Byron, il était le plus stable des leaders politiques grecs. Il avait d'ailleurs acquis une grande

popularité en prenant la tête de la résistance au premier siège de Missolonghi.

Mavrokordátos diffusa, sans perdre une seule minute, la nouvelle de la venue de Byron, auquel il avait adressé d'innombrables lettres. La vanité du poète avait dû en être décuplée. « Sans vous, je ne pourrai pas garantir l'avenir de la Grèce », avait écrit Mavrokordátos.

Quand des messagers confirmèrent la date d'arrivée de Byron, un frémissement d'excitation parcourut la ville. Dans toutes les familles, on se mit à compter les jours.

— Je veux aller le voir, s'il te plaît…

Ce fut en ces termes que Despina Dimotsis supplia son père, un riche marchand.

Tout le monde s'enthousiasmait, même les jeunes filles de seize ans. Dans cette ville côtière grise, un événement si haut en couleur était attendu avec impatience.

La petite sœur de Despina, Fotini, harcelait aussi son père.

— Les rues ne sont pas faites pour des demoiselles, leur répondit avec fermeté leur père.

Ce ne fut que lorsqu'il comprit que son épouse, Eirini, était tout aussi désireuse d'assister à ce spectacle qu'Emilio Dimotsis céda. Il serait juste à côté de toute façon, puisqu'il assisterait avec un groupe de dignitaires locaux à une fête de bienvenue. Eirini et une domestique accompagneraient les deux adolescentes. C'était, après tout, un événement historique. L'important don financier de Lord Byron aux forces armées grecques leur permettrait peut-être de l'emporter sur les Turcs. Cet homme pourrait bien être le sauveur de la Grèce.

— Ce n'est pas seulement un poète reconnu, souligna Eirini avec un sourire taquin.

Un jour de début janvier, une immense foule se réunit sur les quais. Il y avait des citoyens ordinaires, des marchands, des représentants du gouvernement, des membres du clergé et des soldats. Tous étaient impatients de découvrir le Britannique. Des soldats tirèrent des coups de mousquet dans le ciel, et des salves d'artillerie saluèrent le poète au moment où il débarquait.

Il fallait respecter l'étiquette, suivre les formalités d'usage et saluer certains officiels. Byron s'y prêta de bonne grâce alors que son voyage avait été éprouvant et qu'il était malade. De brefs discours furent prononcés et applaudis.

Les deux filles, Despina et Fotini, ainsi que leur mère, se trouvaient dans une zone réservée aux femmes. Étant petites, elles devaient se dévisser le cou pour essayer d'apercevoir l'entourage du grand homme.

— Je ne vois rien, gémit Fotini.

— Moi, si ! Moi, si ! se vanta sa grande sœur. Je vois tout !

Eirini se hissa sur la pointe des pieds pour regarder dans la même direction que sa fille aînée. Au loin, elle distingua un homme flanqué de deux autres. Ils le dépassaient de plusieurs centimètres. Pouvait-il s'agir du sauveur qu'ils attendaient tous ? Il lui parut presque quelconque.

Byron promenait des yeux las sur la foule. Se souvenant soudain qu'il devait se montrer à la hauteur des attentes de ce peuple, incarner leur espoir, il sourit avec grâce et agita la main.

Le voyage depuis Céphalonie n'avait pas été aisé, d'autant qu'il avait, depuis un moment, une santé fragile. La traversée agitée n'avait rien arrangé. Heureusement, il avait enfin retrouvé la terre ferme et la maison où il séjournerait était à quelques pas de là.

— On dirait presque qu'il est estropié, souligna une femme qui avait remarqué la démarche claudicante du célèbre poète. Il boite ?

— J'ai bien l'impression, lui répondit Eirini Dimotsis.

Byron n'était pas du tout comme elle l'avait imaginé. Pas du tout.

Ses filles ne suivaient pas la conversation de leur mère. Elles ne laisseraient rien gâcher l'effervescence de cette journée, le pittoresque de cette cérémonie.

Au moment où la foule s'écartait sur le passage de Byron, elles se rendirent compte qu'il regardait dans leur direction. Vêtu d'une veste militaire d'un rouge éclatant avec des épaulettes dorées, il était encore plus superbe que dans leurs rêves.

Despina n'était pas la seule à le considérer avec admiration. Byron était habitué à être au centre de l'attention et à être dévoré par des milliers de paires d'yeux. Il encourageait l'idolâtrie, l'appréciait, la savourait.

Il aimait frapper les esprits. Dans le cas contraire, il n'aurait pas porté des coiffes exotiques ou commandé des casques somptueux imitant ceux des plus grands guerriers grecs.

Byron aimait être aimé, mais il était encore plus important pour lui d'avoir *quelqu'un* à aimer. Il ne se sentait vivant que s'il avait un objectif vers lequel diriger cette force qui l'animait. Ainsi, il choisissait toujours quelqu'un dans une vaste foule. On racontait que des femmes avaient perdu connaissance après avoir éprouvé, brièvement, la puissance de son attention.

Ses yeux, encadrés de cils sombres, fouillèrent l'assemblée féminine jusqu'à ce qu'ils croisent ceux de Despina. Ils s'y plongèrent avec une curiosité lascive qu'il ne chercha pas à dissimuler.

Alors que l'escorte officielle approchait de l'endroit où les femmes se trouvaient, Despina découvrit deux flaques de lumière transparentes. En arrière-plan, la Méditerranée s'étendait à l'infini et les yeux qui se rivèrent à ceux de Despina étaient tout aussi insondables. Elle se noyait dans un mélange de bleu et de gris éclaboussé de violet. Les prunelles de Byron étaient comme un ciel de printemps un jour d'orage, dans toute sa beauté, sa variété et sa passion. Elle ne détourna pas les yeux et soutint son regard avec audace. Le poète fut subjugué par la peau laiteuse qui avait toujours été protégée du soleil, la taille minuscule, le léger rosissement des joues, dû, il le savait, à l'attention momentanée qu'il portait à cette jeune fille. Elle lui rappela brièvement sa «bonne d'Athènes», avec laquelle il avait entretenu un court badinage, et ses yeux se repurent du cou enfantin de cette inconnue, de ses oreilles délicates et de son minuscule nez.

La petite sœur de Despina pensait déjà à autre chose. À quelques pas derrière Lord Byron, elle remarqua un adolescent brun et élancé. Il avait la mine renfrognée et son attitude générale ne permit pas à Fotini de deviner son statut : était-il un ami ou un serviteur ? L'adolescent, qui portait des bagages, était le valet du poète. S'il éprouvait de la reconnaissance pour l'aristocrate anglais, qui s'était montré charitable avec sa famille, à Zakynthos, il commençait à être gêné de l'affection constante et déplacée que lui portait Byron.

— Regarde ! Regarde, Despina ! s'écria Fotini en tirant la manche de sa sœur. Regarde ce garçon !

Despina n'avait d'yeux que pour le poète.

— Sa bouche, glousse-t-elle en ignorant sa cadette. Une bouche qui dit «embrasse-moi».

Les lèvres de Byron, bien dessinées, étaient aussi remarquables que ses yeux.

— Les filles ! les réprimanda leur mère. Parlez moins fort, s'il vous plaît.

Même la domestique semblait gênée par leurs remarques, guère convenables en public.

Fotini ne portait plus le moindre intérêt à l'homme mûr aux mèches argentées et à la légère boiterie. Elle était hypnotisée par le beau garçon boudeur qui fermait la marche.

Alors qu'il se dirigeait vers sa nouvelle maison, Byron jeta un dernier coup d'œil à Despina par-dessus son épaule : il savait qu'elle ne se serait pas détournée. Cette fois, le regard sombre et sirupeux de la jeune fille lui fit l'effet d'une décharge électrique. Et il sentit sa brûlure dans sa nuque.

Était-ce à cet instant que tout s'était joué ? Était-ce le « regard admiratif » de Despina qui avait jeté un sort à Byron et avait marqué le tournant, le début de la fin ?

Fotini ne tarda pas à oublier le « petit prince » comme elle avait surnommé le valet de Byron, Loukas. Despina, elle, était incapable de se sortir le lord anglais de la tête. Plusieurs jours durant, elle se languit, incapable de dormir ou de manger, incapable de libérer son esprit et son corps de l'emprise de ce béguin puéril. La bonne cherchait à la tirer de cet état :

— Allons, Despina, essaie de manger un peu.

Pas très loin, Byron lui aussi se tournait et se retournait dans son lit. Il avait de la fièvre, subissait des attaques et des évanouissements qui l'affaiblissaient un peu plus chaque jour.

— C'est l'œil, observa d'un air grave l'une des servantes alors que les médecins se pressaient à son chevet et se rongeaient les sangs. Quelqu'un lui a jeté le mauvais œil !

— Mais personne ne souhaite malheur à Lord Byron ici, rétorqua avec sécheresse l'un des savants étrangers qui cherchaient désespérément à sauver le pauvre malade. Seuls les Turcs pourraient lui vouloir du mal !

La servante tint sa langue. Un docteur anglais n'écouterait jamais une Grecque sans instruction. Il était persuadé qu'on ne jetait le mauvais œil que par jalousie, ou par volonté de nuire. Un sort simple, facile à comprendre, que Byron lui-même avait évoqué dans un poème (« Je le reconnais à son front pâle et à ce regard funeste qui l'aide dans ses trahisons »). Ce qu'il ignorait en revanche, c'était que le *mati*, l'œil, n'était pas seulement jeté par quelqu'un d'envieux ou de malveillant.

— C'est toute cette idolâtrie, imbécile, marmonna-t-elle tout bas.

Ce que les médecins et la plupart de l'escorte de Byron ne comprenaient pas, c'est que l'admiration pouvait aussi ouvrir la porte au mal. Dès que ceux-ci eurent quitté la chambre, elle fit tomber une goutte d'huile dans le verre d'eau du poète, sur sa table de chevet. Celle-ci coula à pic, confirmant les soupçons de la domestique : le mauvais œil était là.

Tout le mois de mars, Byron souffrit, accablé de migraines et de suées incessantes. Les médecins qui s'occupaient de lui désespéraient et ne voyaient pas d'autre remède que de fréquentes saignées. Cela ne servit qu'à l'affaiblir davantage et, alors que son état empirait, la panique, l'ineptie des spécialistes et leurs disputes ne firent rien pour arranger la situation.

Tous les jours, pendant ces semaines terribles, Despina s'asseyait devant sa fenêtre, elle espérait et attendait. Elle aperçut une fois Lord Byron au loin, à cheval, et elle brûlait d'envie de le revoir. La rumeur, qui racontait qu'il était cloué au lit par le délire, empêchait la jeune fille de trouver le sommeil.

Un après-midi d'avril, alors que la mer et le ciel étaient du même gris ardoise, que la pluie fouettait violemment sa vitre, elle fut prise d'une terrible frénésie. Le grand vent qui hurlait et gémissait dehors semblait imprégner les murs. Elle fit les cent pas dans la pièce, incapable de se consacrer calmement à la lecture ou à son ouvrage de broderie. Ce temps inhabituel, associé au souvenir du tremblement de terre du mois précédent, lui donnait le sentiment qu'un destin tragique se profilait. Un éclair déchira soudain le ciel et frappa la mer.

Quand la mort de Byron fut annoncée le lendemain, toute la ville fut sous le choc. Et Despina fut peut-être celle qui souffrit plus que quiconque. Elle n'avait jamais éprouvé une telle perte, connu un tel sentiment de vide.

Pour la troisième fois de sa vie, elle vit son idole. Son cercueil était exposé dans l'église d'Agios Nikolaos et le grand homme était à nouveau entouré d'une foule, qui pleurait son départ à présent, au lieu de célébrer sa venue. Ses yeux clos ne pouvaient plus envoûter personne.

Le chagrin s'abattit sur Missolonghi. On tira des coups de fusil sur le rempart, les fêtes de la semaine de Pâques furent annulées, les boutiques et les administrations fermées. On décréta un deuil de trois semaines. Le jour où l'enterrement devait avoir lieu, on crut que les cieux eux-mêmes s'étaient mis à pleurer. La pluie torrentielle imposa le report de la cérémonie. Lorsqu'elle eut lieu, le lendemain, des milliers de citoyens étaient dans la rue pour faire leurs adieux au poète.

Personne ne versa plus de larmes que Despina. Ses yeux, gonflés, avaient causé des dégâts qu'elle ignorait. Dans les années qui suivirent, on évoqua la maladie de Lyme, le paludisme, l'épilepsie et l'usage excessif de sangsues pour les saignées. Les théories se multipliaient et donnaient lieu à des débats incessants.

La bonne de Byron soutint, quant à elle, jusqu'à la fin de son existence, que c'était le pouvoir du *mati*, mais personne ne voulait accuser l'innocente Despina. Personne ne pouvait s'imaginer qu'un tel «regard» avait émané d'elle. Elle n'aurait jamais à porter le poids de ce crime.

— S'ils m'avaient laissé accomplir le *xematiasma* pour chasser le mauvais œil, disait la bonne, notre cher maître serait peut-être encore parmi nous.

Si seulement on l'avait écoutée.

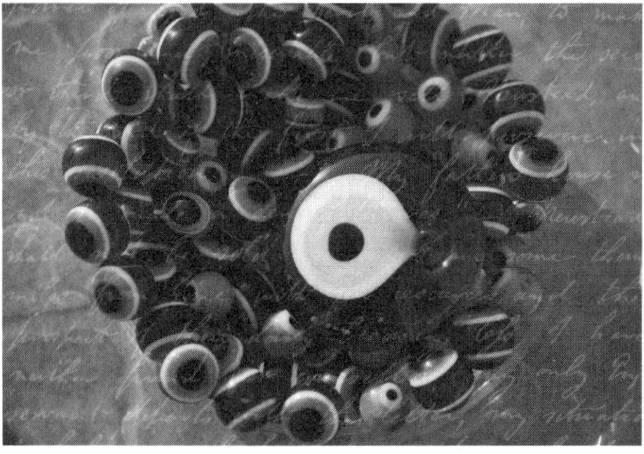

Je ne suis pas sûr de croire aux malédictions, mais l'idée d'un «œil» protecteur me parle. On le retrouve dans différentes religions et cultures, sur plusieurs continents, et j'en ai accroché un à mon porte-clés, depuis un petit moment. Au cas où.

J'ai lu beaucoup de choses sur Byron pendant mon séjour à Missolonghi, et il m'a inspiré une profonde pitié et de la tristesse. Il n'avait aucun mal à séduire les femmes (rares étaient celles qui résistaient à son magnétisme), et cependant, c'était pour les hommes qu'il avait de réels sentiments, rarement partagés. Il n'a pas seulement passé les derniers mois de son existence malade, à délirer : il a aussi été dévoré par sa passion pour un adolescent, un amour désespéré, à sens unique.

Byron avait le cœur si brisé qu'il a eu des pensées de mort. Ces dernières semaines, j'ai connu la même tentation et je n'ai pas honte d'admettre que, par moments, je n'ai plus eu envie de vivre.

En janvier 1824, Byron a écrit ces mots, composant ce qui serait son dernier poème :

Il est temps que ce cœur cesse de s'émouvoir,
Puisqu'il a cessé de toucher les autres ;
Et pourtant, quoique ne pouvant plus être aimé,
Je veux aimer encore !

Mes jours sont un feuillage jauni ;
Les fleurs et les fruits de l'amour ont disparu :
La douleur seule, ver rongeur, cancer dévorant,
Est restée avec moi !

Byron est mort trois mois après avoir rédigé ces vers. Il faisait ses adieux à l'amour et à la vie. Je me demande si cette passion insensée pour un adolescent l'a affaibli au point d'entraîner sa mort. Qui sait ? Ce qui est certain, c'est qu'elle a été la source d'un terrible malheur alors que ses forces déclinaient. J'ai beaucoup réfléchi à tout ceci, l'amour source de joie infinie et d'un malheur bien plus grand quand il n'est pas réciproque. Allais-je me laisser détruire par un rejet, ainsi que Byron, j'en étais convaincu, l'avait été ?

L'hôtel où j'ai logé durant ces semaines était si miteux qu'il a presque, en un sens, servi mon inspiration. Construit pendant la dictature militaire, il n'a pas subi la moindre transformation depuis 1970. J'ai poussé le bureau vers la fenêtre du petit balcon pour voir la mer quand j'écrivais. Il n'y avait pas de télévision pour me distraire. Les serviettes étaient aussi rugueuses que du papier de verre, et les draps gris (mais ils étaient changés tous les jours, au moins). J'ai fini, non sans une certaine forme de perversité, par aimer ça. Que pouvait-on attendre de plus pour vingt euros par nuit ? Ce gigantesque établissement, où seul un dixième des chambres étaient occupées, me séduisait particulièrement pour une raison : l'absence d'intérêt pour les fêtes de fin d'année. Pas un automate de père Noël qui parlait, pas une décoration, pas un CD de chants insupportables. Il n'y avait qu'une jolie maquette lumineuse en forme de navire à la réception – dans de nombreux endroits, ce karavaki *tient lieu de sapin.*

Ça m'a perturbé de passer le 25 décembre tout seul. J'ai appelé mon frère et j'entendais ses enfants chanter Jingle Bells *derrière lui. Je me sentais tellement isolé… C'est la seule fois où j'ai failli prendre un avion pour rentrer et mettre un terme à ce périple. Par chance, en Grèce, Noël ne se prolonge pas, contrairement au Royaume-Uni. Pour la plupart des gens, c'est juste un jour de congé, et la vie reprend rapidement son cours normal ensuite. L'un dans l'autre, ces jours à Missolonghi ont été productifs, j'ai bien avancé dans la rédaction de mon manuscrit, tout en jetant, de temps en temps, un coup d'œil à la mer à travers les vitres sales.*

J'ai quitté Missolonghi le dernier jour de décembre. J'ai terminé la nuit dans un lieu que je préfère oublier. Déjà que je déteste la soirée du 31 quand la vie va bien… Je me suis débrouillé pour dénicher un endroit d'où on n'entendait même pas les oiseaux chanter. Mon moral avait beau être au plus bas, le monde entamait une nouvelle année, et j'ai compris que j'avais atteint, moi aussi, un tournant dans ma vie.

Quelques jours plus tard, après un détour par la charmante ville d'Arta, je suis arrivé à Préveza. Il était tard lorsque j'ai pris une chambre, et la ville était très calme, comme la plupart des endroits hors saison. Le lendemain, pourtant, elle m'a montré un tout autre visage.

Ce matin-là, j'ai été réveillé à l'aube par des cloches. La sonnerie s'est prolongée un moment et, quand elles se sont enfin tues, une voix a pris le relais. C'était un prêtre qui donnait la messe. En ouvrant mes volets, je suis tombé nez à nez avec un clocher : deux énormes haut-parleurs, d'une autre époque, étaient fixés à son toit. Comprenant que je n'avais aucune chance de retrouver le sommeil, je me suis habillé et suis sorti sur la place.

Impossible d'entrer dans l'église : elle était si bondée que des centaines de personnes étaient agglutinées devant et se dévissaient le cou pour voir ce qui se passait à l'intérieur.

J'avais besoin d'un café et je me suis dirigé vers le port pour trouver un bistro. Au bout d'une rue étroite et ombragée, j'ai été surpris de sentir un souffle particulièrement chaud sur ma peau : le soleil faisait scintiller la mer. Une grande partie de la Grèce avait eu de la neige ces derniers jours, mais, dans cette petite ville portuaire, un vent d'ouest avait provoqué une hausse subite des températures. Les Grecs parlent de « jours alcyoniens », ils sont habitués à cet avant-goût du printemps en janvier, délice qui peut disparaître aussi brusquement qu'il est arrivé.

Quelle belle journée c'était… Il n'y avait pas seulement du monde à l'église : une foule s'était aussi amassée au bord de l'eau, comme pour assister à un événement important. Et chacun avait fait un effort. Certains hommes portaient des costumes (même si beaucoup avaient retiré leur veste), et les femmes rivalisaient d'élégance. Seuls les pêcheurs semblaient passer une journée normale et vendaient la pêche de la nuit précédente à la descente de leurs bateaux.

On était le 6 janvier, jour férié dans le pays tout entier, et il n'y avait pas une seule table de libre dans toute l'enfilade de terrasses sur le front de mer. J'ai demandé à un couple si je pouvais partager la leur et, après avoir légèrement hésité, ils ont accepté. J'ai com-

mandé mon café avant de les interroger sur ce qu'il se passait.

— On célèbre la Théophanie, m'a répondu la femme, d'un air de penser que j'aurais dû le savoir.

— C'est comme l'Épiphanie ? L'arrivée des Rois mages ?

— L'Église orthodoxe grecque fête un autre événement, m'a-t-elle expliqué. Nous croyons que, ce jour-là, le Christ a été baptisé. Qu'il s'est manifesté pour la première fois en tant que fils de Dieu. Aujourd'hui, le pope bénit l'eau en y jetant une croix.

Percevant mon intérêt sincère, elle a poursuivi :

— Et on raconte que, pendant les fêtes de Noël, il y a des esprits maléfiques, les kallikantzaroi, *qui chamboulent tout et provoquent, en général, des ennuis. Aujourd'hui, on purifie la mer pour les chasser et permettre à la navigation de reprendre.*

— La mer compte plus que tout pour nous, a ajouté son mari avec émotion, avec toutes nos côtes et nos îles. C'est une partie de notre âme, vous savez.

Promenant mon regard alentour, j'ai découvert que l'activité s'était accrue sur la promenade.

— Et là, qu'est-ce qui se passe ? ai-je demandé.

— Leonidas va vous le dire, m'a répondu la femme en riant. Quand il était jeune et beau, il participait à cet événement.

Elle a caressé la bedaine de son mari d'un geste tendre.

— Aujourd'hui, je coulerais à pic, comme une pierre ! a-t-il plaisanté. Ma femme cuisine trop bien.

Je me suis pris d'affection pour ce couple. Leur relation paraissait équilibrée, ils étaient à l'aise ensemble et leur amour semblait bien vivant.

Leonidas était avocat et il s'est fait un plaisir de me donner des détails sur le rituel qui se déroulait à quelques pas de nous. Son épouse, Dora, avait été enseignante et était à la retraite.

— Bientôt, le pope va lancer une croix dans la mer et les garçons que vous apercevez là-bas vont plonger pour essayer de la trouver.

— Vous voulez dire que c'est une sorte de compétition religieuse, alors ?

— Exactement, m'a-t-il répondu. J'y ai participé dans ma jeunesse ! Juste une fois. Avec mon meilleur ami de l'époque, Giorgos.

— Leonidas… Tu tiens vraiment à raconter cette histoire ? lui a lancé sa femme en posant une main sur son bras, comme pour le retenir.

— Et pourquoi pas, *agapi mou* ? Elle se finit bien, dans un sens.

Elle a posé sur lui un regard tendre et résigné.

— *Matia mou* ! s'est écrié Leonidas. Il est là ! Tu le vois ?

— Oui, a-t-elle dit en me le montrant du doigt. Avec une casquette noire.

J'ai aperçu, un peu à l'écart, un homme aux yeux rivés à la mer.

— Ce pauvre vieux Giorgos, a-t-elle soupiré.

Les jeunes hommes de la ville se préparaient à sauter à l'eau.

Eau bénite

ΕΛΛΑΣ

GREECE

Clock Tower, Agios Haralambos, Preveza

Printed in Greece

Eau bénite

En ce 6 janvier 2010, Giorgos Ziras s'attardait près de l'entrée de l'église. Il pouvait voir, par-dessus les dizaines de têtes, le bout de l'allée où des popes vêtus de robes en brocart raffiné portant de hautes coiffes ornées de pierres précieuses récitaient des prières. Il connaissait les deux plus âgés depuis l'époque où il était écolier, et aujourd'hui encore, malgré leurs longues tuniques et leurs barbes crépues, il les voyait comme des petits garçons. Il avait l'impression qu'hier seulement ils jouaient ensemble au ballon dans la poussière.

Giorgos regarda de jeunes pères pénétrer dans le narthex, embrasser l'icône puis soulever leurs enfants pour leur permettre de faire de même. Ensuite, ils achetèrent des cierges, les allumèrent et les plantèrent dans une coupe remplie de sable, où ils se consumeraient avec une centaine d'autres. Il n'y avait plus une place assise dans l'église ce jour-là. Et seuls les enfants les plus jeunes arrivaient à se frayer un chemin parmi la forêt de jambes adultes et à rejoindre l'avant de la nef.

À l'extérieur du bâtiment, un petit groupe d'adolescents en tenue de cérémonie orange patientait. Les chaussures de sport râpées qui dépassaient sous le brocart et les plaques d'acné sur leurs visages les poussaient plus du côté du profane que du sacré. Ils attendaient que vienne le moment de porter la précieuse croix jusqu'à la mer. Pour tuer le temps, ils jouaient avec une pierre sur les pavés juste devant l'église. Plus près de l'eau, un groupe de jeunes hommes attendaient, eux aussi, prêts à affronter les vagues.

Un autre 6 janvier, à la fin des années 1970 cette fois, l'église aussi était pleine. Selon la coutume, la matinée se déroulait au rythme de la messe.

Giorgos était arrivé en avance ce matin-là pour allumer un cierge. Il portait son maillot de bain sous ses vêtements. À présent, emmitouflé dans une serviette, il patientait en grelottant avec les autres participants.

Le groupe de nageurs avait été sélectionné avec soin. Ils étaient tous membres de l'équipe municipale de water-polo, et certains d'entre eux participaient à la Théophanie pour la dixième année consécutive.

Le fait de figurer dans ce groupe leur donnait un statut plus important que s'ils avaient été membres du conseil municipal ou de la police. Une chance de prendre part à ce rituel, de plonger pour récupérer la croix que le pope ne tarderait pas à jeter à la mer, n'était que l'un des privilèges. Mais Giorgos Ziras, la dernière recrue, avait du mal à jouir de ce prestige : le reste de l'équipe acceptait mal son arrivée. Il s'entraînait avec eux depuis longtemps, pourtant, depuis que l'entraîneur l'avait sélectionné pour les matchs clés de la dernière saison, leur antipathie était devenue plus évidente.

La venue d'un nouveau membre signifiait, en général, le départ imminent d'un autre et, quelques jours plus tôt, Mihalis Nikopoulos s'était entendu dire que

sa présence ne serait pas nécessaire. Pendant dix ans, il avait été l'épine dorsale de l'équipe, il avait marqué plus de buts que quiconque, et aujourd'hui il se faisait congédier. L'entraîneur, qui manquait singulièrement de tact, l'avait informé qu'il était autorisé à participer une dernière fois à la cérémonie du 6 janvier, mais que l'été suivant il pourrait dire adieu à son poste de capitaine. Si Mihalis avait un caractère bien trempé, l'entraîneur bien plus encore. Le joueur n'avait pas trahi la moindre émotion, pourtant, le compte à rebours d'une bombe s'était déclenché en lui.

L'entraîneur admirait la vitesse et l'agilité de Giorgos Ziras dans l'eau, et c'était d'ailleurs ce qui lui avait valu une place au sein de l'équipe. Mihalis avait la puissance d'un petit hors-bord, cependant, il accumulait les fautes et perdait trop de points : il était devenu un handicap pour les autres.

On avait formé une arche en feuilles de palmier sur une estrade, et les concurrents patientaient dessous. Giorgos était plus petit et plus jeune que les autres, qui se bousculaient pour plaisanter, très à l'aise. Beaucoup se côtoyaient au sein de l'équipe depuis des années. La plupart avaient une carrure impressionnante, un torse vigoureux – qu'ils soient dus à des séances de musculation ou à un récent service militaire. Giorgos savait qu'il ne leur ressemblerait jamais. Même s'il nageait tous les jours l'été, l'entraînement physique le faisait maigrir. Sa grand-mère avait beau lui trouver une ressemblance avec un espadon, le serpent de mer était la seule créature marine à laquelle il s'apparentait.

Il remarqua que Mihalis observait l'eau et ne participait pas aux chamailleries des autres. Il redressa brusquement la tête et fixa sur Giorgos un regard pénétrant.

Le jeune homme n'avait jamais ressenti une haine aussi puissante et se détourna aussitôt. Sa température corporelle chuta de plusieurs degrés et il resserra sa serviette autour de lui en frissonnant.

Au premier rang de la foule qui grossissait se trouvait Margerita Ziras, qui tenait les vêtements de son fils. Giorgos lui jeta un coup d'œil, en quête de réconfort, mais il constata qu'elle était aussi nerveuse que lui, que ses traits étaient tendus et crispés. Elle réussit à peine à agiter la main.

Tout le monde était de sortie ce jour-là : plus d'un millier de citoyens sur leur trente et un – on aurait même dit que certains se rendaient à un mariage ou à un défilé –, coiffés et parfumés. C'était un événement mondain aussi bien que religieux. Le soleil faisait scintiller la surface de l'eau, et les spectateurs qui se trouvaient au bord devaient mettre une main en visière. Une poignée arborait même une paire de lunettes de soleil à la dernière mode, qui donnait aux hommes une allure de mafieux (ce qui ne les dérangeait pas) et aux femmes un style Jackie Kennedy. Pour quelques-uns, saluer ses voisins et estimer la valeur de leur collection de bijoux étaient des motivations suffisantes pour sortir de chez soi.

Ils entendirent la fanfare municipale approcher : les popes, les fidèles, le maire et les autres dignitaires de la ville arrivaient de l'église. Il y avait aussi des représentants locaux de l'armée et de la marine. Tous ceux qui possédaient un uniforme l'avaient sorti pour cette journée et le portaient fièrement.

Giorgos regarda autour de lui et devina, au-delà de la foule, le sommet de la coiffe d'un pope, puis les instruments en cuivre qui luisaient derrière. La procession finit par apparaître. Elle poursuivit sa route vers la mer. Gênés par le poids et le volume de leurs robes, les membres du clergé grimpèrent difficilement à bord d'un petit bateau de pêche. On étouffa des cris en voyant que l'un des popes, qui pesait près de deux cents kilos, manquait de le faire chavirer.

Les jeunes sur l'estrade savaient que le moment était venu. Bientôt, le plus âgé des prêtres jetterait la croix et les concurrents plongeraient. Ils se lanceraient dans une course de vitesse. Le vainqueur recevrait une bénédiction individuelle, mais surtout il acquerrait le statut de héros aux yeux de la ville. Pendant dix années, Mihalis avait été celui-ci, fendant sans le moindre effort les eaux glacées.

Les bousculades amicales avaient cessé. Les serviettes glissèrent sur l'estrade, les lunettes de natation furent ajustées. Les jeunes hommes suivirent du regard le petit bateau à moteur, qui s'enfonçait dangereusement dans les flots avec sa sainte cargaison. Le pêcheur, à la barre, s'éloignait vers le large.

Enfin, l'embarcation s'immobilisa. Un pope se leva et prit la parole. L'heure était presque arrivée. La nervosité, la peur et la perspective de nager dans l'eau froide précipitaient les battements du cœur de Giorgos. Il sentit soudain une douleur aiguë dans son dos : l'un des nageurs essayait de l'écarter d'un coup de coude. Tout le monde se battait pour se retrouver tout devant. Il fut repoussé progressivement vers le côté. S'il sautait à l'eau avant le départ, il serait aussitôt

disqualifié : ses orteils s'accrochaient donc désespérément au rebord de l'estrade.

Le pope brandit la croix et le silence s'abattit sur la foule. Tous les regards étaient rivés à l'or brillant. Les incantations se poursuivaient, presque noyées par les toussotements du moteur. Un long ruban était fixé à la croix, que le prêtre plongea dans l'eau avant de la ressortir. Une première et une deuxième fois. À la troisième immersion, il lâcha le ruban et la croix fila vers le fond. C'était le signal. Giorgos reçut un nouveau coup violent dans le flanc qui lui fit perdre l'équilibre. Les planches irrégulières lui éraflèrent la jambe tandis qu'il tombait maladroitement dans la mer.

Sous l'eau, il reçut un coup de pied dans le ventre et un second dans le visage. Ses lunettes remontèrent vers son front et, lorsque le sel lui piqua les yeux, il comprit qu'il les avait perdues. La mer était d'un vert opaque, et l'écume provoquée par la dizaine de nageurs autour de lui l'empêchait de voir. Il remonta à la surface, haletant et toussant, aveuglé et ridiculisé.

Devant lui, à quelques mètres du pope, l'eau bouillonnait. Tous les nageurs avaient dû plonger maintenant. Il gonfla ses poumons et les rejoignit. Exécutant de tout petits battements, il glissa vers le groupe aux contours flous : une masse de chair pâle qui semblait former un seul corps sous les vagues, un monstre à tentacules. Les concurrents devaient être à proximité de la croix.

Giorgos avait entendu dire que le « vainqueur » était choisi à l'avance, mais il repoussa cette idée : il était le plus rapide de l'équipe, il devait bien avoir une chance. Les autres, à bout de souffle maintenant, remontaient l'un après l'autre à la surface. Giorgos continua à s'enfoncer sous l'eau. Il aperçut une lueur, un coin de la croix. Un autre nageur se trouvait encore avec lui. Un torse massif, une chaîne en or autour du cou. Mihalis. Alors que Giorgos le rejoignait, ce dernier s'éloigna, lui présentant la rangée de dauphins tatoués dans la partie supérieure de son dos et sa nuque, visibles même dans la pénombre boueuse des profondeurs.

Il doit avoir besoin de reprendre son souffle, songea Giorgos. Il tenait une occasion rêvée. Il ne lui restait plus qu'une ou deux secondes. C'était maintenant ou jamais.

La croix s'était glissée sous un rocher. Les autres nageurs n'avaient pas essayé de le déplacer, se contentant de tirer sur le ruban. Giorgos prit appui sur le sol et s'arc-bouta. Le rocher roula et il libéra la croix avec son orteil. D'une main, il ramassa prestement le ruban et le tira vers le haut. Il ressentit alors une brûlure dans ses poumons, un rugissement dans ses oreilles et fut pris d'une claustrophobie subite. Il battit des jambes pour regagner la surface en brandissant la précieuse croix au-dessus de sa tête, pour qu'elle soit la première à apparaître, pour que la foule la voie. Il émergea, haletant, au centre d'un cercle d'une douzaine de nageurs environ.

Certains l'étreignirent et l'embrassèrent sur les deux joues pour le féliciter de sa victoire, mais il perçut leur manque d'enthousiasme. Giorgos n'était pas censé gagner.

Les lunettes rendaient leur expression indéchiffrable. Le cercle s'ouvrit soudain et Giorgos nagea vers le bateau. Le pope se pencha pour attraper la croix.

Le jeune homme reprit ensuite la direction de la terre ferme. Tous les autres concurrents l'attendaient déjà sur l'estrade. Quelqu'un lui offrit une main : c'était son camarade Leonidas. Épuisé et affaibli, Giorgos se hissa péniblement hors de l'eau. Sa mère lui tendit sa serviette.

Pendant qu'il se séchait, il se rendit compte que quelqu'un manquait. Et soudain, il remarqua qu'un nom était sur toutes les lèvres.

— Où est Mihalis ?

— Tu l'as vu ?

— Il était sous l'eau ?

Des questions l'assaillaient de toutes parts.

— Il était… je l'ai vu…

Personne ne l'écoutait.

Trois ou quatre nageurs plongèrent à nouveau et retournèrent vers la zone où la croix avait été trouvée. L'un d'eux poussa jusqu'au bateau pour alerter le pope. Plusieurs autres bateaux s'étaient aussi approchés et tous leurs passagers scrutaient les profondeurs.

Les gens criaient et pointaient en direction du large. Un murmure de consternation parcourut la foule de spectateurs. Giorgos entendit les hurlements de la mère et des sœurs de Mihalis, inconsolables. On ne tarda pas à envoyer un message au sauveteur plongeur d'une ville voisine.

Tout en inspectant la surface de la mer, Giorgos se remémorait les derniers instants où il avait vu Mihalis. Il se rappela que celui-ci s'était éloigné à son approche, qu'il lui avait tourné le dos.

Un groupe se formait à nouveau autour de lui.

— Il était sous l'eau ?

— Tu l'as vu ?

— Qu'est-ce qui s'est passé ?

— Il avait la croix ?

— Il l'avait trouvée en premier ?

Saisi par la peur, la panique et la nausée, Giorgos comprit que les rumeurs prenaient forme sous ses yeux. Tout le monde savait que Mihalis et lui étaient en rivalité, qu'il avait pris la place, dans l'équipe, de ce membre plus ancien et plus puissant que lui. Mihalis n'avait eu aucun mal à monter l'ensemble de ses coéquipiers contre lui, ce qui était évident, aussi bien dans l'eau que sur la terre ferme. Ça n'était pas une simple rivalité. Cette acrimonie amère s'était renforcée pendant la dernière saison sportive : Giorgos avait surpassé son aîné, plus expérimenté, en marquant davantage de buts que lui. Et maintenant que Mihalis avait disparu, les autres étaient persuadés qu'il était le dernier à l'avoir vu.

Les recherches durèrent trois jours. Des équipes de citoyens se rendirent sur les plages voisines pour s'assurer que son cadavre ne s'y était pas échoué. Les courants dominants laissaient supposer qu'il pourrait se trouver plus au nord, sur une étendue de sable. Rien. Il n'y eut donc ni enterrement ni conclusion à cette histoire, et le père de Mihalis fit bien comprendre aux clients du *kafenion* qui il soupçonnait.

La police interrogea tout le monde, et Giorgos en dernier. Si bien qu'elle s'était fait une idée très précise de la relation des deux hommes. En dépit des rumeurs concernant l'implication de Mihalis dans plusieurs crimes qui s'étaient produits dans la région, personne ne voulait ternir l'image du héros sportif de la ville. Ils fermaient les yeux sur le vol à main armée de la mi-décembre qui avait conduit à la mort de deux hommes. Le frère et l'oncle de Mihalis avaient été pris sur le fait et seraient bientôt jugés pour meurtre. Plusieurs témoins avaient évoqué un troisième criminel et beaucoup s'étaient attendus à l'arrestation de Mihalis. Giorgos n'avait jamais eu d'ennuis, mais ça n'intéressait personne. On le dépeignit au contraire comme un concurrent impitoyable, capable de tout pour gagner. Sans cadavre ni preuves, il ne pouvait pas être arrêté ou inculpé officiellement, ce qui n'empêchait pas la population d'avoir une opinion tranchée sur la question.

Giorgos ne pouvait pas quitter Préveza. Prendre la fuite aurait été un aveu de culpabilité, et ailleurs, il n'aurait eu ni famille, ni amis, ni passé. Personne n'agissait ainsi, à moins d'avoir quelque chose à cacher. Il en vint même à se demander s'il n'avait pas, au fond, une part de responsabilité.

— Quand les gens ne veulent pas entendre quelque chose, ils font la sourde oreille, lui répétait son ami Leonidas.

L'entraîneur annonça à Giorgos, d'un air contrit, qu'il devait se séparer de lui : sans cohésion, l'équipe n'avait aucune chance de fonctionner. Sans lui, celle-ci accéda aux championnats nationaux et connut la gloire. Trois des anciens coéquipiers de Giorgos participèrent même aux jeux Olympiques suivants.

Le jeune homme décrocha un travail à une heure de route dans une usine qui emballait de la feta pour l'exportation. Il resta vivre chez sa mère et ne se montra jamais en centre-ville. D'avril à octobre, après le travail, il s'arrêtait en chemin sur une plage déserte et inaccessible pour nager seul. Le reste de l'année, il rentrait directement chez lui.

Trois ans après la «mort» de Mihalis, une messe eut lieu dans l'église. Il y avait autant de fidèles que pour la Théophanie.

Depuis près de quarante ans, Giorgos vivait ainsi, comme une ombre. Il existait mais était absent. Assister au déclin de sa mère avait peut-être été le plus douloureux. Ils ne parlaient pas de l'incident, pourtant, il savait qu'elle se sentait accablée par le fait de ne pouvoir démontrer l'innocence de son fils et par l'opprobre qui entourait leur famille depuis ce matin de janvier. Elle en avait éprouvé les conséquences sur son quotidien, elle aussi.

En participant à la Théophanie, Giorgos avait l'impression de prouver son innocence. C'était le seul jour de l'année où il mettait un point d'honneur à garder la tête haute. Si les nageurs étaient désormais les enfants et petits-enfants des hommes de sa génération, nombre de spectateurs restaient les mêmes.

Il ne pouvait pas demander le pardon à l'un des prêtres : il n'avait rien à se faire pardonner. Pour obtenir l'absolution, il fallait d'abord avoir un péché à confesser. Quarante ans plus tard, Giorgos était toujours seul, éprouvant le même mélange de culpabilité et d'innocence. Un criminel sans crime.

Cette année-là, comme toujours, Giorgos observa les visages de la foule alentour pour s'assurer qu'il n'était pas trop près d'une connaissance. Il évitait tout particulièrement ceux qui nageaient avec lui le jour de la disparition de Mihalis.

Un détail attira soudain son attention sur sa gauche : un dessin sur une nuque. Le bec d'un dauphin dépassait du col d'une veste en cuir de mauvaise qualité. L'homme étant quasiment chauve, le dessin était particulièrement visible. Si les tatouages étaient plus que jamais à la mode dernièrement, il était plus rare d'en voir sur un individu de cet âge.

Un profond malaise envahit Giorgos et il sentit un filet de sueur lui dégouliner dans le dos. L'homme en question portait des lunettes de soleil et une casquette bleu marine – ses traits étaient en grande partie masqués. Il se trouvait sur un côté de la foule. Pouvait-il s'agir de lui ? Pouvait-il vraiment s'agir de Mihalis Nikopoulos après tout ce temps ? La taille semblait correspondre, mais sa carrure était moins imposante.

Que ce fût ou non l'homme qui avait en disparaissant détruit la vie de Giorgos, ce dernier s'éloigna, d'instinct. Ses jambes tremblantes le ralentirent pourtant dans sa fuite. Et en chemin, il croisa l'une des rares personnes avec qui il parlait toujours. Son ancien ami d'école, le loyal Leonidas, qui n'avait jamais douté de son innocence.

— Giorgos ! *Ti kaneis ?* lui demanda-t-il. Comment vas-tu ?

Il le dévisagea avec inquiétude. Giorgos était livide.

— Tu es sûr que ça va ? insista Leonidas en lui touchant le coude.

— Oh, tu sais… répondit Giorgos d'une voix chevrotante. Comme d'habitude. Et toi ? Les enfants ? Les petits-enfants ?

— *Ola kala,* tout va bien.

La croix venait d'être jetée et il y eut un léger mouvement de foule vers l'eau écumante. Les spectateurs étaient plus nombreux que jamais et, depuis quelques années, le pope récitait sa prière dans un micro. Sa voix tonitruante se réverbéra sur l'eau et Leonidas dut crier pour se faire entendre.

— Tu es au courant ?

— Au courant de quoi ? hurla Giorgos en plaçant sa main en porte-voix.

— Le vieux Markos Nikopoulos, il est mort hier.

Ce nom fit l'effet d'une décharge électrique à Giorgos. S'il avait aperçu le père de Mihalis ici ou là, il avait toujours réussi à éviter un face-à-face.

— Son enterrement a lieu…

— Aujourd'hui ?

— Cet après-midi. Je viens de voir l'avis.

Mihalis était donc rentré pour les funérailles de son père. Tout s'expliquait. C'était le seul événement capable d'attirer un fugitif – qui veillait à rester discret, n'ayant informé personne, à part peut-être sa famille proche, de sa présence. Giorgos sut alors avec certitude qu'il avait bien vu Mihalis Nikopoulos. Que celui-ci était vivant.

Des larmes coulèrent sur son visage.

Leonidas était déconcerté : pourquoi son ami exprimait-il autant de chagrin pour la disparition du père Nikopoulos ? Ça n'avait aucun sens.

Le soulagement faillit anéantir Giorgis. Disculpation. Preuve. Absolution. Les mots tournaient dans sa tête.

À ce stade, il ne contrôlait plus ses sanglots, et Leonidas le prit dans ses bras pour le soutenir.

Vous puiserez de l'eau avec joie aux sources du salut…
Pour que cette eau soit sanctifiée par la puissance,
l'action et la présence de l'Esprit saint,
prions le Seigneur…

Les mots du pope balayèrent la surface de la mer tel un violent raz-de-marée.

Le rituel de la Théophanie était spectaculaire, audacieux et inattendu. C'était surréaliste de voir des gens se baigner un jour de janvier, et cette vision m'a profondément marqué. En voyant les corps des athlètes, en admirant leur exploit au son de la musique et de psaumes, j'ai regretté que les traditions anglicanes soient moins pittoresques.

Même la nuque de Giorgos, que je n'ai aperçue que de loin, semblait exprimer des années continuelles de souffrance muette. Toutes ces décennies à vivre dans l'ombre d'un mauvais souvenir et d'une accusation tacite avaient dû le marquer terriblement. Giorgos avait passé plus de la moitié de son existence dans une sorte de crépuscule, mais la réapparition de Mihalis Nikopoulos lui avait offert la possibilité d'une renaissance, d'un second baptême.

À un moment du récit, je me suis dit que je ne devais pas laisser filer les années, que je devais saisir la vie – à bras-le-corps –, et recommencer. Pendant ces premiers jours de janvier, si chauds, j'ai senti que j'entamais mon dégel. Ces jours alcyoniens sont proprement enivrants, et Leonidas m'a raconté l'histoire de leur nom. Selon Ovide, Alcyoné, fille d'Éole, dieu des Vents, se jeta dans la mer après la noyade de son mari. Le couple fut transformé en martins-pêcheurs (alcyons) et, lorsque Alcyoné fit son nid sur la plage, son père apaisa les flots pour protéger les œufs. Ces jours de sérénité hivernale sont censés permettre aux oiseaux de nicher, et je dois avouer qu'ils m'ont communiqué un merveilleux sentiment de paix. Je suis resté à Préveza pour en profiter, j'ai dîné tous les soirs avec Leonidas et Dora. Celle-ci possédait en effet les qualités de cuisinière vantées par son mari et elle était décidée à m'engraisser. J'avais perdu plusieurs kilos dans les semaines suivant ta non-venue et je flottais dans mes vêtements. Grâce à elle, j'étais en passe de retrouver bonne mine quand j'ai quitté Préveza.

J'ai pris la direction de l'est, vers Karpenisi. Je me suis trompé d'embranchement et me suis retrouvé au milieu de nulle part, sur une route non goudronnée en pleine montagne. Je suis resté seul pendant de nombreuses heures, loin de toute civilisation et exalté par ma solitude, mon erreur m'ayant conduit dans des paysages féeriques que je n'aurais jamais vus si je n'avais pas mal lu ma carte. Je me suis interrogé sur le pouvoir du hasard. Nos erreurs peuvent-elles tourner à notre avantage au bout du compte ? Ce que nous prenons pour une catastrophe peut-il conduire en réalité à une amélioration dans nos vies ? Je voulais l'espérer. Ou plutôt je commençais à envisager cette possibilité. Dans les hauteurs sauvages de ces montagnes, je me suis, par instants, senti libre et léger.

Ellie posa le carnet. Elle était en Grèce depuis quatre jours maintenant et avait apprécié le moindre instant de son séjour. Elle nageait et prenait le soleil sur la plage de son hôtel à Tolo une bonne partie de la journée. En milieu d'après-midi, elle montait dans un bus pour Nauplie, où elle visitait un monument différent chaque jour (une partie de la citadelle, une église, un musée : c'était une ville au passé riche, qui regorgeait de beautés, telle qu'Anthony l'avait décrite), avant de boire un verre sur la place et de reprendre un bus à l'heure du dîner. Le deuxième jour, elle écrivit une carte postale à sa mère, qui en espérait sans doute une. La jeune femme avait perdu l'habitude de cet exercice, et les six timbres ne lui laissèrent presque pas de place pour l'adresse. Elle sourit en rédigeant une description enthousiaste de Nauplie. *C'est vraiment un endroit à part.* Si elle n'avait pas reçu les cartes d'Anthony, elle aurait douté que celle-ci puisse arriver à bon port. Elle se contenta d'envoyer des textos à ses amis, accompagnés d'un selfie avec la mer en toile de fond.

Ellie gardait le carnet d'Anthony pour le soir, elle lisait chaque jour une ou deux nouvelles sur son balcon. Elle aspirait à cette atmosphère particulière :

le calme de la nuit, l'éclat des étoiles, le chant cadencé des cigales, le doux clapotis des vagues sur la plage. Il lui semblait que c'étaient les bonnes conditions pour pénétrer dans les pensées de cet inconnu, en privé et en silence, sans la musique pop qui s'échappait du bar ou le bruit métronomique des vacanciers qui jouaient au tennis sur la plage. Plus d'une fois, elle avait regardé sur une carte la distance entre Nauplie et l'un des endroits visités par Anthony. Idéalement, elle serait allée passer une journée à Préveza ou Patras, mais, après avoir pris des renseignements à la réception, elle était parvenue à la conclusion qu'un aller-retour en bus, ne serait-ce que pour se rendre à Kalamata, était impossible en une journée. Elle ne bougerait pas. De toute façon, Tolo et Nauplie étaient si plaisants que ça ne la dérangeait pas. Dans l'immédiat, elle devrait se contenter des descriptions d'Anthony pour le reste de la Grèce.

Elle apprenait à connaître ce pays, à la fois à travers les récits de cet homme et à travers sa propre expérience. Les odeurs de ses paysages, les sonorités de sa langue, les saveurs de sa nourriture et les sourires de ses habitants la pénétraient déjà, et elle comprenait très bien pourquoi Anthony avait décidé de poursuivre son voyage au lieu de rentrer à Londres et d'affronter un automne maussade – qui battait des records d'humidité cette année, en prime. Elle se réjouissait qu'Anthony ait gardé ses distances : la grisaille inexorable aurait pesé sur son moral.

Ellie n'avait jamais eu d'histoire sérieuse et certainement pas une aussi douloureuse. Certaines de ses amies avaient connu ces ruptures traumatisantes et elle les avait volontiers laissées pleurer sur son épaule. Pour autant, elle ne soupçonnait pas qu'un homme pouvait éprouver des émotions de ce type, et l'amertume décrite par Anthony lui semblait à la fois très étrange et puissante.

La solitude d'Ellie pendant ces vacances n'était pas très éloignée de celle qui était la sienne au quotidien. Elle savait que certains clients de l'hôtel trouvaient bizarre qu'elle prenne ses repas seule et elle aurait volontiers porté un badge indiquant que ça ne la dérangeait pas. Un soir, un couple de sexagénaires charmants insista pour qu'elle dîne avec eux : on ne leur avait pas encore servi le plat principal qu'elle en savait déjà plus qu'elle ne le voulait sur les résultats de leur petite-fille à son dernier examen et sur la croisière qu'ils avaient faite, l'année passée, dans les Caraïbes. La solitude était infiniment préférable, et elle prit l'habitude, pour la suite de son séjour, de se retirer dans sa chambre avec un verre de vin dès la fin du dîner.

Ce soir-là, assise sur une chaise en plastique toute simple, les orteils posés sur la balustrade en métal du balcon, elle pensa à Anthony, à son sentiment de liberté et de légèreté. Le vin frais n'y était peut-être pas pour rien : elle avait l'impression de flotter et, à cet instant précis, elle n'avait plus aucun souci. C'était un moment précieux, un sentiment rare et fugace. Apaisée mais toujours poussée par la curiosité, elle poursuivit sa lecture.

Je suis presque à court de mots pour décrire la beauté de ce pays. Peut-être que ceux qui y sont nés, et plus particulièrement ceux qui ne l'ont jamais quitté, s'imaginent que le reste du monde ressemble à la Grèce. Ou alors, peut-être qu'ils sont tellement habitués à sa beauté qu'elle n'a plus d'effet sur eux. Je suis tombé si souvent «amoureux» ici, j'ai connu tant de coups de foudre – la foudre attribut de Zeus le Keravnovolos. Je suis un drogué en quelque sorte, je guette le prochain spectacle inattendu qui arrêtera presque les battements de mon cœur.

Il est évident, à voir leurs sculptures et architectures, que la beauté importait aux Grecs de l'Antiquité. Quand j'observe des objets vieux de cinq mille ans dans une vitrine (des sculptures cycladiques par exemple), je vois bien qu'ils n'ont pas uniquement une fonction utilitaire. Non seulement les Grecs comprenaient l'esthétique, mais ils la vénéraient.

Ça explique peut-être que je sois aussi scandalisé face à la laideur ici. Si le beau me pétrifie souvent sur place, le laid aussi. Comme dans bien des domaines, ce pays remporte la palme des extrêmes. Certains paysages ont été détruits par la présence de gigantesques constructions en béton, à demi érigées et laissées à l'abandon pour un millier d'années à venir sans doute : hôtels, usines, immeubles de bureaux dont la construction a été tout simplement interrompue. Il m'arrive aussi parfois, en découvrant des bâtiments achevés, de me demander «Pourquoi?», alors que mes yeux balayent les neufs étages aux vitres teintées en orange et le béton fissuré. Dans certains coins, on dirait qu'il n'y a aucune réglementation. Les styles, les couleurs, les matériaux se livrent une bataille aussi acharnée que des anarchistes et des forces antiémeutes dans une manifestation.

Un jour de la fin janvier, j'ai découvert un barrage. Un ouvrage démesuré, abandonné. Le mécanisme rouillé qui servait à générer de l'électricité, la quantité de béton, les graffitis qui recouvrent tout maintenant étaient une profanation de la nature, un aperçu de l'enfer. Cette plaie béante sera là pour toujours, et je n'avais jamais vu un paysage à ce point violenté. Des millions d'euros ont été dilapidés et ont rendu quelqu'un, quelque part, très riche. J'imagine des touristes, dans deux mille ans, qui chercheront à comprendre quelque chose à cet assemblage hétéroclite : l'Acropole et le barrage sur l'Achéloos, dans le même pays? Que s'est-il passé? Ce sera un mystère aussi grand que le disque de Phaistos.

Je suis resté sur place un long moment. C'était plus fort que moi.

J'avais l'impression, comme à Nauplie, d'être un touriste, sauf que, loin de m'abreuver de beauté et d'histoire, je contemplais la destruction à une échelle inédite pour moi. J'ai fini par reprendre la route. Je voulais mettre un maximum de kilomètres possible entre cet endroit et moi avant la tombée de la nuit, j'ai donc roulé, encore et encore – on aurait cru que j'avais le diable aux trousses. J'avais pris la direction de l'ouest, vers la mer encore une fois.

J'ai fini par arriver dans un village qui m'a séduit au premier coup d'œil. Je me suis rendu compte, après coup, qu'il n'était pas loin du site antique de Dodone, un sanctuaire. Le village se composait essentiellement de vieilles maisons traditionnelles en pierre. Il y avait une jolie placette avec un kafenion *et une taverne. J'ai aussi repéré une boulangerie dans une ruelle. Au moment de me garer, j'ai remarqué une dizaine d'avis de décès affichés sur le tableau à côté d'une petite église. Pour une raison mystérieuse, je prends toujours le temps de les lire. Ces avis sont partout en Grèce. Les citoyens doivent réagir rapidement s'ils reconnaissent un visage sur ces affiches, parce que l'enterrement a lieu le jour même ou le lendemain.*

Il me semble que l'identité des morts et leur âge m'informent sur l'endroit où je me trouve. Si ceux-ci approchaient, pour l'essentiel, du cap des quatre-vingt-dix ans, ou l'avaient franchi, c'était dans l'ordre des choses, bien que triste. Dans ce village, pourtant, parmi les octogénaires récemment décédés se trouvait un homme beaucoup plus jeune. Konstantinos Arvanitis avait soixante-deux ans.

Le propriétaire de la taverne où je me suis ensuite rendu m'avait repéré devant le panneau d'affichage.

— Ton gnorizate? *m'a-t-il demandé. Vous connaissiez quelqu'un ? Kostas Arvanitis ?*

Je portais un tee-shirt et un jean noirs ce jour-là, il a pu penser que j'étais en deuil. Les propriétaires de la taverne étaient plutôt amicaux et heureux d'avoir un client un mardi soir, très calme par ailleurs. Elle s'appelait To Tzaki, *« la cheminée », et un énorme feu brûlait dans un coin de la salle, feu que le tavernier entretenait régulièrement. Si les journées étaient douces, les tempé-*

ratures chutaient la nuit, et cette flambée joyeuse offrait un spectacle réjouissant.

— Nous avons tous été surpris par ce décès, m'a dit la femme. Arvanitis était en bonne santé, il continuait à s'occuper de son lopin. Il ne laissait jamais passer un jour sans travailler. Mince, vigoureux, il n'avait pas un gramme de graisse superflue.

Tout en apportant un pichet d'eau et des couverts pour dresser la table, elle continuait de parler. Ses commentaires s'adressaient davantage à son mari qu'à moi.

— Personnellement, je pense qu'il y aurait dû y avoir une autopsie, mais sa femme n'a pas voulu. Qu'est-ce qu'on peut y faire ? Le médecin lui a rédigé un certificat, l'affaire est classée ! Moi, ça ne me plaît pas.

— Eleni… tu ne devrais pas parler comme ça.

— Agapi mou, *c'est trop rapide pour ne pas être suspect ! Il est mort subitement et sa femme n'a pas versé une seule larme. Et elle l'a enterré sans poser la moindre question.*

— On a l'habitude ici, m'a expliqué le tavernier. Les funérailles ont lieu dans les vingt-quatre heures. C'est la tradition. On n'avait pas le choix, j'imagine, avant l'apparition des morgues.

— Sauf qu'on a les moyens de conserver les corps aujourd'hui, Orestes mou…

— Eleni !

— Bref, l'enterrement a lieu demain. Et tout le monde viendra ici après. La carte est un peu limitée ce soir, je suis en train de préparer le poisson pour le makaria, *le repas qui suivra la cérémonie.*

— Ne vous en faites pas, je prendrai ce qui est le plus simple pour vous.

Quand son épouse eut disparu dans la cuisine, l'homme s'est penché vers moi pour me chuchoter :

— Ma femme refuse de le croire, mais il n'y a rien de louche dans cette histoire, je vous donne ma parole.

Il semblait très sûr de lui.

— La femme de Kostas avait des soupçons parce qu'il rentrait toujours en retard. Elle m'a demandé de vérifier qu'il passait bien tout son temps sur son lopin de terre, son kypos*... Je suis allé voir.*

Malgré ses réticences, l'envie de parler était la plus forte.

— Vous n'avez pas l'intention de rester longtemps, si ?

Se convainquant que je ne pourrais pas répéter son récit aux villageois, il m'a raconté ce qui était arrivé.

AMOUREUX DE L'AMOUR

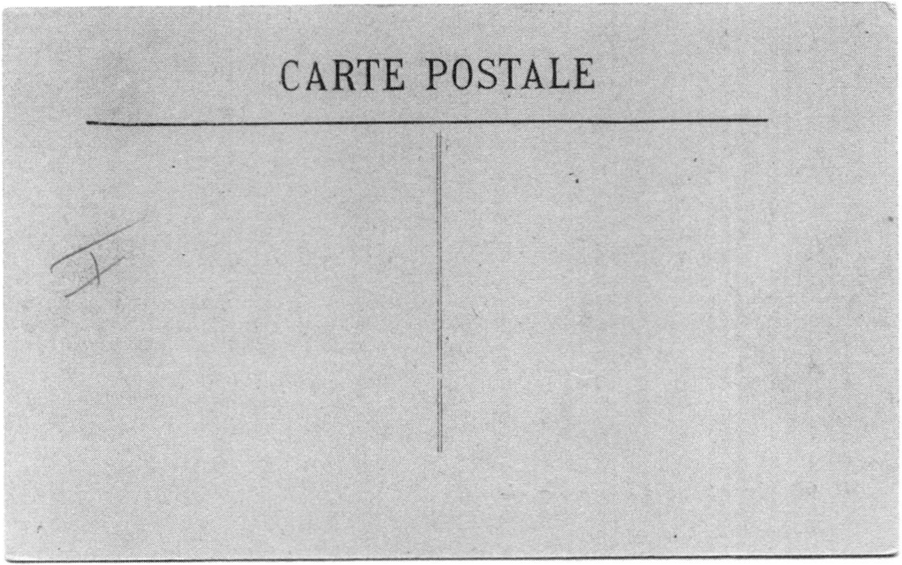
CARTE POSTALE

Amoureux de l'amour

Il n'avait pas beaucoup plu cet hiver-là, et le sol était compact. Il fallait plus de temps pour retourner la terre, et Kostas Arvanitis était heureux de bêcher au crépuscule, à l'heure où le soleil se couchait et où la lune se levait derrière les collines. Les cyprès donnaient l'impression que celles-ci étaient hérissées de lames.

Il avait travaillé sur son petit lopin toute la journée, creusant, encore et encore, pour préparer la terre à recevoir des semences. Il n'avait pas beaucoup d'hectares, la moitié étant occupée par des orangers et des oliviers. Aux environs de vingt heures, il était prêt à s'arrêter.

Ce ne fut pas l'amour au premier regard mais au premier son. Sa bêche rencontra un obstacle. Il ne s'agissait pas du bruit métallique que produisait un silex – bruit habituel sur son terrain rocailleux, où il passait son temps à essayer d'extraire les pierres de la terre. Non, c'était différent. Un son cristallin, qui avait une qualité musicale, aussi pur et tonitruant qu'une cloche. Kostas n'avait jamais rien entendu de tel.

La nuit était presque tombée à présent, ce qui ne l'empêcha pas de se baisser pour voir de quoi il retournait. Il ne pouvait pas distinguer les contours de l'objet. Il gratta un peu de terre avec ses ongles, découvrant ce qui ressemblait à une grande pierre blanche. Il tenta de la sortir, mais elle était coincée. Kostas devrait attendre le lendemain. Il rassembla ses outils, se redressa et cambra le dos pour s'étirer. Ses os craquèrent. Les longues heures de labeur mettaient son corps à rude épreuve, néanmoins, cette parcelle de terrain restait son unique raison de se lever le matin. Toute sa vie.

Il traversa d'un pas tranquille l'oliveraie voisine, se servant de la flamme de son briquet pour voir le chemin entre les arbres. Son *kypos* était presque à un kilomètre du chemin de gravier où il garait sa camionnette et il avait de plus en plus de mal à transporter tous ses lourds outils. Il lui fallait une demi-heure dans le noir.

Il n'était pas pressé. Vingt minutes plus tard, il arrivait au village. Il prit le temps de s'arrêter d'abord

au kiosque puis au *kafenion*, tant il cherchait à retarder son retour à la maison.

Les nuits étaient encore fraîches et le vent s'était levé. Il sentit un frisson glacé lui parcourir la poitrine et l'eau-de-vie que le propriétaire du café lui servit fut la bienvenue : elle le réchauffa sur-le-champ.

— *Stin ygeia sas !* lui dit le *kafetzis* en posant un verre sur le comptoir et en le remplissant de liquide transparent. Santé !

Kostas rejeta la tête en arrière et vida le verre d'un trait avant de le reposer sur le bar pour être resservi. Quatre hommes jouaient aux cartes dans un coin ; ils n'avaient pas redressé la tête à son entrée. Les paroles et les rires étaient rares ici, tant on appréciait le calme et la tranquillité. L'écran de la petite télévision fixée sur un mur était noir.

Personne ne s'intéressait vraiment aux autres, dans ce café. Chaque client s'occupait de ses affaires, et tous avaient à peu près les mêmes histoires à raconter. La plupart avaient des enfants qui avaient quitté le village et des épouses qui les attendaient chez eux. Ils ne discutaient pas politique puisqu'ils étaient d'accord – les partisans de la droite fréquentaient l'autre *kafenion* du village. Ça ne laissait que peu de sujets de conversation et le silence emplissait l'atmosphère.

À la seconde où il posait le pied chez lui, Kostas était accueilli par une voix stridente :

— Où étais-tu ? Pourquoi arrives-tu si tard ? Le dîner est froid ! Tu as apporté des oignons ? Tu n'aurais pas pu rentrer plus tôt ? Tu es passé au *kafenion* ? Tu as bu ?

Sa femme criait en s'agitant dans la petite cuisine qui jouxtait le salon. Le flot de questions variait rarement de jour en jour, tout comme les grognements qu'il apportait, en guise de réponse, à chacune.

Les cheveux gris, aussi large que haute, Stella entra dans la pièce en se dandinant. Elle déposa une première assiette devant Kostas, puis une seconde à l'autre extrémité de la table.

Il se mit à manger, voûté sur son dîner, enfournant des bouchées de nourriture sans lever les yeux. Ils n'avaient rien à se dire. La même scène se répétait au quotidien, et ce, depuis des dizaines d'années. Il regardait son assiette, pas sa femme. Elle aspirait bruyamment son repas. Avec les quatre ou cinq dents qui lui restaient, elle avait du mal à mâcher. Ce qui ne l'empêchait pas de continuer à parler, si bien qu'elle projetait des petits morceaux de viande et de légumes dans la direction de Kostas et lui présentait le contenu de sa bouche.

Le volume de la télévision était au maximum, et son écran, divisé en huit rectangles. Une femme et sept hommes politiques présentaient, chacun, leur vision de la crise économique à laquelle il n'y avait pas de solution. Personne ne s'écoutait, tout le monde élevait la voix pour se faire entendre malgré la cacophonie. Les débats commençaient le matin et se prolongeaient jusqu'à la nuit, sur une chaîne ou une autre.

La vie de Kostas était coupée en deux. Le jour et la nuit. Le silence et le bruit.

Une fois qu'il avait mangé, il était prêt à se coucher. La douche et les toilettes étaient à l'extérieur – il les avait toujours connues ainsi –, et il n'y avait pas d'eau chaude. Les douches froides ne l'avaient jamais dérangé, mais Stella se servait de cette excuse pour ne pas se laver. Elle avait parfois la peau noire de crasse, et l'absence de lumières puissantes et de miroirs l'empêchait de se voir. Comme de nombreuses villageoises, elle n'avait pas croisé son reflet depuis des années. Le petit miroir dans la salle d'eau extérieure – Kostas s'en servait pour se raser – était trop haut pour elle. Les repas brûlés prouvaient qu'elle n'avait aucun odorat, ce qu'il constatait tous les soirs en montant au premier pour aller se coucher dans leur lit posé sur un socle de béton.

Elle s'était déjà glissée sous la mince couverture, s'agitait et parlait dans son sommeil. Il s'allongea à côté et fixa le plafond : un rai de lumière s'infiltrait par l'interstice entre les rideaux et éclairait les couronnes de mariage décolorées, clouées au mur, au-dessus de leurs têtes.

Kostas finit par s'endormir et fut réveillé, à l'aube, par un bruit sinistre, celui de sa femme qui grinçait des dents. Il se leva, ramassa ses vêtements, descendit au rez-de-chaussée et récupéra sa clé de voiture sur l'étagère près de la porte. Quelques minutes plus tard, il était dehors et démarrait sa camionnette, priant pour que les protestations du moteur froid ne la réveillent pas.

Le jour se levait tout juste, mais, le temps qu'il rejoigne son *kypos*, le soleil serait au-dessus de la ligne de crête des collines. Malgré ses articulations endolories, il était impatient de se remettre à creuser.

Il était seul sur la route. Pendant les vingt minutes de trajet, il ne croisa pas un seul automobiliste. Il avait beau rouler pied au plancher, l'aiguille du compteur atteignait péniblement les trente kilomètres-heure. En temps normal, ça ne le dérangeait guère : il n'était pas pressé d'atteindre sa destination. Le temps ne représentait jamais une contrainte, il n'avait rendez-vous avec personne, il ne devait s'acquitter d'aucune tâche urgente. Sauf aujourd'hui. Aujourd'hui, c'était différent.

Au moment de s'engager sur le chemin de gravier, il constata que son cœur battait la chamade. Enfin, il se gara sur le bas-côté. Il rangeait ses outils sous une bâche, sur le plateau de sa camionnette. Il sortit une grande bêche, puis chercha un déplantoir. Dans la boîte à gants, il conservait une fiole de cognac. Il la glissa dans la poche de sa veste et se dirigea d'un pas décidé vers son *kypos*.

À son arrivée, il examina le sol et ses yeux se posèrent sur la pierre pâle. Il allait débuter par elle. Il ne pourrait pas semer tant qu'il ne l'aurait pas délogée. Pendant la nuit, le vent avait emporté quelques millimètres supplémentaires de terre. En approchant, Kostas vit que la pierre était un peu plus dégagée. Il l'essuya avec ses mains et se rendit compte qu'elle avait un aspect nacré. La bêche lui semblait un outil trop brutal soudain. Cette pierre était singulière, il ne voulait pas l'abîmer.

Toute la matinée, il creusa à mains nues, dévoilant toujours un peu plus sa surface. Elle ne semblait pas avoir de limites. Comment ses tomates, ses courgettes et ses *fasolia* avaient donc pu pousser pendant toutes ces années alors que leurs racines étaient gênées par un tel obstacle ? Il ne se l'expliquait pas. Il y avait eu une légère activité sismique dans la région, récemment, le terrain avait dû en être modifié et cette pierre était remontée à la surface. Les légumes ne s'en porteraient que mieux s'il la retirait.

Soudain, la dalle nacrée parut s'élever et il sentit une petite éminence sous ses grands doigts noueux. Il reprit sa bêche pour creuser et réussit à dégager de grosses mottes sur le côté. Une heure plus tard environ, des monticules de terre l'entouraient.

Il était quatorze heures. Il avait mal au dos et les mains couvertes d'ampoules. Quelques heures plus tôt, il avait laissé tomber sa veste sur le sol et sa chemise était saturée de transpiration. Il se traîna jusqu'à la rangée d'orangers et s'affala au pied de l'un d'eux pour pouvoir s'adosser au tronc. Tout ce temps, il n'avait rien avalé d'autre que de régulières gorgées de cognac.

La tâche allait lui demander plus de temps qu'il ne le pensait, mais il était décidé à aller jusqu'au bout, même si l'épuisement précipitait les battements de son cœur. Il reprit le travail plusieurs heures encore avant de remballer ses outils.

Kostas n'eut pas le temps de passer au *kafenion* ce soir-là et se rendit directement chez lui. Dès qu'il eut avalé son dîner et lavé son assiette, il sortit dans la cour pour fumer sa dernière cigarette de la journée. Sa femme continuait à l'accabler d'un déluge de reproches pour son retard, et le silence extérieur était appréciable.

À midi le troisième jour, encore stimulé par la première note musicale qu'il avait entendue, ses soupçons furent confirmés : ce n'était pas une pierre quelconque. Elle était lisse et sculptée. En début d'après-midi, il se rendit soudain compte qu'il contemplait les fesses rebondies d'une femme. Il posa la main sur ses formes et sentit le marbre frais sous sa paume. Il continua à dégager la terre et, à quinze heures, en partant de la petite bosse au-dessus du postérieur féminin, son doigt put suivre les reliefs subtils d'une colonne vertébrale.

À dix-huit heures, plus déterminé que jamais, il avait libéré une portion d'environ quarante centimètres sur quatre-vingts. Ce ne fut qu'en se redressant pour s'étirer, et admirer son travail, qu'il comprit pour la première fois ce qu'il voyait.

C'était un corps. Un corps de femme. Son dos entier était visible à présent, ses jambes, ses fesses, sa nuque et la pointe de ce qui devait être sa chevelure. Il repoussait la terre avec ses doigts. Elle était allongée à

plat ventre et il constata soudain qu'elle avait un bras le long de son flanc. L'autre se terminait au coude. Pour Kostas, qui vivait depuis toujours dans ce village de campagne, une telle vision était inhabituelle. Il n'avait jamais mis les pieds dans un musée.

Il eut la confirmation qu'il ne pouvait pas se servit de sa bêche et se contenta d'utiliser, avec beaucoup de précautions, ses mains.

Il n'avait pas touché le corps d'une femme depuis si longtemps, il en gardait un souvenir si flou qu'il eut presque l'impression de commettre un péché. Cela faisait plus de trente ans. Peut-être trente-cinq. Il ne se rappelait pas précisément la dernière fois qu'il avait eu un contact physique avec Stella, ou qu'il en avait eu le désir. Elle était d'une beauté extrême à dix-huit ans, lorsqu'ils s'étaient mariés, encore ravissante à vingt-cinq, mais, après leurs deux enfants, elle avait cessé, visiblement, de faire attention à son apparence.

Sa prise de poids n'était pas le seul problème – Kostas s'était habitué à l'idée que son épouse pesait plus lourd que lui. C'était son renoncement à l'hygiène qui le contrariait. Elle restait plusieurs mois sans se laver les cheveux, et il ne parvenait pas à savoir si c'étaient ceux-ci ou sa peau qui dégageaient l'odeur dont leur lit était imprégné. À quarante ans, elle en paraissait soixante, elle avait perdu ses dents et était couverte de poils à toutes sortes d'endroits inattendus. Si Kostas ne regardait pas les femmes des autres, il ne regardait pas non plus la sienne.

Plusieurs autres heures s'écoulèrent : il arrachait des petites mottes à mains nues pour essayer de la libérer de l'emprise que la terre semblait exercer sur elle.

Kostas avait presque du mal à croire à ce qui émergeait de son lopin. À vingt-deux heures, ce soir-là, il était exténué et l'obscurité le ralentissait.

À son retour chez lui, il trouva une assiette de nourriture sur la table. Stella était déjà couchée. La viande caoutchouteuse était froide, mais il l'avala presque sans prendre le temps de la mâcher, puis alla prendre sa douche quotidienne. Ce soir-là, il dut se récurer les ongles avec une vigueur redoublée. Sous chacun se trouvait une petite couche de terre compacte.

Après sa douche, il scruta l'obscurité et fut envahi d'un sentiment inhabituel de satisfaction. Il fuma sa dernière cigarette du jour et entendit une chouette ululer.

Le lendemain matin, il partit avant l'aube et emporta un petit pinceau qu'il avait trouvé dans la cuisine. Il s'en servirait pour épousseter la terre sur la pierre.

Peut-être réussirait-il à voir sa trouvaille pour de bon aujourd'hui. Son travail ressemblait plus à celui d'un archéologue qu'à celui d'un maraîcher désormais. Il en avait même oublié la nécessité de semer.

Ce matin-là, il sentit le marbre basculer légèrement dans la terre. Il était si impatient de découvrir son visage… Pourtant, il lui faudrait encore beaucoup de temps pour que le corps entier soit délivré, et même alors celui-ci serait peut-être trop lourd pour qu'il puisse le retourner.

Durant de nombreux autres jours, il s'affaira avec méticulosité et soin, traitant cette femme comme si elle était la chose la plus précieuse au monde. Et en un sens, c'était le cas.

Tandis qu'il entreprenait de creuser la terre sous elle, il trouva un long objet effilé. Il pensa d'abord à un os d'animal, puis comprit qu'il s'agissait d'un doigt. Celui-ci était légèrement incurvé, son ongle avait une forme parfaite et il y avait même de petits plis au niveau des articulations. Il le rangea dans la poche poitrine de sa chemise. Un peu plus tard, il déterra le reste de la main. Elle était si fine, si fragile qu'il la posa délicatement au creux de sa paume. Elle avait survécu, presque sans subir de dégradations, à de très, très longues années, cependant, il la traitait comme si elle était faite de porcelaine. Il plaça la main sur sa veste, en tas par terre. Des sentiments oubliés de tendresse se réveillaient en lui.

Un jour au petit matin, lors de la troisième semaine de fouilles, Kostas fut réveillé par le tambourinement d'une pluie violente sur le toit. Il se leva d'un bond – tout en veillant à ne pas réveiller Stella qui ronflait –, enfila ses vêtements (et vérifia que l'index était toujours dans la poche de sa chemise), puis quitta la maison.

La camionnette démarra dans un rugissement. Kostas fit grincer la boîte de vitesses pour enclencher la première et partit. Il aurait dû protéger la femme, la veille.

Quand il atteignit son lopin, il constata que la zone à laquelle il s'était attaqué ces derniers jours était à nouveau recouverte, cette fois de boue. Il se reprocha de ne pas l'avoir couverte d'une bâche. Pendant que le soleil se levait, il la nettoya avec un chiffon avant de se remettre au travail. Maintenant que le sol était humide, il pouvait avancer plus vite. Il arracha des poignées de terre tout autour du buste puis s'attaqua aux jambes. C'était terriblement laborieux, mais il ne voulait pas précipiter les choses. L'anticipation sur la suite était un plaisir en soi.

Chaque fois qu'il découvrait un minuscule bout de cuisse, de mollet et de cheville, son obsession redoublait. Cette femme était plus grande que lui. Du sommet du crâne aux talons, elle mesurait près de deux mètres.

Après quatre ou cinq jours d'un travail minutieux, il l'avait presque entièrement libérée.

Les autres clients du *kafenion* avaient remarqué que Kostas arrivait de plus en plus tard le soir. Avec les jours qui s'allongeaient, ses heures de fouilles se prolongeaient. Ils avaient aussi remarqué qu'il maigrissait et que ses cheveux étaient en bataille – il ne prenait plus le temps de rendre sa visite hebdomadaire au barbier. Ils avaient enfin noté combien il avait l'air heureux. Hirsute mais comblé.

Contrevenant à leur habitude, ils se mirent à grommeler et à parler tout bas.

— Il m'a tout l'air d'avoir une petite amie, observa l'un d'eux.

— Kostas ?

— Pour quelle autre raison un homme changerait-il à ce point ? insista un deuxième.

— Il est si négligé, voyons... souligna un troisième. Il se laisse complètement aller.

Kostas Arvanitis était amoureux. Sur ce point, le doute n'était pas permis. Il était amoureux d'Aphrodite. Il ne connaissait pas son nom, pourtant, c'était bien elle. Elle gisait là depuis des millénaires, attendant d'être découverte, Belle au bois dormant antique qui avait besoin d'être réveillée. Sa beauté possédait une puissance phénoménale. Des milliers d'années plus tôt, le sculpteur n'avait pas seulement cru, comme tous les artistes qui représentaient les dieux, qu'elle évoquait la déesse, mais aussi qu'elle l'était réellement. Et aujourd'hui Kostas faisait l'expérience du pouvoir d'une telle conviction.

Enfin, elle était étendue là, à plat ventre, dans son intégralité. Nue, parfaite, sensuelle et forte. La déesse de l'Amour et de la Beauté. Kostas la dévora du regard. Il brûlait de découvrir son visage, cependant, il attendrait le lendemain pour tenter de la retourner.

Aux environs de minuit, il la recouvrit d'une couverture.

— *Kalinikhta, agapi mou*, murmura-t-il dans le noir.

À compter de cet instant, jusqu'au matin suivant, il ne pensa à rien d'autre qu'à cette femme. Elle peupla ses rêves. Soudain, la vie possédait une qualité qui transcendait les épreuves du quotidien, le brouhaha des remontrances d'une épouse grincheuse et des chamailleries de politiciens, le spectacle au *kafenion* des visages éprouvés dont les rides profondes disaient combien la souffrance était une seconde nature. Dans l'existence de Kostas, l'absence de joie avait été remplacée par la présence de l'amour.

Le soleil perçait tout juste au-dessus des montagnes quand il atteignit son *kypos* le lendemain. Déjà, dans l'oliveraie, son cœur battait la chamade. Il déposa ses outils et retira la couverture. Elle était bien là, dans toute sa perfection. Sous les premiers rayons de soleil, elle paraissait plus blanche et pure qu'auparavant. Il y avait même des éclats brillants dans le marbre qui scintillaient.

Au moyen de planches en bois qu'il avait traînées de sa camionnette jusque-là et d'une corde, il ferait levier pour pouvoir la retourner. C'était un travail de force qui aurait nécessité une demi-douzaine d'hommes, cependant, Kostas se refusait à partager cette femme avec quiconque. Il était décidé à réussir seul. Il lui fallut un bon moment pour parvenir à tout mettre en place et ses premières tentatives se soldèrent par un échec. Chaque fois, il était terrifié à l'idée qu'elle puisse se casser.

Enfin, aux environs de quinze heures, il finit par trouver le bon dispositif. Alors qu'il s'appuyait de tout son poids sur son levier, la femme se souleva lentement, s'éveillant de sa position de belle endormie.

L'espace d'une seconde, juste avant qu'elle ne retombe, Kostas aperçut ses traits. Un bref coup d'œil sur son profil, mais qui fut suffisant.

Un nez affirmé, des lèvres charnues et le coin d'un œil parfaitement ovale. D'une caresse de son burin, le sculpteur avait suggéré les ridules d'une expression joyeuse, à l'angle de cet œil.

Son visage n'avait pas plus de défauts que son corps.

Kostas en eut le souffle coupé. Alors qu'Aphrodite tombait, une fois de plus, tête la première dans la terre, il ressentit la puissance de son pouvoir érotique, comme tous les mortels qui, avant lui, avaient posé leur regard sur elle.

Il continuait à haleter. Son essoufflement, qui se prolongeait, fut bientôt suivi d'une contraction dans la poitrine et de douleurs dans les bras. Kostas avait repoussé ses limites pour la soulever, il le savait.

Il s'allongea, espérant que cette position soulagerait ces douleurs inhabituelles, se plaçant tout près de la statue et abandonnant la tête sur son épaule. Celle-ci était étonnamment douce et la joue de Kostas s'imbriqua parfaitement dans le creux à la naissance du cou de la déesse.

Il ne se releva jamais.

Le temps qu'Orestes rejoigne le *kypos* de son ami, il était trop tard pour faire quoi que ce soit. Il remarqua le sourire sur le visage de Kostas. Empli de tristesse, Orestes déplaça doucement son corps. Au passage, il sentit le morceau de marbre dans la poche poitrine de sa chemise. Il sortit le doigt avant d'envelopper son ami dans la couverture qui avait servi à protéger Aphrodite.

Orestes savait que la découverte d'une sculpture antique dans un champ, ou même une ville, ne faisait le bonheur que de très rares personnes. Cela pouvait sérieusement bouleverser le quotidien. Dans toute la Grèce, les travaux prenaient dix fois plus de temps que s'ils avaient lieu ailleurs (le métro de Thessalonique en était une bonne illustration) – c'était dû à la crainte de tomber sur des vestiges et de les endommager. Personne au village n'accueillerait la découverte de cette statue avec plaisir. Qui savait ce que les champs alentour pouvaient cacher ? La dernière chose que voulaient les villageois, c'était de voir débarquer des archéologues qui exploreraient leurs lopins à quatre pattes, interdisant toute construction et toute culture.

Orestes enterra à nouveau la statue. Il lui fallut à peu près une heure pour enfouir la sculpture sous plusieurs couches de terre et les aplanir – elles étaient légèrement bombées.

Il roula à tombeau ouvert jusqu'au village et alla trouver Stella.

— Il a dû faire une crise cardiaque, conclut-elle.

Le médecin partagea son diagnostic. Orestes passa au *kafenion* et, avec l'aide de deux autres villageois, chargea une brouette sur le plateau d'une camionnette. Ils partirent récupérer le corps. L'enterrement aurait lieu le lendemain, mais auparavant Orestes se rendrait chez Kostas : son ami serait exposé dans un cercueil ouvert et il pourrait glisser discrètement le précieux fragment d'Aphrodite dans la poche poitrine de l'unique veste de costume que possédait le défunt. Orestes savait que c'était ce qu'il aurait souhaité.

Et, qui sait, dans les années futures, un autre homme pourrait retourner la terre et faire la même découverte. Au fond, Kostas n'était peut-être même pas le premier…

Je m'imagine Kostas heureux et comblé au moment de sa mort. Peut-être que c'est ce qui compte vraiment. Je crois que, pendant ces quelques semaines, ses sentiments pour Aphrodite lui ont rendu cette joie de vivre qu'il avait perdue. Les Grecs reconnaissent plusieurs formes d'amour, et un seul mot ne leur suffit pas à toutes les décrire. Les frontières entre ces diverses formes sont floues, mais, pour simplifier, agapi *(sans doute le plus cérébral) concerne Dieu et la famille,* filia, *l'amitié, et* erotas, *l'attirance charnelle.* Erotas *avait été absent de la vie de Costas un si grand nombre d'années qu'il a, brièvement, éprouvé à nouveau son pouvoir et sa richesse.*

J'ai traversé bien des villages de montagne où les personnes âgées ont perdu leurs dents, leurs cheveux et tout souci de leur apparence. On a bien du mal à se dire qu'il existe encore une forme de désir entre les deux sexes. Étant donné que le goût pour la beauté semble une qualité innée, on en vient à se demander pourquoi la nature en gratifie si peu de gens et pour une si brève période de surcroît.

Je n'ai aucun mépris pour le culte que Kostas vouait à la beauté. Le pouvoir d'Aphrodite l'a submergé. J'ai compris, au cours de ces derniers mois, que l'appréciation de la beauté et le fait d'être séduit sont deux choses distinctes. À l'avenir, je serai plus prudent : je sais que la beauté peut nous faire perdre la tête. Socrate a bien dit d'elle qu'elle est « une tyrannie de courte durée ». Il avait raison.

J'ai assisté aux funérailles de Kostas et sa famille m'a convié au repas ensuite. Pas un seul instant je n'ai eu l'impression d'être un intrus. J'ai observé Stella, toute de noir vêtue, et j'ai remarqué qu'elle ne semblait pas plus attristée que moi.

Orestes et Eleni m'ont loué une chambre au-dessus de la taverne et j'y suis finalement resté plusieurs semaines. Je me sentais chez moi. Je me suis même pris d'affection pour les chats qui venaient se frotter avec insistance contre mes jambes pendant mon dîner, tous les soirs – et je leur laissais d'ailleurs souvent, à grand regret, une bouchée de la délicieuse cuisine d'Eleni. J'écrivais toute la journée et je passais la plupart de mes soirées au kafenion. *L'un des clients habituels (l'un de ceux qui avaient accompagné Orestes pour récupérer le corps de Kostas) m'a enseigné, avec une grande patience, trois variantes du backgammon grec :* plakoto, fevga *et* portes. *J'oubliais tout le reste quand je jouais, tant il était crucial de ne pas se déconcentrer, même un instant. Le* tavli *– c'est le nom qu'on utilise ici – me semble la meilleure métaphore qui soit sur la vie. Si le hasard gouverne le dé (un double six, ou alors un un et un deux), c'est au joueur de décider ce qu'il fera de ce nombre. Au moment où ses doigts font glisser le pion d'une case à une autre, la chance, l'habileté, l'expérience, la sagesse, la bêtise, l'imprudence et la concentration peuvent chacune jouer un rôle. Il m'est même arrivé de remporter une partie de temps à autre.*

Au bout de deux mois dans ce village, j'en étais arrivé à la moitié du premier jet de mon livre et, en dépit des protestations d'Eleni et d'Orestes, j'ai senti que le moment était venu d'aller de l'avant. Eleni était très décidée à me présenter sa nièce célibataire.

— Elle est institutrice. Et elle arrive d'Arta à la fin du mois de mars, pour des vacances. Elle a presque trente-cinq ans. Vous avez tellement de points communs, tous les deux ! Et il te faut une femme à ta hauteur !

— Elle ne voudra pas d'un homme de mon âge, ai-je insisté. J'ai quarante-cinq ans, Eleni.

— Ça ne t'empêche pas d'être très séduisant, m'a-t-elle dit en me caressant la joue affectueusement.

Je devais faire preuve de tact, car une nouvelle relation était bien la dernière de mes préoccupations. Je n'étais ni prêt ni intéressé.

Exception faite de ces détails, il me restait encore une grande partie de la Grèce à visiter. Dans la taverne, sur le mur au-dessus de la table où je m'installais toujours pour dîner se trouvait un vieux poster. On aurait presque dit un photomontage. Il représentait un monastère perché sur un piton rocheux, qui semblait inaccessible.

— Tu dois y aller, m'a dit Eleni. Akseizi ton kopo.

— Elle a raison, a confirmé Orestes, du même avis que sa femme pour une fois. Ça vaut le coup.

Leur promettant à tous deux de revenir les voir et de leur apporter un exemplaire du livre que j'écrivais – nous avions passé de longues heures, Orestes et moi, à deviser du pouvoir de la sculpture –, j'ai fait ma valise et, à dix heures un matin, quitté avec une profonde tristesse le village. J'y avais connu une véritable paix.

Ma prochaine étape avait été mieux anticipée que les autres.

Le poster ne m'avait pourtant pas vraiment préparé au paysage étrange et surnaturel des Météores. J'avais le sentiment d'être arrivé sur une autre planète. Ce nom signifie « suspendus dans les airs », et c'est bien l'impression que donnent les monastères, très haut dans le ciel, sur ces pics culminant à six cents mètres. Il y a environ vingt-cinq millions d'années, c'était l'embouchure d'un grand fleuve, qui atteignait la hauteur des monastères. Lorsque les eaux, trouvant un autre débouché, se sont retirées pour se jeter dans la mer Égée, le vent et la pluie ont alors modelé ce paysage, mystique et sublime.

Il y a plus de mille ans, les premiers anachorètes, pour s'éloigner des tentations de la vie et de la chair, ont escaladé les rochers pour s'installer dans les cavités qui étaient apparues. À l'écart du monde, au-dessus des nuages, ils recherchaient un état d'extase les reliant à Dieu.

Quelques siècles plus tard, accomplissant des prouesses inimaginables, des moines ont hissé des rochers au sommet de l'éminence pour construire le premier des vingt-quatre monastères. Six d'entre eux subsistent encore aujourd'hui, occupés par des petites communautés religieuses, qui vivent parmi des images de saints. Ils sont loin du monde et près du paradis.

Ayant gravi un chemin très pentu pour visiter le monastère le plus élevé, le Grand Météore, je me suis interrogé sur les conséquences d'un tel isolement pour les quelques moines y résidant. Leur procure-t-il toujours la même paix intérieure ?

À Kalambaka, la ville la plus proche du site, j'ai rencontré un pope. Nous faisions tous les deux la queue devant un distributeur de billets, ce qui peut paraître incongru. On a engagé la conversation, d'abord au sujet des restrictions concernant les retraits (toujours en cours, plusieurs mois après leur instauration par les banques grecques).

— Personnellement, je n'ai aucun mal à vivre avec soixante euros par jour, m'a-t-il dit. Je ne les dépense même pas en un mois.

J'ai supposé qu'il disait la vérité. Je l'ai interrogé sur la vie monacale dans cette région coupée du monde. Il m'a répondu que la solitude et l'isolement ne convenaient pas à tout un chacun. D'un discret signe de tête, il m'a indiqué le monastère que l'on apercevait en hauteur, puis m'a raconté ce qui s'y était produit quelques années auparavant.

UN HOMME SUR LA CIME

CARTE POSTALE

Meteora

Un homme sur la cime

Le téléphone sonnait dans le salon. Un grand homme musclé, de quarante-cinq ans environ, empoigna brutalement le combiné. On lui raccrocha aussitôt au nez, mais il connaissait l'identité du correspondant.

— Giannis ! cria-t-il. Viens ici tout de suite.

Giannis sortit de la pièce voisine.

— Dis à cette fille d'arrêter d'appeler ! lâcha-t-il avec colère. Tu la vois bien assez à l'école comme ça !

Sans ménagement, il attrapa son fils aîné par l'oreille.

— Pourquoi est-ce que tu ne ressembles pas plus à ton frère ?

Dimitris lisait tranquillement dans un coin de la pièce. Il avait annoncé, peu de temps auparavant, son intention de devenir pope. Un de ses enseignants avait emmené un groupe d'élèves visiter un monastère du mont Athos, à cinquante kilomètres, seulement, de l'endroit où ils vivaient. Au retour de cette visite, Dimitris n'était plus le même.

— J'ai été appelé, annonça-t-il à ses parents.

Contrairement à Giannis, Dimitris n'avait jamais joué au ballon ; élève appliqué, il ne s'intéressait pas aux filles. Désormais, sa préoccupation majeure était Dieu.

Leur grand-mère, qui vivait avec eux, se signait à la moindre occasion, dans le train, dans le bus et dans la rue, désignant de la main le Père, le Fils et le Saint-Esprit. Elle s'en faisait un devoir dès qu'elle apercevait un monument commémoratif au bord d'une route, une chapelle ou une église – et il s'en trouvait presque tous les cent mètres. Avant la visite de Dimitris au mont Athos, l'expérience que les garçons avaient de la religion se limitait aux habitudes de leur yaya, qui les emmenait à l'église pour Pâques. Leur père plaçait toute sa foi dans un liquide aussi clair que de l'eau. S'il ne voulait pas que son épouse assiste à la messe, elle ne protestait pas. Elle avait été si souvent victime de maltraitance quand il avait bu qu'elle cherchait avant tout à éviter de le provoquer.

Quand elle apprit la décision de Dimitris, yaya eut la même réaction que si on l'avait giflée.

— *Thé mou !* Mon Dieu !

Elle avait beau être très pieuse, elle n'envisageait pas que son petit-fils dédie sa vie entière au Seigneur ! Où avait-il été pêcher une idée pareille ? C'était de la folie.

— Tu n'aurais jamais dû le laisser afficher cette photo du mont Athos dans sa chambre, reprocha-t-elle à sa fille. Tu n'aurais surtout pas dû l'autoriser à faire cette visite. Oh, toute cette histoire… Ce n'est pas normal pour un garçon de son âge.

La mère de Dimitris pensait qu'il s'agissait simplement d'une phase, liée à l'adolescence. Elle avait un fils qui priait et gardait une bible à côté de son lit ; un autre qui avait de l'acné et cachait des magazines coquins sous son matelas. Elle espérait qu'avec l'âge chacun se déferait de ses mauvaises habitudes. Son mari la menaçait de les battre dans le cas contraire.

Quelques années plus tard, Giannis n'avait plus de boutons. Dimitris, lui, s'entêta dans la voie qu'il avait choisie et, après le séminaire, fut envoyé dans un monastère très loin de chez ses parents. Les Météores étaient situés à une grande distance de la mer, et les vingt-quatre bâtiments (seule une poignée d'entre eux accueillaient encore des communautés religieuses) semblaient chanceler sur des piliers de calcaire, à des milliers de mètres de hauteur. On aurait dit que les religieux vivaient entre ce monde et le suivant, suspendus quelque part entre la terre et les cieux. Les

maisons à leur pied, plongées dans les ombres, ne voyaient jamais le soleil.

Tous les ans, Giannis entreprenait un long voyage pour aller voir son frère. Cette visite annuelle était sa seule occasion d'entrer en contact avec le sublime. Lorsqu'il fonçait sur la ligne droite à la sortie de Karditsa dans sa dernière voiture de sport, il sentait monter l'adrénaline. Celle-ci n'était pas suscitée par la perspective de voir apparaître les monastères, lointains et mystérieux sur les hauteurs. Non, son exaltation venait du fait de pouvoir rouler pied au plancher sur une route presque déserte.

Chaque fois qu'il se rendait aux Météores, il conduisait une voiture un peu plus voyante que la précédente. Au début de l'exil de son frère dans les montagnes, il arrivait en Nissan. Il l'avait ensuite troquée contre une BMW et, cette année, c'était une Porsche. Malheureusement, son frère ne la verrait pas : Giannis devait se garer à distance du monastère.

Il avait pris l'habitude de venir en début d'année, quand le temps était brumeux, et cette région de la Grèce avait connu, ce mois-ci, de fortes chutes de neige. Au moment de fermer sa voiture, il se rendit compte, avec agacement, qu'il avait oublié d'apporter des chaussures de rechange. Ses mocassins en daim n'étaient pas du tout adaptés à l'ascension jusqu'au monastère – il fallait emprunter un long chemin en pente raide à travers une forêt ancienne, et les feuilles mortes des arbres formaient un tapis glissant sous les semelles. Il dut se concentrer à chaque pas. Une brume épaisse l'empêchait de voir à plus de cinq mètres. Lorsqu'il atteignit le sommet de

la côte, il se rendit compte qu'il se trouvait au-dessus des nuages.

À présent il apercevait le monastère. Quelques minutes plus tard, il atteignit le chemin pavé qui le conduisit à l'entrée principale. Il leva les yeux vers le paysage de brouillard ondoyant. À cet instant, il vit surgir une silhouette qui flottait dans le ciel.

Giannis sourit : on aurait cru que Dimitris arrivait dans une sorte de vaisseau spatial. Ce dernier descendit de son petit funiculaire pour aller à la rencontre de son frère. Il portait un sac en plastique bleu plein de provisions, qu'un épicier du coin déposait à l'intention des moines chaque semaine.

Giannis le prit dans ses bras, il fut frappé par les effluves malodorants qui émanaient de sa peau et de ses cheveux sales. Il remarqua que la barbe de son frère était emmêlée. Son gilet noir tricoté à la main avait plusieurs trous et la robe sur laquelle il le portait était maculée de taches (de soupe ? de lait ? ça aurait pu être n'importe quoi…). Giannis fut frappé par sa transformation physique depuis un an.

— Excellent moyen de transport, observa-t-il. J'ai cru voir arriver Dieu.

— C'est un peu plus sûr que l'ancienne méthode, répondit Dimitris avec un sourire.

Avant la construction du funiculaire, les moines se servaient d'un filet pour se hisser mutuellement.

Alors qu'ils cheminaient ensemble vers la porte, Giannis remarqua que son frère boitait.

— Tu t'es blessé au pied ?

— Non, non, c'est juste que ma sandale est cassée. Je dois la réparer.

L'usure avait eu raison d'une lanière et Dimitris devait traîner la jambe pour éviter de perdre sa sandale. Giannis se rappela avec irritation que ses mocassins seraient sans doute bons pour la poubelle à l'issue de cette journée. Même ses chaussettes étaient imbibées d'eau et il sentait de moins en moins ses orteils.

Sous la masse de cheveux et de poils noirs qui lui mangeaient la tête comme le visage, la peau de Dimitris était pâle et pure, préservée des éléments par les hauts murs du monastère où la lumière du jour ne pénétrait jamais. Il avait à peine une ride. En dépit de sa barbe, il ressemblait à un enfant.

L'alcool, la cigarette, les drogues, les soirées festives et l'exposition au soleil faisaient partie des plaisirs de la vie qui avaient accéléré le vieillissement de Giannis. À ces vices s'ajoutait le souci constant de trouver des moyens détournés pour ne pas s'acquitter de ses dettes et impôts, d'esquiver et magouiller. Son corps, par contraste, était en bonne forme. Malgré son mode de vie décadent, il s'était toujours ménagé du temps pour se rendre à la salle de sport, où il soulevait de la fonte. Il lui arrivait aussi de courir des semi-marathons.

Dimitris n'observa pas son frère. Il remarqua seulement le logo voyant sur sa veste, et se fit la réflexion, tandis qu'ils pénétraient dans le monastère, que l'odeur des nombreux cierges allumés tout autour d'eux ne suffisait pas à masquer celle, puissante, de l'après-rasage de Giannis.

Dimitris déposa le sac de provisions dans une petite arrière-cuisine près de l'entrée, puis les deux frères traversèrent la chapelle.

Les fresques comptaient parmi les plus rares et les plus précieuses de Grèce : elles avaient été exécutées par un artiste crétois quatre cents ans auparavant. Théophane le Crétois avait aussi laissé des œuvres au mont Athos, et les visages qui entouraient les deux frères exprimaient le même mélange de joie et de tristesse, l'*harmopili*, qui avait bouleversé Dimitris lors de la fameuse sortie scolaire.

Un grand plateau avec des morceaux d'hostie se trouvait sur une table basse devant eux. Tiraillé par une faim subite après la longue ascension, Giannis résista à la tentation d'en prendre un morceau.

Dimitris remarqua que le pied gauche de son frère était agité de soubresauts nerveux – une petite boucle dorée réfléchissait la lumière à chacun de ses mouvements. Il savait que Giannis était en manque de nicotine.

— Les règles n'ont pas changé, je suppose ? demanda-t-il.

Il trouvait ironique que, dans un lieu où des fresques précieuses du XVIe siècle étaient peu à peu noircies par la fumée des cierges et la brume de l'encens, il soit interdit d'allumer une cigarette – même à l'extérieur, où la cendre pourrait disparaître dans le vide immense.

— Hélas, non, répondit Dimitris en levant les yeux vers le ciel.

— C'est Dieu qui l'a décidé ?

— Non. Celui au-dessus de lui.

— L'évêque ?

Dimitris le conduisit dans la salle après la chapelle et s'assit. Giannis en profita pour l'étudier plus attentivement. Son ventre protubérant et ses épaules courbées contrastaient avec son visage juvénile. Il se laissait aller, conclut Giannis, fier de sa propre forme physique.

L'espace de liberté de Dimitris était plus restreint que la cour d'une prison. Il devait être disponible à toute heure pour ses paroissiens. Depuis l'installation du petit funiculaire qui lui permettait de quitter son rocher, son activité physique, déjà minimale, avait encore été réduite : il ne marchait plus que quelques mètres par jour.

— Comment vont nos parents ? demanda-t-il.

— Rien de neuf à signaler, lui répondit Giannis. Ils ne changent pas. Notre père boit toujours. Encore plus maintenant que yaya nous a quittés. Elle essayait de le décourager, au moins.

— Alors il lève toujours la main sur notre mère ?

— Bien sûr.

— Tu ne peux rien faire ?

— Et toi ? Pourquoi tu ne pries pas davantage ?

Depuis qu'ils étaient adolescents, à la moindre occasion, Giannis provoquait son frère sur le sujet de la religion.

— J'habite au-dessus de leur appartement, j'entends parfois ce qui se passe. Le temps que je descende, c'est terminé, en général. Ils sont assis devant la télé et font comme si de rien n'était. Notre mère renifle. Prétend qu'elle a un rhume.

Un ange passa. Giannis se demanda si Dimitris priait, ce qui ne l'empêcha pas de briser le silence d'un juron déplacé dans ce lieu sacré.

— *Gamoto !*

Dimitris ne dit rien.

— Notre mère t'avait préparé des biscuits… je les ai oubliés dans ma voiture.

— C'est très gentil à elle, mais je fais carême. Ne t'inquiète pas, tu pourras les manger sur la route du retour.

Dimitris était habitué à ce que sa famille oublie le calendrier religieux. Giannis ne pouvait pas demander à son frère comment se passaient ses journées, car il connaissait déjà la réponse. Lecture de la Bible, prière et méditation. Aujourd'hui encore, Giannis aurait été incapable de faire la différence entre ces trois activités. Recueillir la confession d'un fidèle aurait pu l'intéresser. Il avait toujours été curieux de savoir de quels poids on venait se décharger sur son frère, quelle réaction pouvait avoir un homme qui ne connaissait rien au péché.

— Comment vont les affaires ? s'enquit-il.

— Plutôt bien, malgré tout, répondit Giannis. Les gens sont prêts à dépenser leurs dernières économies pour un espresso. Ils boiront encore du café quand la Grèce s'effondrera !

Il dirigeait désormais cinq boutiques d'une franchise. Récemment, pendant la crise, il avait proposé les prix les plus bas d'Athènes et les clients faisaient la queue tous les matins devant ses cafés. Il tirait bien son épingle du jeu.

— Disons que j'offre un service public… un peu comme toi.

Les sarcasmes de son frère glissèrent sur Dimitris.

— Tu comprends ce que je veux dire ? La confession, le café… Tu ne trouves pas qu'il y a un rapport entre les deux ? Un petit coup de pouce pour aider les gens à se sentir bien ?

Dimitris croisa les mains sur ses genoux et les observa. Mieux valait ne pas mordre à l'hameçon et ne pas se retrouver à débattre des différences entre une boisson et un des sacrements. En silence, il pria Dieu de lui donner la force de rester calme, enfonçant profondément ses ongles dans ses paumes. La mention de la « confession » avait réveillé un tourment indicible.

La femme… Elle ne quittait jamais ses pensées.

Un couple était venu au monastère quelques mois auparavant. C'était en août, à la période de l'année où les Météores recevaient le plus de visiteurs. La plupart étaient de simples touristes qui voulaient surtout prendre des photos. Certains, néanmoins, menaient une quête plus spirituelle.

Un jour, un groupe avait débarqué dans un gigantesque car. La plupart de ses membres étaient septuagénaires, et pour beaucoup le trajet jusqu'au monastère constituait une épreuve quasi insurmontable.

Il y avait parmi eux un couple plus jeune. Dimitris avait fini par comprendre qu'ils étaient venus de leur côté.

Son mari étant parti visiter le musée, la femme était restée seule dans la salle où les deux frères étaient à présent assis. C'était une journée chaude, il semblait naturel d'avoir besoin d'un peu de repos.

Elle avait de longs cheveux blonds et bouclés que Dimitris avait aussitôt remarqués. Toutes les femmes du groupe portaient les leurs court, figés par la laque – elles étaient allées chez le coiffeur en prévision de leur sortie. Aucun des septuagénaires ne montrait d'intérêt pour Dimitris, mais il avait remarqué que la jeune femme cherchait à croiser son regard.

— Excusez-moi, avait-elle dit tout bas. Est-ce que je pourrais me confesser ? Il faut que je le fasse au plus vite.

Elle l'avait imploré de ses deux yeux vert foncé. Elle lui avait semblé petite et vulnérable, même si elle avait un air sauvage – accentué par sa crinière de lionne.

Il avait été surpris qu'elle soit aussi pressée, avant de comprendre qu'elle voulait profiter de l'absence de son mari.

— Suivez-moi, lui avait il dit.

Ils s'étaient rendus dans la chapelle, puis Dimitris l'avait invitée à entrer dans son bureau où il avait récupéré à un crochet l'*epitrachelion*, l'étole sacrée, pour en draper ses épaules. Ce vêtement le transformait en être doté du pouvoir d'absoudre cette femme de ses péchés. À la fin de la confession, il le placerait au-dessus de la tête de la pénitente et réciterait la prière de l'absolution.

Ils s'étaient assis l'un en face de l'autre et elle avait débuté. Elle parlait si bas qu'il avait dû se pencher vers elle pour l'entendre.

— J'ai tellement honte... Mes péchés sont si lourds...

— Dieu vous pardonnera, lui avait dit Dimitris. Dieu vous lavera de vos péchés.

— Je ne pense pas qu'Il le pourra, je n'arrive pas à me défaire de mon désir...

Ses murmures, haletants, trahissaient son émotion.

— Il pardonne tous les défauts, lave tous les péchés.

— Mais à chaque heure, à chaque minute de chaque journée, mon esprit est empli d'un tel désir, j'éprouve des pulsions si puissantes que je ne peux y résister...

La voix rauque de la jeune femme débordait de sensualité. Elle avait réveillé un vieux souvenir en Dimitris et il s'était mis à transpirer abondamment en l'écoutant. Il avait du mal à se concentrer sur ce qu'elle disait, certains mots lui échappaient. La température dans l'espace exigu, étouffant, avait paru monter au point de l'empêcher de reprendre son souffle. Sa tête avait commencé à tourner. Il avait du mal à rester assis, se retenant au bord de son bureau pour s'empêcher de tomber. Il avait fait alors une découverte terrible et subite : c'était son péché à lui, Dimitris, qui ne pourrait jamais être lavé.

Quand il avait repris ses esprits, il était étendu sur les dalles froides. La femme était partie. Elle avait pris la fuite dès que Dimitris avait perdu connaissance et prévenu un novice en sortant. Celui était en train d'éponger le front du moine avec un linge humide. Ce dernier avait chiffonné l'étole sacrée.

Dimitris était demeuré immobile, tenaillé par le souvenir de cette faute adolescente, qu'il avait tenté, jour après jour, d'oublier et qui lui était revenue en force.

Giannis avait réussi à le convaincre, environ un an avant son départ pour sa formation théologique, à entrer dans la chambre de leur grand-mère. C'était la seule fois. Yaya assistait avec leur mère à un enterrement. Il y avait un téléphone dans la pièce. Ce n'était pas la première fois que Giannis appelait le téléphone rose pour parler à une certaine « Natalia ». Il s'était déjà entretenu avec elle et il avait réussi à forcer Dimitris à écouter, à son tour, ce que cette femme rêvait de faire à un adolescent plein d'ardeur. Il avait été submergé par un désir inconnu. Lorsque Giannis lui avait tendu un magazine X, l'image d'une Natalia nue s'était aussi formée dans son imagination : une fausse blonde aux cheveux ondulés avec un teint de porcelaine et une poitrine plantureuse.

Leur rencontre avait été brutalement interrompue : la porte d'entrée venait de claquer. Dimitris avait aussitôt raccroché, mais leur père était déjà dans la chambre.

Posté près de la fenêtre, Giannis savourait la scène. Dimitris, lui, s'était empressé de remonter sa braguette, rouge comme une tomate. Son père, qui rentrait tout juste du bar, lui avait extirpé quelques informations et s'était senti autorisé à lui administrer une raclée déculottée.

Cet échange avec Natalia était ce qui se rapprochait le plus d'une relation sexuelle pour Dimitris, et la honte d'avoir été «surpris» l'avait hanté, jusque dans ses rêves. La mystérieuse femme au bout du fil restait l'objet de ses fantasmes réguliers.

La voix de cette pénitente était la même que celle qui le troublait depuis quinze ans. La voix de Natalia.

Cette confession remontait à plus de six mois et pourtant, depuis, pas un jour ne s'était écoulé sans que Dimitris soit torturé par le souvenir de cette voix. Il cherchait le sommeil jusqu'à deux ou trois heures du matin, puis se levait pour passer le reste de la nuit agenouillé, priant au point d'en avoir le dos endolori, maintenant cette position inconfortable sur un sol en pierre au point de verser des larmes.

Il s'était confessé, mais rien ne parvenait à alléger le poids de son péché ou à faire taire son obsession. Des mois durant, Dimitris s'était débattu avec lui-même, et les visages des icônes qui l'entouraient ne lui semblaient plus bienveillants. Ils exprimaient de la réprobation au contraire.

Giannis jeta un coup d'œil à sa Rolex.

— Je dois y aller.

Dimitris se leva.

— Merci d'être venu.

— Ça m'a fait plaisir de te voir, dit Giannis, fuyant son frère plus qu'allant à sa rencontre.

— Embrasse nos parents de ma part, murmura Dimitris.

L'épaisse porte de bois se referma derrière lui. Giannis était soulagé de partir. Il était resté une heure, et c'était bien suffisant. Le chemin était toujours glissant et c'était encore plus compliqué en descente. Il lui fallut plus de quarante minutes pour, enfin, apercevoir sa voiture, qui brillait sur la route en contrebas.

Il l'atteignit, s'installa au volant et se pencha vers le siège passager pour récupérer, à son pied, les *koulouria* que sa mère avait préparés pour Dimitris. Il en mangea cinq, l'un après l'autre, puis s'alluma une cigarette.

Peu après le départ de Giannis, les portes du monastère s'étaient rouvertes. Dimitris était pressé de sortir. Il ne supportait plus l'air sévère des saints sur les murs et les plafonds, pas plus que les images du paradis et de l'enfer. Elles se moquaient de lui. La certitude du salut l'avait déserté. Il n'était plus sûr que, à l'heure du Jugement dernier, il serait parmi les brebis plutôt que parmi les boucs. Le café... la confession... Peut-être son frère avait-il raison. Peut-être avaient-ils aussi peu de valeur l'un que l'autre.

Dimitris ne parvenait pas à trouver Dieu entre les murs du monastère. Il lui était arrivé de passer la nuit dans l'une des grottes voisines où les ermites se retiraient pour méditer et se retrancher du monde. Lui, pourtant, ne réussissait qu'à plonger plus profondément dans la noirceur de son âme. Les paroles de Jésus, tirées de l'Évangile selon Matthieu, l'y suivaient et leur écho semblait se réverbérer sur les parois rocheuses : « Mais moi, je vous dis que quiconque regarde une femme pour la convoiter a déjà commis un adultère avec elle dans son cœur. »

Alors que l'obscurité commençait à tomber, il se mit à courir, trébuchant presque, dévalant un sentier dérobé qui partait du monastère, faisant un détour pour gravir une montagne voisine, une de celles qui n'avaient pas été construites par les moines. Son sommet était dégagé. Il n'y avait ni visages angéliques ni images du Jugement dernier. C'était le bon endroit.

La brume l'encerclait.

De son côté, Giannis venait de jeter le mégot d'une seconde cigarette par la vitre de sa voiture. Par habitude, il s'observa dans son rétroviseur, puis glissa sa clé dans le contact. Le moteur démarra dans un rugissement et Giannis s'éloigna en trombe.

Au détour du premier virage, il aperçut le monastère, plongé dans le noir et isolé. La solitude qu'il

exprimait n'était en rien comparable, pourtant, à ce qu'il découvrit ensuite. Au sommet d'une montagne voisine se dressait la silhouette d'un homme. La brume s'enroulait autour de lui, des nuages ne cessaient de se former et de se reformer sous les assauts du vent. Un instant, le brouillard engloutit complètement la silhouette et, quelques secondes plus tard, lorsque celui-ci se dissipa, elle avait disparu. La montagne était déserte.

Giannis monta le volume de la radio et poursuivit sa route.

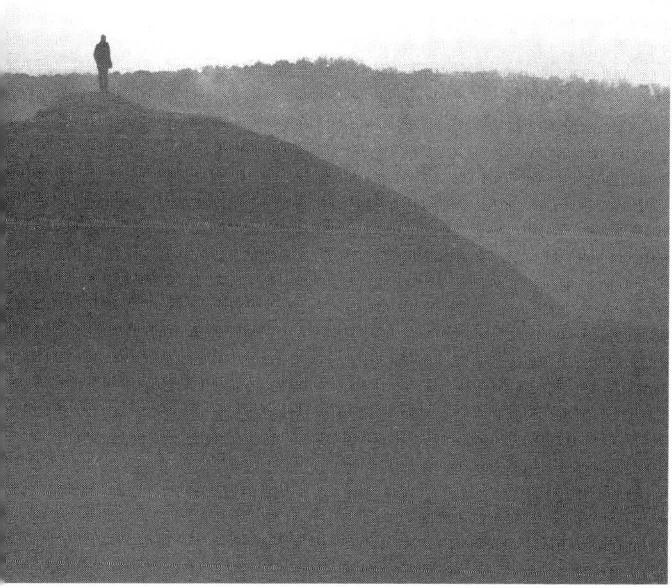

Quel isolement, quelle culpabilité déraisonnable, quelles conséquences tragiques ! Ça ne doit pas toujours être facile pour les hommes d'Église qui ont fait vœu de célibat. Cet engagement a sans doute de profondes conséquences psychologiques et physiques sur eux.

Le site des Météores est spectaculaire, et il m'a poussé à réfléchir à la différence entre la solitude et l'isolement. Les Grecs ont un seul mot pour les deux : monaksia, *ce qui explique pourquoi certains d'entre eux, quand ils croisent un homme seul, ont pitié de lui. Dans certaines situations, leur réaction était peut-être justifiée, mais, au fil du temps, ma solitude m'a apporté de l'assurance. Je sais faire la distinction, aujourd'hui, entre l'isolement et elle.*

J'ai passé quelques jours à Kalambaka et je suis sorti me promener tous les jours, m'imprégnant des paysages. Lors de ces longues balades, je n'ai pas pu m'empêcher de décortiquer notre histoire, de chercher rétrospectivement les indices d'un problème. Des signes qui m'avaient échappé à l'époque.

À la fin de mon séjour, j'avais eu mon lot de tranquillité et je suis donc parti pour Thessalonique, à trois heures de voiture sur une bonne route, une voie rapide. J'étais impatient de sentir la chaleur de la foule, d'entrer dans un bar où la musique hurlerait, de sentir l'odeur des souvlakis *dans la rue.*

On était le 25 mars, une belle journée de printemps chaude. J'ai pris une chambre dans un hôtel et je suis aussitôt descendu vers la mer pour marcher sur la promenade. Je me suis retrouvé cerné de drapeaux. Ils flottaient sur les balcons des particuliers et sur les façades des bâtiments officiels, des passants les agitaient au bord de la route et on les vendait sur les places. J'ai été rapidement englouti par la foule. Les Thessaliens m'ont expliqué, d'un air guilleret, la raison de leur présence dans la rue, des milliers d'écoliers, de soldats et de citoyens en costumes traditionnels. Ils fêtaient leur indépendance.

J'ai appris combien l'histoire et l'émotion (peut-être inséparables en Grèce) sont liées au drapeau. Son symbolisme est profondément enraciné dans l'âme grecque, et c'est un récit qui m'en a apporté la preuve.

Ce pays est hanté par deux périodes d'occupation. La plus récente, celle des Allemands au XXe *siècle, a duré trois ans. La première, celle des Turcs, s'est étendue sur près de quatre siècles, et c'est leur libération de ce joug-là que les Grecs célèbrent le 25 mars avec un énorme défilé.*

*C'est aussi la fête de l'Annonciation, l'*Evangelismos*, le jour où l'archange Gabriel a annoncé à la Vierge Marie* *qu'elle allait avoir un enfant. Pendant une accalmie des festivités, un vieil homme passionné m'a expliqué comment l'arrivée du Christ et le départ des Turcs étaient liés, achevant de me convaincre que la guerre contre l'envahisseur pour libérer la Grèce était perçue comme sainte.*

— Nous étions moins nombreux que les Turcs, désespérément moins nombreux. Mais Dieu était de notre côté, et c'est ce qui a compté, a-t-il ajouté avec fierté.

Il était accompagné de sa famille, pourtant, il se réjouissait, je le voyais bien, de trouver en moi un nouveau public. Sa fille connaissait ses récits par cœur. Je l'ai écouté attentivement, en hochant la tête. Les hommes de son âge n'ont pas besoin de beaucoup plus d'encouragements. Il revivait les événements du passé comme si le champ de bataille était encore maculé du sang des Turcs et des Grecs.

— Après tous ces siècles, les Turcs croyaient qu'on avait baissé les bras ! Mais un feu brûle dans nos cœurs. Nous n'abandonnons jamais notre langue, nos traditions, notre religion ! Et c'est un évêque qui a choisi ce jour pour notre soulèvement.

Il brandit un petit drapeau. Tous les gens alentour avaient été attirés par sa verve. Une jeune femme poussa son enfant vers nous tout en manifestant son approbation d'un mouvement de la tête.

*— Il a choisi ce jour, le jour de l'*Evangelismos *pour hisser le drapeau grec et proclamer notre liberté. C'était le début ! Pendant neuf ans, nous avons combattu. Et nous avons obtenu notre libération !*

Dans son enthousiasme, le vieil homme bondissait presque. À croire qu'il avait pris part à cette lutte du XIXe *siècle.*

— Regarde, papa ! Ils arrivent ! s'est écriée sa fille, la quarantaine, en lui effleurant le bras d'un geste plein d'affection.

Puis, se tournant vers moi, elle a ajouté discrètement :

*— Je vous raconterai une histoire plus tard, si vous avez le temps, à la fin du défilé. Venez donc déjeuner avec nous ! On sert un plat spécial pour l'*Evangelismos.

— Et c'est aussi la fête de notre papou, a dit sa fille. Alors on aura un gros gâteau au dessert !

Son grand-père, m'a-t-elle appris, s'appelait Vangelis.

— C'est très gentil à vous, mais vous ne me connaissez pas, ai-je répondu.

La fille de Vangelis a haussé les épaules, l'air de dire : quelle importance ?

— On habite juste là.

Elle me montrait un affreux immeuble en béton gris derrière nous.

— Je m'appelle Penelope, au fait.

Un groupe de femmes en vestes courtes de velours rouge brodé, la tête enturbannée, de lourds colliers en pièces d'or cliquetant autour du cou, étaient arrivées à notre hauteur et j'ai reporté mon attention sur le défilé. La couleur et la variété des costumes régionaux étaient fascinantes – hommes en culottes ouvragées et bottes montantes ou en jupe plissée blanche, la fameuse fustanelle, *et chaussures ornées d'un énorme pompon. Le défilé s'était transformé en spectacle.*

Deux heures plus tard, je m'attablais avec Penelope, son père, son mari et ses deux adolescents. On avait une vue dégagée sur la mer. Un gigantesque plat de bakaliaros skordalia, *de la morue avec une purée de pommes de terre à l'ail, est apparu devant moi. Je me suis servi et j'ai dévoré avec appétit pendant que Penelope me racontait une histoire d'amour et de guerre. Son père, qui l'interrompait régulièrement, s'est penché vers moi pour me glisser à l'oreille d'un ton de conspirateur :*

— Elle invente tout.

Je n'en étais pas aussi convaincu que lui…

« Je reviens* »

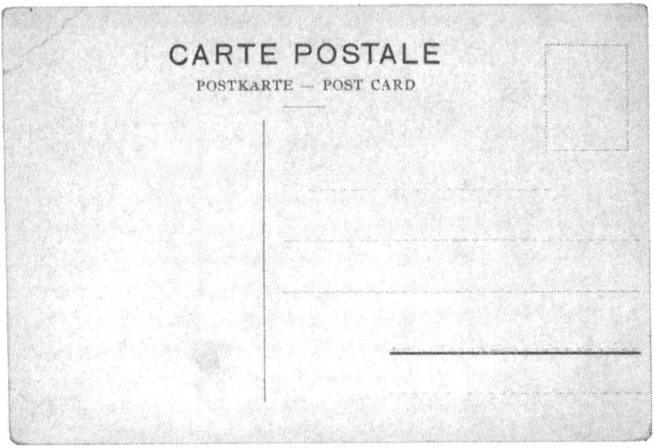
CARTE POSTALE
POSTKARTE — POST CARD

« Je reviens* »

Il pleuvait tellement que le défilé avait bien failli être annulé cette année-là. Les rues étaient luisantes d'eau et des trombes d'eau fouettaient l'auvent censé protéger le maire et les autres invités de marque – à chaque averse la toile s'affaissait davantage, menaçant de plus en plus de céder. Les musiciens de la fanfare continuaient à jouer, leurs doigts raidis par le froid sous leurs gants blancs. Seul le joueur de tambour, qui frappait son instrument avec vigueur depuis des heures, réussissait à faire circuler son sang. La rue dans laquelle ils avançaient longeait le front de mer et un vent frais montait du golfe. Le mont Olympe avait disparu sous un nuage gris.

Le public réunissait toutes les générations : bébés avec chaussures à semelles souples sur lesquelles on avait cousu des pompons, jeunes enfants en *fustanelle*, étudiants, employés de bureau ravis d'être en congés, mères, pères et grands-parents. Tous étaient là en force. Et, sur le front de mer, de nombreux Thessaloniens suivaient le spectacle de leur balcon. Tout le monde voulait assister au défilé.

Parmi la foule de spectateurs amassés sur le trottoir, une vieille femme se souvenait du jour, très lointain, où elle était porte-drapeau. Quand on était à la tête de sa classe, on avait le privilège de porter le drapeau national dans le cortège. Evangelia avait beau

avoir connu son heure de gloire plusieurs décennies auparavant, elle la revivait chaque année. Et à cette heure, son cœur se gonflait de fierté à l'idée de voir sa petite-fille, qui portait le même prénom qu'elle, chargée à son tour du drapeau.

Un homme en vendait de petits en plastique pour soixante-dix centimes. Elle devina à son accent qu'il était albanais. Ses chaussures usées étaient tellement gorgées d'eau que ses chaussettes et son pantalon étaient trempés. La pluie rendait ses doigts glissants et il eut du mal à rendre la monnaie à Evangelia.

Elle observa le drapeau, son motif bleu et blanc si simple et si symbolique – les neuf bandes horizontales rappelaient les neuf syllabes de la devise des Grecs pendant leur révolte contre l'envahisseur turc. « *El-ef-the-ri-a i Tha-na-tos !* La liberté ou la mort ! »

Comme beaucoup, Evangelia était persuadée que Dieu était de leur côté lors de leur combat contre les

Turcs. Avec Son aide, ils s'étaient débarrassés de l'oppression ottomane.

Des vagues d'adolescentes et d'adolescents défilaient sous les yeux de la foule, cherchant maladroitement à suivre la cadence. «*Ena, dhio, ena, dhio, ena sto aristero*... Une, deux, une, deux, à gauche.»

La vieille dame agitait son drapeau d'avant en arrière en essayant de se caler sur leur rythme.

Si figurer en tête de la procession était un honneur – signe de réussite scolaire –, la plupart des filles semblaient regretter d'être là. Dans leurs chaussures mal cirées, leurs collants chair, leurs courtes jupes noires et chemises blanches, elles étaient trempées et grelottaient. Toutes. Leur seul effort s'était porté sur leurs cheveux, crinières ondulées qui commençaient à ressembler à des queues de rat. Beaucoup faisaient la tête.

Les garçons, eux, semblaient s'amuser : ils échangeaient des regards moqueurs en exécutant une parodie désordonnée de défilé, affichant des coupes de cheveux asymétriques, taillées au rasoir et fixées à grand renfort de gel. Là encore, un garçon avait été désigné pour conduire ce groupe d'une cinquantaine d'adolescents et porter un immense drapeau, ce qu'il faisait avec fierté.

L'attente dans le crachin était épuisante, et Evangelia espérait quc sa petite-fille ne tarderait pas à apparaître. À quatre-vingts ans, rester debout aussi longtemps représentait un véritable exploit physique. Elle remarqua que le vendeur de drapeaux faisait une pause et observait le spectacle, lui aussi, laissant baller sa marchandise au bout de ses bras.

ΣΤΡΑΤΟΝΟΜΙΑ
Σ.Ι.Σ.Ο.

À cet instant, elle aperçut sa petite-fille dans l'océan de visages.

— Evangelia ! Evangelia ! cria-t-elle pour tenter d'attirer l'attention de la jeune fille. Bravo, *agapi mou* ! Bravo !

La brune de dix-sept ans au teint olivâtre gardait son regard rivé droit devant elle, se concentrait pour équilibrer le poids du drapeau en appuyant le mât pesant contre sa hanche. Elle ne tourna pas la tête.

Des voisins d'Evangelia se joignirent à elle pour applaudir l'adolescente. Ils la connaissaient depuis sa naissance.

— Bravo, petite Evangelia ! Bravo !

La vieille femme rayonnait de fierté.

Puis vinrent les élèves d'une autre école, menés par des adolescents. À la tête de cet ensemble se trouvait un jeune brun d'une beauté exceptionnelle avec de hautes pommettes. Plus grand que ceux qui le suivaient, il portait le drapeau avec beaucoup d'assurance. La voisine d'Evangelia grommela :

— C'est mal, c'est très mal. Il ne devrait pas porter notre drapeau.

Un spectateur lui emboîta le pas.

— Albanais, lâcha-t-il tout bas, d'un air sombre.

Un autre homme l'entendit.

— C'est un étranger qui porte notre drapeau ?

— Ce n'est pas bien, pas bien du tout, approuva son épouse. Seul un vrai Grec devrait avoir cet honneur !

Evangelia observa à la dérobée le vendeur ambulant, qui serrait une cinquantaine de drapeaux dans son poing. Ses yeux luisaient. Les remarques fusaient tout autour de lui.

— Il est le premier de sa classe, Dimitris, intervint une autre femme. Il a mérité cet honneur. Tu n'es peut-être pas d'accord, mais c'est la règle.

Des grommellements mécontents résonnèrent dans cette partie du public, suivis d'un silence : personne n'applaudit le groupe d'adolescents.

Au moment d'arriver à la hauteur d'Evangelia, le jeune porte-drapeau jeta un coup d'œil dans sa direction. Un sourire éblouissant se dessina sur son visage avant qu'il ne reporte son attention sur la route devant lui, agitant le mât pour permettre au rectangle de tissu bleu et blanc de se déployer entièrement et de flotter dans le ciel.

Evangelia observa le vendeur qui se tenait, discrètement, à côté d'elle. Il était au bord des larmes, et elle comprit que c'était lui que l'adolescent regardait.

— Félicitations, lui dit-elle tout bas. Vous devez être fier.

Incapable de parler, il se contenta de hocher la tête. Il ne quittait pas des yeux le groupe de l'école de son fils, même s'il ne pouvait plus voir que le sommet du mât.

Evangelia se détourna un instant et, lorsqu'elle voulut à nouveau lui parler, elle se rendit compte qu'il s'était éloigné et s'était fondu dans la foule. Presque aussitôt après arrivèrent des troupes de soldats et de jeunes conscrits. Leurs bottines raides claquaient sur le bitume en rythme. Ils scandaient un chant puissant et retentissant, donnant l'impression qu'ils étaient prêts à en découdre.

Je me battrai pour toi,
Je donnerai ma vie pour toi,
J'écrirai dans le sang pour toi,
Je puiserai dans mon cœur pour toi,
Et je dirai « Je t'aime ! »
Ell-a-da mou, Ell-a-da mou !!!
Je me battrai pour toi,
Je donnerai ma vie pour toi.

Ils semblaient prêts à mourir pour leur pays.

Autour d'Evangelia, les sujets de conversation avaient changé, pourtant, elle continuait, elle, à penser à ce que l'Albanais avait pu entendre – et priait pour que son grec, rudimentaire, ne lui ait pas permis de comprendre. Alors que les militaires défilaient devant elle, elle sentit sa honte grandir, et pas seulement parce qu'elle aurait dû soutenir la femme qui s'opposait aux remarques déplaisantes.

Si le jeune Albanais était un porte-drapeau illégitime, alors sa petite-fille aussi. Evangelia était la seule au monde à le savoir – c'était néanmoins aussi indéniable que le fait que le drapeau était bleu et blanc.

Comme le père de l'adolescent qui était en train de défiler, le père de sa propre fille parlait à peine grec. Sa petite-fille n'était en aucun cas une « vraie » Grecque au sang pur.

C'était arrivé bien des années auparavant et, cependant, elle n'avait jamais trahi son secret.

Evangelia avait dix-huit ans quand les soldats allemands étaient entrés en ville. À l'époque, son père possédait un café, *Je reviens*, près du port. Un emplacement idéal dans un lieu fréquenté : les Allemands lui avaient interdit de le fermer. Le bar était rapidement devenu populaire auprès des occupants.

La mère d'Evangelia refusait d'avoir le moindre contact avec eux, et ses frères avaient quitté la ville pour rejoindre la Résistance. La jeune femme était donc la seule à pouvoir aider son père, ce qu'elle faisait en lavant les verres et en nettoyant les tables. Elle n'était pas autorisée à adresser la parole aux soldats.

Une majorité d'Allemands se saoulaient et provoquaient des désordres quand ils avaient quartier libre. Evangelia les détestait tous, à une exception près : un jeune homme calme et toujours seul, qui semblait surveiller ses camarades. Si des bagarres dégénéraient, il punissait les responsables et les jetait dans la rue. Il était plus gradé que les autres et ne buvait jamais avec eux. Il préférait lire à l'écart.

Un jour qu'Evangelia transportait un plateau chargé de verres, un jeune caporal-chef lui mit la

JE REVIENS
COCTAILS

main aux fesses. Son père s'en rendit compte et vint affronter la table de soldats goguenards. L'un d'eux lui tint tête et dégaina son arme. Tenaillée, quelques secondes, par une terreur pure, Evangelia les vit morts, son père et elle. Leur vie n'avait aucune valeur aux yeux de ces jeunes militaires. Soudain, le soldat qui restait toujours tranquillement dans son coin se leva. Il aboya un ordre en allemand et son cadet rangea aussitôt son pistolet. Ce groupe de soldats ne remit plus les pieds dans le café. À compter de ce jour, Evangelia se sentait en sécurité quand elle voyait l'officier discret à sa table habituelle. Il n'eut jamais à payer une seule drachme pour un café ou, plus rarement, un verre de raki : le père d'Evangelia y tenait. Quelques jours après l'incident, alors que le bar était presque vide, Evangelia remarqua que l'Allemand lisait un livre en français. C'était l'une des matières où elle avait le plus brillé pendant sa scolarité. En dépit de l'ordre formel de garder ses distances avec la clientèle, en toutes circonstances, elle ne put résister à la tentation d'aller lui parler – ce livre lui offrait une occasion rêvée.

— *Merci*, lui dit-elle. *Vous avez sauvé mon père**.

Il lui répondit qu'il n'avait agi ainsi que par devoir. Ils eurent ensuite un bref échange, trop contents, l'un comme l'autre, de pratiquer une langue qu'ils affectionnaient. Il lui apprit qu'il s'appelait Franz Dieter et elle se présenta à son tour.

En l'entendant parler la langue musicale qu'elle associait à la poésie et à la littérature, Evangelia posa un regard différent sur cet homme. Les sonorités gutturales de l'allemand n'étaient pas faites pour lui.

Au cours des mois suivants, elle se livra à de courtes discussions avec lui dans cette langue étrangère que personne d'autre dans le bar ne comprenait.

— *S'il vous plaît, n'imaginez pas que tous les Allemands ont les mêmes envies ou les mêmes idées**...

La requête était courtoise, il voulait être compris. Il craignait qu'elle s'imagine que tous les Allemands étaient pareils. En dire davantage aurait pu lui valoir la cour martiale. Il lui demandait simplement de le considérer comme un individu.

Plus tard, à l'occasion d'une autre conversation, elle apprit qu'il n'avait pas choisi de s'engager : il ne souhaitait ni quitter son poste d'enseignant de français à l'université ni abandonner sa famille à Dresde. Il n'avait pas voulu cette situation.

Au cours de l'année suivante, Evangelia le guetta tous les jours. Quand une mission le forçait à s'absenter, il la prévenait toujours à l'avance. Il savait, ils le savaient tous les deux, que leur affection mutuelle grandissait. Dans le cadre formel de leur échange, ils pouvaient exprimer beaucoup de choses, et eux seuls comprirent l'importance du jour où il lui demanda l'autorisation de la tutoyer.

Le français d'Evangelia s'améliora rapidement, et son père ne pouvait pas s'opposer à ces conversations tant il était évident que Franz garantissait la sécurité du café.

Trois ans après l'arrivée des Allemands, la rumeur commença à enfler : ils étaient enfin vaincus et allaient devoir quitter la Grèce. On célébra en cachette la nouvelle, même si beaucoup attendaient de les voir faire leurs valises pour se réjouir vraiment. Un soir, Evangelia apprit que leur départ était sûr.

Le café était désert : il se passait quelque chose. Seule derrière le bar, elle essuyait des verres. Son père n'était pas encore descendu de leur appartement au premier. Après avoir rangé la vaisselle avec soin, elle aligna les bouteilles sur les étagères. Elle tournait le dos à la porte et le *ding* sec de la clochette l'avertit que quelqu'un entrait.

C'était Franz. Il avait plusieurs livres dans les mains. Il s'approcha d'elle.

— Ils sont pour toi. Tu sais que nous partons ?

Elle contourna le bar. Il lui tendit les livres écornés et elle les accepta, retenant ses larmes. Balzac, Flaubert, Racine, *Les Plus Beaux Poèmes d'amour*. C'étaient les livres qu'il avait lus ces derniers mois. Après les avoir observés, elle leva vers lui des yeux où transparaissait son émotion.

— Je ne peux pas les emporter, lui expliqua-t-il.

Evangelia posa spontanément les livres pour jeter ses bras à son cou, sentant les boutons en métal de son uniforme à travers le tissu fin de sa robe. Par réflexe, Franz voulut se dégager : il ne savait que trop bien ce qui arriverait si le père de la jeune femme, ou un autre soldat, les découvrait, mais son innocence et l'odeur florale de sa chevelure eurent raison de ses réticences. Toutes ses années, ils avaient gardé une certaine distance, il avait perdu l'habitude du contact humain, la douceur d'une étreinte féminine. Au moment où elle redressait la tête, il se pencha et l'embrassa.

Ce baiser provoqua aussitôt un déferlement d'émotions en Evangelia. Elle voyait cet homme pour la dernière fois et des vagues de nostalgie, de chagrin même, la balayèrent.

Pour tous deux, la découverte de leurs sentiments s'accompagnait d'une angoisse.

— *Tu vas revenir*?* s'enquit Evangelia, qui peinait à contenir son désespoir.

Franz ne lui répondit pas. Plantés au milieu du café, ils se perdirent dans le regard l'un de l'autre. Puis elle lui prit la main et l'entraîna dans un recoin sombre. Elle brûlait de l'embrasser une dernière fois.

La timidité de leur première étreinte s'était envolée. Ce baiser d'adieu était gouverné par une passion brute. Ce soldat aux cheveux blonds n'avait jamais été l'ennemi d'Evangelia et, maintenant que l'Allemagne avait été défaite, il lui semblait tout naturel de lui exprimer son amour.

Dans la pénombre d'une petite réserve, Franz déposa sa veste par terre pour qu'elle puisse s'allonger dessus, et ils firent l'amour jusqu'à ce que le bruit des pas du père d'Evangelia les dérange.

Sans un mot, mais lui serrant les doigts jusqu'à la toute dernière seconde, Franz sortit par la porte de derrière. Cet instant de leurs deux existences avait été aussi fugace que n'importe quel autre. Après avoir rajusté sa robe et s'être recoiffée avec les doigts, Evangelia retourna dans le café. Les livres étaient toujours sur la table.

— C'est à qui ? lui demanda son père d'un ton bourru.

— À moi, dit-elle, s'empressant de les récupérer et de les presser contre sa poitrine.

Pendant les mois qui suivirent, les parents d'Evangelia s'efforcèrent péniblement, comme beaucoup de gens ordinaires, de reconstruire leur existence. Si le départ des Allemands avait suscité une grande joie, les ravages qu'ils laissaient dans leur sillage étaient dramatiques. À présent, les deux maîtres mots étaient : survie et reconstruction. Les frères d'Evangelia furent entraînés dans une nouvelle série de combats entre la gauche et la droite, et plusieurs années s'écoulèrent avant qu'ils ne puissent rentrer à Thessalonique.

Le pays était plongé dans le chaos. Des centaines de milliers de Grecs étaient morts pendant l'Occupation, beaucoup à cause de la famine. La malnutrition était un mal répandu. Ce qui expliqua peut-être que, à l'exception de ses parents, on ne remarqua la grossesse d'Evangelia qu'au septième mois. Son père et sa mère l'acceptèrent (ils n'avaient pas le choix), et ils n'eurent pas grand mal à inventer un fiancé tombé au combat – de toute façon, les bébés sans père n'étaient pas rares durant cette période sombre de l'histoire.

À sa naissance, la fille d'Evangelia fut un objet d'adoration. Pour tout le monde, l'apparition d'une nouvelle vie au milieu des décombres et des ruines était une bénédiction.

Efi ne connut jamais l'identité de son père. Elle grandit à une période de paix relative et, le moment venu, eut ses propres enfants – elle prénomma sa fille aînée Evangelia.

La nature avait eu la bonté de donner à Efi des traits semblables à ceux de sa mère. Rien en elle ne trahissait les origines germaniques de son père, si blond. Ainsi, le secret avait été préservé.

Plus tard, l'après-midi de ce 25 mars, Evangelia se rendit à l'église, comme toujours pour sa fête, et alluma un cierge pour son cher Franz perdu. S'il ne lui avait pas promis de revenir, elle avait toujours espéré le revoir un jour. Dès qu'elle croisait un groupe de touristes allemands, elle scrutait leurs visages, espérant reconnaître ses yeux saphir et son doux sourire.

Après sa visite rituelle, elle se rendit au port en taxi et se posta devant le café désormais à l'abandon. Ainsi qu'elle en avait l'habitude chaque année, en ce jour, elle sortit un vieux livre abîmé de son sac à main et lut en silence un poème en particulier. Aujourd'hui encore, elle brûlait du désir de voir l'homme qu'elle aimait. Aujourd'hui encore, elle rêvait de son retour.

« Présence de Dieu »
Max Jacob

Une nuit que je parcourais le ciel amour
Une nuit de douce mère
Où les étoiles étaient les feux du retour
Et diaprées comme l'arc-en-ciel
Une nuit que les étoiles disaient : « Je reviens ! »

Je me suis empressé de me renseigner sur Max Jacob. C'était un poète et un peintre juif, ami d'Apollinaire et de Picasso, mort à Drancy en mars 1944, juste avant d'être déporté à Auschwitz. J'imagine qu'Evangelia le savait.

L'occupation allemande a laissé la Grèce totalement dépourvue de ressources et d'argent. Les troupes (y compris Franz Dieter peut-être) ont détruit tout ce qu'elles pouvaient lors de leur retraite en 1944. J'ai rencontré beaucoup de Grecs lors de mon voyage, vieux ou jeunes, qui pensent que l'Allemagne continue à avoir une dette envers eux.

Le montant des «impayés» des crimes de guerre nazis, des dommages causés aux infrastructures, du prêt extorqué aux banques grecques s'élèverait à l'équivalent de près de trois cents milliards d'euros. Une telle somme contribuerait au règlement de la dette qui paralyse le pays aujourd'hui.

Thessalonique a été particulièrement marquée par l'Holocauste. Plus de cinquante mille personnes, l'essentiel de la population juive de Grèce, ont été déportées en train jusqu'au camp d'Auschwitz. Rares sont ceux qui ont réchappé à cette horreur. Certains d'entre eux auraient sans doute pu croiser Max Jacob s'il n'était pas mort avant. Il est presque impossible de se figurer les épreuves qu'a connues Thessalonique par une journée de printemps ensoleillée, et pourtant le souvenir de cette époque perdure.

Je suis resté dans cette ville bien plus longtemps que je ne l'avais prévu. Elle est belle et fascinante, constamment vivante. L'immense université est une source de jeunesse, d'enthousiasme. Je me suis lié d'amitié avec un conservateur du musée archéologique qui m'a convié à une série de conférences et d'événements. Il m'a même demandé d'organiser un séminaire. Je reprenais contact avec le monde et j'ai même trouvé l'énergie et l'inspiration pour terminer le premier jet de mon livre.

Un après-midi que je me promenais dans les ruelles pavées du Ladadika (un quartier de la ville plein d'anciens entrepôts d'huile d'olive), une mélodie m'a fait remonter le temps. Evangelia devait souvent l'entendre dans son adolescence, avant que les bottes allemandes ne battent le pavé de la ville.

Cette musique, entre celle du piano et d'un instrument à cordes, était ponctuée, régulièrement, d'un tintement semblable à celui d'un triangle. Elle m'a un peu rappelé le rebétiko, né en Asie Mineure, et a éveillé en moi une étrange nostalgie, profonde, pour une époque que je n'avais pas connue, un mal de pays pour un lieu où je n'avais jamais été.

Au moment d'aboutir sur la place, j'ai compris d'où venaient ces sons : une grosse caisse ouvragée, montée sur des roues, avec une manivelle que l'on tournait. Une sorte d'orgue de Barbarie, laterna. *Celui qui en jouait devait avoir dans les soixante-dix ans et était vêtu avec élégance. J'ai jeté cinq euros dans le tambourin posé à l'envers et il a volontiers pris tout son temps pour répondre à mes questions.*

Il s'appelait Tassos et il m'a expliqué que les laternas *étaient partout avant l'invention du gramophone.*

C'était la première technique mécanisée de diffusion de la musique. Pendant un siècle, ces instruments ont été prestigieux et populaires. Les premiers ont été confectionnés à Constantinople par un Italien, d'où La Torno, « ce qui tourne ». Leur fabrication a plus ou moins cessé à la fin des années cinquante et on en croise moins souvent aujourd'hui.

Il a soulevé le couvercle pour me montrer le mécanisme. La manivelle faisait tourner un cylindre en bois hérissé de centaines de pointes métalliques. Lorsque l'une d'elles entrait en contact avec un des marteaux montés sur ressorts, celui-ci se soulevait avant de retomber sur une corde et d'émettre une note.

C'était un bel objet artisanal, et j'ai été particulièrement intrigué par un cliché en noir et blanc, encadré d'œillets, sur le flanc de la caisse.

— Il y a toujours une photo, m'a expliqué Tassos. Celle-ci a une valeur sentimentale. Elle représentait beaucoup pour le propriétaire de cet instrument…

— Alors il n'est pas à vous ?

— Si, aujourd'hui. À l'origine, il était à Panagiotis.

— Qui était-il ?

— L'homme le plus heureux que j'aie connu. L'histoire débute en 1954, mais je vais commencer en 2010. Les finances de notre pays étaient déjà au plus mal. Je faisais le tour des tavernes, pour vendre des paquets de mouchoirs, des briquets… Un beau jour, les clients n'ont plus eu assez d'argent, même pour ces broutilles. Le seul pour qui le problème ne s'est jamais posé, c'était mon ami Panagiotis : la musique de sa laterna *convainquait toujours les gens de débourser quelques pièces.*

PAIN, AMOUR ET CHANSONNETTE

CARTE POSTALE

Pain, amour et chansonnette

Λατέρνα φτώχεια και φιλότιμο

Les rues de Thessalonique grouillaient de monde et pourtant le vendeur de *salep* ne faisait pas beaucoup d'affaires. Rares étaient les touristes à s'arrêter pour lui acheter l'épais breuvage sucré qu'il servait sur son stand ambulant. La plupart n'arrivaient pas au bout de leur gobelet. Fabriqué à partir des tubercules d'orchidée selon une recette ancestrale, son goût n'avait rien d'évident – les étrangers ne l'achetaient que pour satisfaire leur curiosité.

— Les jeunes de notre époque… grommelaient le vendeur. Ils n'en ont plus que pour leur café frappé.

Devant le flot de promeneurs qui déambulaient main dans la main sur la promenade, le vendeur s'était laissé gagner par l'amertume. Son père lui avait donné le stand, avec son énorme récipient métallique, quarante ans plus tôt. Et il était de plus en plus convaincu que cette entreprise familiale s'arrêterait après lui. Plus personne ne voulait de *salep* et, d'année en année, les ventes chutaient. Le café avait toujours été un rival, mais il était devenu, aujourd'hui, une obsession culturelle. Chaud en hiver, froid en été. Le vendeur n'avait aucune chance.

— Il leur faudrait trois mains, à ces gamins ! Une pour leur cigarette, une autre pour leur copine et une dernière pour leur café.

Le vendeur de marrons s'en tirait un peu mieux. Presque tout le monde se laissait tenter, de temps à autre, par cet encas bon marché. Accompagnée d'un *koulouri*, ce petit pain en forme d'anneau avec des graines, qui était vendu à l'angle de la place Aristotelous et de la rue Niki, une poignée de ces marrons chauds grillés avait toujours constitué le petit déjeuner idéal. De nos jours, cependant, la vaste population étudiante de la ville préférait la nourriture de fast-food.

La Grèce semblait traverser une période de transition, du moins du point de vue des générations les plus anciennes. Elles se plaignaient de la façon dont leur pays avait changé, dont les traditions disparaissaient : elles ne reconnaissaient plus leur *patrida* ni ses habitants.

Le seul travailleur de rue à ne jamais se plaindre était Panagiotis, le joueur de *laterna*. Une seule habitude restait tenace chez le consommateur – son désir de renouer avec le passé –, et ce qu'il vendait, lui, c'était en quelque sorte un arôme, une chose intangible, un souvenir de ce monde en « noir et blanc ». Panagiotis vivait dans ses souvenirs et rappelait aux autres les leurs. Les passants étaient ravis de lui laisser une pièce. Plusieurs, même.

Beaucoup le pensaient simplet parce qu'il avait l'air heureux de naviguer entre la vieille ville et la nouvelle, de la place à la promenade, et inversement, poussant lentement sa précieuse *laterna*. Il se considérait, lui, comme un artiste, un *kallitechnis*. Cette croyance l'entretenait dans une vie solitaire, avec pour seule compagnie les pièces que les gens déposaient dans le tambourin retourné à ses pieds.

Sa passion pour la *laterna* était apparue l'année de ses dix ans. C'était au début des années 1950, le pays réapprenait à vivre en période de paix. Le soleil semblait briller tous les jours, Panagiotis et ses amis pouvaient traîner dans les rues d'Athènes, s'absorber plusieurs heures d'affilée dans une partie de cache-cache, annexer une ruelle pour jouer au football. Ils ne se lassaient jamais de ces activités. Et pourtant, un jour de l'été 1954, leur routine fut perturbée.

— Ils tournent un *film* ! s'écria joyeusement le meilleur ami de Panagiotis. Ils tournent sur un coin de la place… mais ensuite ils viennent ici !

Les cinq garçons d'une dizaine d'années, tous en culottes courtes, interrompirent leur partie et s'assirent sur un muret pour patienter, balançant leurs jambes maigrelettes en rythme.

Deux hommes finirent par arriver, en costume et feutre. Le plus âgé des deux, plus gros, avait une belle moustache. Le plus jeune portait une *laterna* sur le dos. Un groupe d'une vingtaine de personnes les suivaient, chargées d'un matériel encombrant. Trois hommes portaient une énorme caméra, d'autres des projecteurs et des perches à micro. En plus des machinistes, il y avait les costumiers et les maquilleurs, sans oublier, évidemment, le réalisateur.

Les enfants observèrent avec intérêt, se taisant d'instinct au moment de la prise. Deux hommes parlèrent, puis un homme posté près de la caméra cria et ils recommencèrent. Ce petit manège se répéta plusieurs fois. Les enfants entendaient constamment le mot : « Coupez ! »

Une fois la scène tournée, les acteurs et l'équipe s'éloignèrent, sans doute pour aller déjeuner, laissant la rue déserte. Les garçons sautèrent de leur muret tous ensemble. Panagiotis remarqua qu'ils avaient abandonné leur attirail et donc la *laterna*. Elle était abondamment décorée de fleurs peintes et, à la place d'honneur, se trouvait le portrait en noir et blanc d'un beau couple. Ce fut plus fort que lui, le garçon fut attiré par eux et courut dans leur direction. Comme toujours, les autres suivirent leur meneur.

Panagiotis toucha du bout des doigts la boîte en bois réchauffée par le soleil. Puis il empoigna la manivelle et la tourna. Une mélodie plaisante égrena ses notes qui ricochèrent sur les murs et emplirent la ruelle. Ses compagnons de jeu sautillaient et dansaient la gigue sur l'air entraînant.

Les acteurs et l'équipe étaient de retour de leur pause.

— Hé ! s'exclama le cadreur. Laissez ça tranquille !

Le réalisateur les avait repérés lui aussi, mais son irritation ne dura qu'un temps : il avait aussitôt mesuré le potentiel de leur espièglerie. Il voulait immortaliser leur plaisir enfantin face à la musique.

— Arrêtez ! Arrêtez ! cria-t-il aux garçons qui détalaient dans la rue. Attendez !

Il envoya son assistant, qui ne tarda pas à revenir avec les cinq galopins turbulents. Pendant tout l'après-midi, ils tournèrent et retournèrent la scène des garçons réunis autour de la *laterna :* Panagiotis et un garçon plus jeune activaient la manivelle avant d'être chassés comme des gamins des rues.

Panagiotis profita d'une pause pour soulever le couvercle et étudier le mécanisme de la *laterna*. Il n'avait jamais rien vu d'aussi complexe. Il fut ensorcelé par le réglage minutieux des nombreuses pièces qui accomplissaient, ensemble, le miracle de la musique.

Le film *Laterna, Ftochia kai Filotimo* – littéralement *Laterna, pauvreté et honneur*[2] – sortit l'année suivante et rencontra un énorme succès. C'est l'histoire de deux vagabonds qui croisent une riche femme en fuite. Ils renoncent à une énorme rançon – promise à celui ou ceux qui la retrouveront –, préférant l'aider au lieu de la trahir.

Par une chaude soirée de l'été 1955, Panagiotis et ses parents se rendirent dans un cinéma en plein air pour le voir. Ils trépignaient d'impatience. Sur l'écran,

---

2. Le film a pour titre français *Pain, amour et chansonnette.*

ils virent apparaître le quartier familier de Plaka, où ils vivaient. Chaque porte, chaque marche, chaque fenêtre était transfigurée sur la pellicule.

À l'apparition du visage de leur fils, les parents de Panagiotis applaudirent. Le garçon rougit, autant de gêne que de fierté.

Il comprit à cet instant à quoi il consacrerait sa vie. À la fin de la projection, il fit une annonce :

— Je sais ce que je veux faire quand je serai grand.

Ses parents retinrent leur souffle. Une carrière d'acteur n'était pas vraiment ce dont ils rêvaient pour leur fils.

— Je veux être un joueur de *laterna*, annonça-t-il.

À compter de ce jour, Panagiotis fit pression sur son père.

— C'est ça que je veux faire, lui disait-il. Tu n'as aucune inquiétude à avoir pour mon avenir !

— Une vie itinérante ? gémissait sa mère en se tordant les mains.

— Une vie consacrée à rendre les gens heureux ! À les faire danser ! répliquait Panagiotis. Qu'y a-t-il de plus beau ? Il me faut une *laterna*, ajouta-t-il.

Le charme du film résidait dans la combinaison de plusieurs ingrédients : l'exubérance des acteurs, les images de la Grèce et une histoire qui se finissait bien. Panagiotis rêvait de vivre dans ce monde-là, où les gens avaient besoin de peu pour être heureux et où l'honneur prévalait.

Une *laterna* n'était pas, et de loin, dans les moyens de ses parents, ce qui ne les empêcha pas d'économiser tout ce qu'ils purent. Le père de Panagiotis avait

toujours espéré que son fils le seconderait dans sa fonderie, à la fin de sa scolarité, mais on ne pouvait pas forcer un garçon qui rêvait de jouer dans les rues à assembler des barrières en métal. D'autant qu'il respectait la détermination que son fils mettait dans sa vocation.

Sa femme et lui finirent par avoir un pécule suffisant. Ils cachèrent la *laterna* sous une couverture jusqu'au retour de Panagiotis, ce soir-là. Il fut transporté de joie, ainsi qu'ils l'espéraient. Son rêve se réalisait. Comme le voulait la tradition, Panagiotis revêtit un costume et glissa une fleur dans sa boutonnière. Il avait dix-sept ans et était prêt à partir sur les routes.

Le film le lui avait appris, il mènerait une vie itinérante. Les battements de son cœur se précipitaient quand il voyait les noms d'autres villes : Larissa, Lamía, Tripoli, Ioannina, Thessalonique. Il comptait toutes les visiter.

Il n'avait jamais oublié certaines répliques du film :

O kallitechnis dhen einai ekeinos pou pezei violi i flauto
O kallitechnis einai edho.

L'artiste n'est pas le joueur de violon ou de flûte,
L'artiste est là.

Panagiotis répétait souvent ces mots à son public, qui connaissait bien le film. À la fin de la réplique, il pointait un doigt sur son cœur.

Le couple sur la photographie qui ornait sa *laterna* était Jenny Karézi et Alékos Alexandrákis, les héros romantiques de *Pain, amour et chansonnette*. Les passants qui s'arrêtaient pour écouter Panagiotis ne tardaient pas à apprendre qu'il avait joué dans le film, lui aussi. Tout le monde se souvenait de la scène avec les petits garçons. Panagiotis devint une star et se montra à la hauteur de ce rôle, s'habillant avec panache, et ne laissant personne oublier son lien avec le « grand écran ».

Après dix ans sur les routes, le jeune homme si chic conclut que Thessalonique était l'endroit idéal où poser ses valises. Il y avait beaucoup de passage en ville, si bien que son public potentiel était toujours renouvelé par l'arrivée de nouveaux touristes, étudiants et représentants de commerce. La production de masse des gramophones avait débuté, mais quantité de gens préféraient encore danser sur la *laterna*. Il loua une petite maison dans la vieille ville, avec une pièce où ranger son instrument au rez-de-chaussée, et prit l'habitude d'aller jouer sur différentes places et dans différentes rues en suivant le même itinéraire.

Il lui arrivait d'être entouré de tout un groupe de danseurs sur la place Aristotelous. Le premier cercle se retrouvait entouré d'un deuxième, puis d'un troisième, jusqu'à ce qu'il y en ait trois ou quatre, concentriques. C'était une bonne chose quand ça se produisait, tous les vendeurs en bénéficiaient : *salep*, marrons, *koulouria* et même mouchoirs en papier.

Alors que les années passaient et que la *laterna*, dans l'esprit des gens, ressemblait de plus en plus à de la mendicité et de moins en moins à de l'art, Panagiotis continuait à se considérer comme un artiste, et le public continuait à jeter des pièces et des billets dans son tambourin. Le son de la boîte à musique réveillait, chez les auditeurs, des souvenirs d'un temps innocent, et ils remerciaient volontiers celui qui en était l'auteur. Panagiotis voyait dans cet argent un dû, mais ne dépensait que le strict nécessaire pour mener une vie simple et modeste.

Au fil des ans, Panagiotis acquit la réputation d'homme le plus heureux de Thessalonique, épargné par les difficultés qui causaient tant de peine aux autres vendeurs de rue. Puis un jour qu'il rentrait d'une soirée couronnée de succès près de la Tour blanche, il constata que la porte de sa maison était ouverte. Approchant, il découvrit un courrier officiel punaisé au cadre. C'était un mandat d'arrêt contre lui.

Il rangea sa *laterna* au rez-de-chaussée avant, comme à son habitude, de monter péniblement au premier. D'un grand coup d'épaule, il ouvrit la porte de sa chambre, bloquée par un obstacle invisible, et s'y engouffra. Le sol entier était recouvert d'une épaisse couche de pièces. Panagiotis versa la recette du jour sur le reste. Puis il alluma la bougie posée sur une table abîmée. Ses semelles crissèrent sur le tapis de pièces qui recouvrait le sol lorsqu'il se dirigea vers l'évier.

Ayant rempli une tasse ébréchée, il gagna, en faisant tinter les piécettes, son lit. La flamme vacillante de la bougie jouait avec les tranches dorées et argentées des pièces, créant un motif chatoyant sur le plafond. Il s'agissait essentiellement de petite monnaie : une pièce seule n'aurait même pas permis

d'acheter un *koulouri*, mais toutes ensemble elles formaient des millions. Un véritable magot. Panagiotis entendit quelques pièces glisser dans les rainures du parquet et se promit de les récupérer le lendemain matin.

Le jour suivant, la police revint avec un mandat de perquisition. Panagiotis était déjà parti, il tournait la manivelle de sa *laterna* quelque part dans la ville. Il y avait tellement d'argent chez lui que les policiers devraient revenir avec un camion. Le juge exigerait une preuve.

La somme représentait les gains de dizaines d'années. Le rapport de police, diffusé dans le journal local, indiquait que les pièces s'accumulaient sur près d'un mètre cinquante à certains endroits. L'un des agents, très grand, dut se voûter pour éviter de se cogner la tête contre le plafond. Des couches et des couches de pièces de toutes les valeurs, par millions. Il fallut deux semaines à une équipe de trois personnes pour les compter toutes.

Pendant soixante ans, Panagiotis n'avait pas payé d'impôts. Pas même dix centimes. En ne se servant pour ainsi dire pas de ses revenus, il pensait être resté fidèle à son principe de « noble » pauvreté – même si l'« honneur » avait été compromis.

Il y eut un long procès, et il n'eut pas le cœur de jouer de sa *laterna* durant cette période, même le soir. Les tonnes d'euros conservés à la banque le temps que le jugement soit prononcé se réduisirent peu à peu. Une fois que Panagiotis eut payé son avocat, les impôts et les amendes, il ne lui resta plus que sa *laterna*. Il craignait plus que tout une peine d'emprisonnement, mais le juge avait préféré des pénalités financières.

— C'est le châtiment le plus adapté au crime, conclut-il en signant les papiers qui ne laissaient au vieil homme que son instrument.

— Je reste un artiste, déclara Panagiotis devant le tribunal, avec son costume et son chapeau, un œillet à la boutonnière. Et je n'ai besoin que de ma *laterna*.

Il s'éteignit, quelques années plus tard, dans le lit où il avait dormi pendant près de cinquante ans ; sa propriétaire trouva, dans sa chambre, un mot : il léguait la *laterna* à son ami Tassos. Se doutant qu'il s'agissait d'un vendeur de rue, elle n'eut aucune difficulté à mettre la main sur l'héritier de Panagiotis.

La situation de Tassos, qui vendait des mouchoirs en papier, connut une vraie amélioration. Et cependant, contrairement à Panagiotis, ce n'était pas sa vocation. Il n'entretenait pas de lien viscéral avec la *laterna*, il n'en jouait pas avec le sourire. Il n'était pas capable de faire voyager les passants dans le temps.

Au moment où Tassos concluait son récit, une Ferrari est passée en rugissant. La musique qui hurlait par ses vitres baissées noyait tous les autres sons.

— Je regrette le bon vieux temps ! m'a crié Tassos pour couvrir le vacarme.

Il ne pensait pas seulement à l'omniprésence de la musique, partout et à toute heure. Il pensait aussi au gouvernement qui attendait des vendeurs de rue qu'ils payent leur part désormais.

Nous avons fini par avoir une conversation animée sur les impôts. Je n'aurais jamais imaginé avoir ce débat sur une place grecque avec un homme qui jouait dans les rues pour gagner sa croûte… Ça a été très instructif : j'ai appris beaucoup de choses sur le regard que certaines personnes, ici, posent sur le système fiscal. Ils considèrent tout bonnement qu'ils n'en font pas partie (exactement comme Panagiotis). Cet homme, Tassos, ne voyait pas pourquoi il aurait dû être contraint de reverser ne serait-ce qu'un centime de ses revenus. Dans son esprit, il n'existait aucun lien entre les écoles, les hôpitaux, les routes, l'entretien de la voirie, etc., et lui.

Sa position était simple : tous les politiciens étant corrompus, l'argent qu'il verserait au gouvernement irait tout droit dans la poche d'un de ses membres. Cette conviction coule dans les veines de la plupart des Grecs – et pas sans raison d'ailleurs. Des milliards ont été volés, dépensés et dilapidés par des personnes occupant de hautes fonctions au cours des dernières décennies, ce qui n'a servi qu'à approfondir l'immense dette qui accablait ce petit pays. Si je comprenais sa réaction, je n'ai pas pu m'empêcher de lui demander :

— Comment les choses pourront-elles s'améliorer un jour, à ce compte ?

Il n'avait pas de réponse. Son haussement d'épaules m'a donné l'impression qu'il ne se souciait pas du bien commun et ne pensait qu'à lui-même : un entrepreneur dans tous les sens du terme. Tant que le pays n'adopterait pas, à tous les échelons, une attitude plus saine et transparente, quel espoir y avait-il ?

Alors que notre échange, qui avait rapidement atteint une impasse, se concluait, j'ai remarqué plusieurs bennes qui débordaient juste à côté de nous. À leur pied gisait un homme. Difficile de dire s'il était mort ou endormi.

Je n'ai pas pu m'empêcher d'établir un lien entre l'individualisme de Tassos, qui ne se sentait investi d'aucune responsabilité, et l'homme étendu dans la rue à qui l'État ne pouvait rien offrir. À la fin de notre conversation, j'ai regretté l'euro que je lui avais donné.

En Grèce, on raconte qu'il existe des lieux coupés de toute légalité (aussi bien que des gens, comme Tassos). Des villes et des villages où la police ne se rend jamais, semblables à des royaumes indépendants. Il s'agit peut-être de légendes, mais j'ai du mal à croire que toutes les histoires qu'on m'a racontées sont de pures fictions.

Les médias ont parlé, il n'y a pas si longtemps, d'un village sur une île qui avait été privé de toute présence policière pendant de nombreuses années. À sa nomination, un nouveau préfet a décidé de s'y rendre. Les villageois se sont barricadés, ils ont tiré et blessé plusieurs représentants de la loi. Quand les policiers ont fini par franchir les barricades, après un siège de plusieurs jours, ils ont découvert des dizaines de distributeurs d'argent qui avaient été arrachés dans toutes les villes de l'île, une flotte de Porsche et de nombreux enfants qui n'avaient jamais mis les pieds dans une école. L'économie florissante des villageois reposait sur un trafic de drogue très lucratif et ils avaient leurs propres lois. Ces endroits figurent rarement sur les cartes touristiques.

Lors de mon périple, il m'est arrivé de débarquer dans un lieu qui avait tout de la carte postale et qui pourtant ne m'inspirait pas confiance, comme si je pressentais que quelque chose ne tournait pas tout à fait rond. De même, je suis allé dans des lieux délabrés mais charmants. Bien sûr, le moment de la journée auquel je les découvrais jouait sans doute un rôle, de même que le sourire, ou la grimace, d'un vendeur, ou l'accueil qu'un serveur me réservait. S'il est difficile de définir ce qui rend un lieu accueillant ou hostile, il y a souvent une explication en général.

Après mon séjour à Thessalonique, j'ai pris une semaine, environ, pour descendre lentement le long de la côte est, traversant Katerini, Larissa, Volos et Lamia.

Un jour, pas très loin de Lamia, j'ai visité un village de pêcheurs si joli qu'aucun peintre n'aurait pu lui rendre justice. Pour y arriver, j'ai dû emprunter une route cahoteuse (elle méritait à peine le nom de route d'ailleurs) à travers des prés verts et des rangées de blé mûrissant. Les oranges et les citrons étaient si abondants qu'ils s'amoncelaient en tas, au pied des arbres.

Le village jouissait d'un emplacement idéal, orienté vers le sud, avec un port naturellement abrité et des bateaux de pêche colorés amarrés en file bien régulière. Il y avait même une adorable crique avec une plage de sable bordée de pins pour se baigner. De vieux oliviers aux troncs argentés noueux proliféraient sur les collines voisines. Les villageois semblaient avoir de tout en quantité plus que suffisante.

À en juger par les cartes des restaurants du port, les poissons se jetaient docilement dans les filets pour nourrir une population qui n'avait que peu d'intérêt, pour ne pas dire aucun, pour le tourisme. Tous les clients semblaient habiter dans le coin et plusieurs restaurateurs m'ont répondu d'un claquement de langue dédaigneux quand j'ai demandé si je pouvais avoir une table. Leur manque d'intérêt pour les visiteurs étrangers était facile à démontrer : pas une seule boutique ne vendait de crème solaire, de chapeaux en paille ou même de cartes postales – ce qui est assez inhabituel pour un village grec du bord de mer. L'absence totale d'hôtels, de pensions et même de pancartes indiquant « Chambres à louer » était néanmoins inexplicable.

Ce lieu était totalement dépourvu de filoxenia, *le sens de l'hospitalité. Après m'être baigné, je me suis promené dans le village et, pour la première fois de ce voyage, j'ai eu envie de sortir mon appareil photo. Je me suis souvenu du plaisir que je prenais, autrefois, à immortaliser un endroit sur la pellicule. Le poids familier de mon Nikon était réconfortant, et je me suis senti moins ostensiblement seul dans ce lieu qui, comme la plupart, semblait fréquenté par des couples heureux. À la tombée de la nuit, je me suis offert un dîner hors de prix – et qu'on m'a servi en traînant les pieds –, puis j'ai repris la route.*

Une fois sur la voie rapide, j'ai roulé pendant cinquante kilomètres. Quand je me suis arrêté, il était minuit et j'étais dans une ville ordinaire. Je suis entré dans le premier hôtel venu. Deux étoiles, vingt-cinq euros la nuit et le lit le plus confortable de tout mon séjour, avec les draps les mieux repassés. Le petit déjeuner était inclus et j'ai bu le meilleur café depuis des semaines.

— Vous resterez une nuit de plus ? m'a demandé l'hôtelier en précédant ma demande et en m'apportant un second espresso.

— Oui, ai-je décidé sur un coup de tête. Avec grand plaisir.

— Formidable. Vous n'avez pas d'itinéraire précis ?

— Non, je vais où le vent me porte. C'est la meilleure façon de voyager.

— Seul ?

J'ai hoché la tête, mais avec moins de tristesse qu'un ou deux mois plus tôt. Le mot était légèrement moins douloureux.

Il a montré un intérêt sincère pour les endroits que j'avais visités et je lui ai parlé de deux que j'avais préférés – qu'il ne connaissait pas. Je lui ai raconté mon expérience de la veille, dans un lieu des plus étrange. Quand je lui ai donné le nom du village, sa réaction ne s'est pas fait attendre.

— Vous êtes vraiment allé là-bas ? m'a-t-il demandé, visiblement incrédule. Personne n'y met les pieds. Surtout pas les touristes.

— Et pourquoi donc ?

— On raconte, m'a-t-il répondu d'un ton grave, qu'un événement terrible s'y est produit.

En découvrant son récit, j'ai compris, et pour cause, la raison du malaise que j'y avais ressenti.

Lune de miel

POST CARD
CARTE POSTALE
K

Lune de miel

— Oh ! Tu as vu comme c'est beau, Jean-Luc ! dit Sylvie à celui qui était son mari depuis peu.

Ils longeaient une vieille maison en pierre.

— Regarde cette magnifique maisonnette avec toutes ces plantes grimpantes. C'est tellement romantique !

Ignorant ce qui avait conduit à la dégradation de ces édifices (vendetta, mort ou drame étaient souvent en cause), les visiteurs ne voyaient que ce qu'ils voulaient voir. Ces ruines pouvaient séduire, tant elles se fondaient dans le paysage. Même les épaves de barques en bois, que l'on avait espéré réparer à une époque, apparaissaient sous leur meilleur jour en plein soleil.

— Tu as vu ça ! On dirait presque une sculpture, non, *mon chéri** ? Ça ressemble à une carcasse de poisson ! *Extraordinaire**...

Jean-Luc, qui ne pouvait pas quitter la route des yeux de peur de tomber dans une ornière, se contentait de pousser des grognements pour répondre aux remarques de Sylvie.

Ces Français, jeunes cadres intrépides, préféraient sortir des sentiers battus par la plupart des vacanciers. C'était leur troisième visite en Grèce et leur voyage de noces. Ils descendaient une route qui tenait presque de la piste, en direction de la mer.

La mauvaise qualité de la chaussée contribuait à les entretenir dans cette illusion satisfaisante qu'ils découvraient un endroit que peu avaient exploré avant eux. Ils voulaient dépasser la surface léchée de carte postale, aller au cœur de la « vraie Grèce ».

À leur arrivée de Paris – leur vol avait été retardé –, ils étaient si impatients de prendre la route qu'aucun d'eux n'avait remarqué qu'il ne restait que très peu d'essence dans leur voiture de location. Le temps que le voyant de la réserve s'allume, toutes les stations-service étaient fermées. Leur jeep luxueuse finit par s'arrêter en cahotant sur le côté de la route, alors que le soleil plongeait derrière les montagnes.

Ils devaient trouver un endroit où passer la nuit. La carte routière posée sur le tableau de bord ne montrait aucun signe de civilisation à des kilomètres à la ronde. Jean-Luc consulta Google Maps, qui lui indiquait un petit hameau tout au bout d'un embranchement, pas très loin de l'endroit où ils étaient tombés en panne.

— Il faut marcher dix kilomètres, *ma chérie**, dit Jean-Luc, on en est capables, non ?

La question était rhétorique : ils avaient tous deux gravi le Kilimandjaro l'été précédent (Jean-Luc en avait profité pour demander Sylvie en mariage). Dix kilomètres, ce n'était rien.

Ils partirent à pied après avoir fourré des tee-shirts propres et leurs brosses à dents dans le sac Hermès de Sylvie. Au terme de près de deux heures de marche sur une route mal entretenue et semée de nids-de-poule, ils atteignirent les maisons. Aucune lumière à l'intérieur, aucune voiture devant.

— J'ai bien l'impression qu'elles sont à l'abandon, observa Jean-Luc.

Ils n'avaient pas vu un seul panneau en chemin, ni croisé aucune intersection. À tour de rôle, ils avaient éclairé le chemin avec les lampes de poche de leurs portables.

— Tu es sûr que ça mène quelque part ? demanda Sylvie.

— La route n'existerait pas, sinon, lui répondit Jean-Luc, dont la logique était imparable. Il y a forcément quelque chose.

Tout en marchant, il jeta un coup d'œil à sa montre, une Patek Philippe « vintage » que le père de Sylvie lui avait offerte pour leurs fiançailles. Il était vingt et une heures trente passées.

Peu après, une poignée de bâtiments apparut devant eux. Ils avaient atteint l'extrémité d'un village.

— C'est bizarre qu'il ne figure pas sur la carte, souligna Sylvie.

Ils venaient d'atteindre ce qui, selon les critères grecs, aurait presque pu être considéré comme une petite ville.

Sylvie fut charmée par les élégantes maisons aux couleurs pastel avec leurs jolis balcons en fer forgé et les énormes jardinières débordant de basilic. Elle avait retrouvé son énergie enthousiaste et son goût de l'aventure. Jean-Luc, lui, était de mauvaise humeur. Il reprochait à sa femme l'ensemble de la situation : la panne d'essence, l'absence d'endroit où dormir et surtout sa faim.

Ils atteignirent une petite rue commerçante, mais le boucher, le boulanger et le marchand de fruits et légumes étaient fermés.

— Pourquoi rien n'est ouvert ? s'étonna Sylvie. On est vendredi soir pourtant !

À cette heure, la plupart des commerces auraient dû l'être.

— Comment veux-tu que je le sache ? rétorqua Jean-Luc, de mauvaise humeur. Je ne connais pas plus que toi cet endroit.

Il colla son nez contre la vitrine d'un caviste.

— On dirait qu'ils ont une belle sélection, dit-il. Dommage que ce soit fermé…

La vue d'un saint-émilion *premier grand cru** dans la vitrine lui avait presque remonté le moral. Au moins, quelqu'un appréciait le bon vin, ici.

Le village était étonnamment désert pour un vendredi de la fin avril et ils ne trouvèrent aucune pancarte, dans aucune vitrine, pour l'expliquer.

ΑΣΤΥΝΟΜΙΑ
POLICE

Même le *kafenion* qu'ils longèrent était fermé, et ils n'avaient pas croisé une seule pension en chemin. Sylvie montra un panneau.

— Je crois que c'est le poste de police.

Une flèche indiquait le premier étage.

— On pourra peut-être nous renseigner, je vais aller voir.

Elle avait appris quelques rudiments de grec et avait toujours son guide de conversation sur elle.

Au sommet d'un long et étroit escalier, elle arriva devant une porte. Elle frappa et celle-ci s'ouvrit sous la force du coup : elle découvrit une pièce vide. Il n'y avait pas même une table ou une chaise. Une salle haute de plafond et sans fenêtres, peinte en vert pâle avec un panneau d'affichage cloué au mur, sur lequel étaient punaisées des photos d'identité en noir et blanc. Elle referma et redescendit.

— Alors ?

— Il ne doit pas y avoir beaucoup de criminalité ici... Mais il n'y a peut-être pas non plus d'hôtels.

— *Merde !** J'ai bien l'impression qu'il va falloir qu'on retourne jusqu'à la voiture et qu'on y passe la nuit.

Il se sentit alors obligé d'enfoncer une porte ouverte, histoire de souligner combien leur situation était critique.

— Et il n'y a visiblement pas de station-service ici.

— Essayons de rester positifs, dit Sylvie en lui prenant la main. Ça pourrait être romantique une nuit à la belle étoile...

Ce ne serait pas si dramatique, songea-t-elle. La soirée était douce.

Cette communauté isolée faisait des économies en matière d'éclairage public, et c'était la nouvelle lune, en bref, ils marchaient dans le noir. Ce qui n'empêcha pas Sylvie de remarquer qu'ils étaient passés devant la même boulangerie plusieurs fois.

— On tourne en rond, s'agaça-t-elle.

Ils continuèrent quelques minutes.

— Pourquoi tu n'as pas vérifié le réservoir, enfin ? s'exclama-t-elle soudain.

Jean-Luc ne répondit pas immédiatement.

— Moi ? lança-t-il, faisant comprendre que c'était, à ses yeux, la responsabilité de sa femme.

Il s'efforça de se calmer et de changer de ton : ils n'étaient mariés que depuis deux jours, après tout.

— Écoute, continuons à chercher un endroit où dîner.

Le village était constitué d'un réseau complexe de ruelles et, sans s'y attendre, ils aboutirent sur une place. Sylvie remarqua que les portes de l'église étaient ouvertes. Celle-ci était pleine : l'assemblée de fidèles débordait presque sur les pavés.

— Enfin un signe de vie ! s'enthousiasma Sylvie. Que se passe-t-il ? ajouta-t-elle tout bas alors qu'ils se postaient près de la porte.

Jean-Luc était assez grand pour voir au-dessus de la foule. À l'extrémité de l'allée, il aperçut plusieurs popes et fidèles autour d'un immense cercueil couvert de fleurs blanches.

— Un enterrement, apparemment, murmura-t-il à sa femme.

Ils s'écartèrent, de peur de troubler la cérémonie. La faim commençait à les tirailler. Il devait forcément y avoir des restaurants… À l'extrémité d'une rue voisine, ils repérèrent une boutique dont l'enseigne était éclairée. C'était une droguerie, un *pantopoleio*.

— J'ai oublié de prendre le dentifrice, dit Sylvie. Ils doivent en vendre.

Ignorant les protestations de son mari affamé, elle poussa la porte du magasin. Jean-Luc l'attendit dehors. Après une entrée exiguë, la droguerie s'étirait tout en longueur, bien plus profondément qu'on ne l'imaginait depuis la rue. Sylvie entreprit de parcourir les premières étagères pour voir si elle trouvait son bonheur.

Le *pantopoleio* proposait une gamme étrange de produits, et on avait du mal à savoir si ceux-ci étaient neufs ou de seconde main. Certains devaient être en rayon depuis les années soixante-dix – élastiques avec petites boules en plastique, vieilles cassettes audio, fards à paupières en dégradés de bleu et vert électrique, soutiens-gorge en coton démodés (une seule taille était disponible) et chaussures en plastique marron (un seul modèle était disponible). Sylvie fut déconcertée par le portant de manteaux décolorés, et par le présentoir avec des sacs à main et une collection hétéroclite de bijoux. Il y avait même quelques guides de conversation allemand-grec écornés et un vieux Nokia. Elle notait tous les détails, du Tipp-Ex aux vêtements de poupée dans leurs emballages plats. Le moindre rayonnage de l'immense boutique était rempli, et il y avait même des produits suspendus au plafond.

Une voix rocailleuse de fumeuse s'éleva dans la pénombre.

— *Ti theleis ?* Qu'est-ce que vous voulez ?

ΧΡΩΜΑΤΑ-ΕΙΔΗ ΚΙΓΚΑΛΕΡΙΑΣ
ΟΙΚΟΔΟΜΙΚΑ ΥΛΙΚΑ
ΑΝΤΩΝΙΟΣ Θ. ΑΜΩΡΑΤΗΣ

ΠΑΛΑΙΟΠΩΛΕΙΟΝ

Sylvie sursauta alors qu'une silhouette massive émergeait des profondeurs de l'épicerie. Imaginant que cette femme ne parlait que grec, Sylvie mima le geste de se laver les dents avec son index.

— Dentifrice ? lui répondit l'épicière d'un ton bourru, en anglais. Non, pas de dentifrice. Essayez la pharmacie.

Elle jouait avec un trousseau de clés, signifiant à Sylvie qu'elle la congédiait. Celle-ci s'exécuta avec plaisir – même si la droguiste devait savoir aussi bien qu'elle que la pharmacie était fermée.

Avant de sortir dans la rue, Sylvie trouva le courage de demander pourquoi le village était aussi calme.

— *Megali Paraskevi !* Le vendredi saint ! cracha-t-elle.

Jean-Luc avait allumé une cigarette et faisait les cent pas dans la rue.

— On ne peut pas dire qu'elle était très serviable, observa Sylvie. Et elle ne vendait pas de dentifrice.

— *Allons-y**. Si on ne trouve aucun endroit pour manger, tu n'auras pas besoin de te laver les dents de toute façon.

En chemin, Sylvie lui répéta ce que lui avait dit l'épicière.

— Mais Pâques était en mars, et on est presque en mai. Elle s'est payé ta tête.

Le couple ne s'était pas rendu compte que le calendrier orthodoxe différait du catholique. La seule personne à laquelle ils avaient parlé depuis leur atterrissage était le loueur de voitures, qui s'exprimait par monosyllabes, et il ne leur avait rien dit. Il n'allait quand même pas attirer leur attention sur le supplément pratiqué par son employeur pour les jours fériés.

Jean-Luc repéra une petite taverne à quelques pas de là. Empoignant Sylvie par le bras, il l'entraîna à l'intérieur.

— Vous avez réservé ? leur demanda le restaurateur.

Les tables étant toutes vides, dans la salle et en terrasse, la question les surprit.

— Non, répondit Jean-Luc. Il fallait ?

— C'est Pâques, répondit froidement l'homme. Il faut toujours réserver à Pâques. Surtout pour le vendredi saint.

Sylvie et Jean-Luc échangèrent un regard. Elle comprit que son mari s'apprêtait à protester.

— Vous pouvez avoir une table, mais il faudra la libérer d'ici une heure. Le temps que l'*epitafios* ait fait le tour de la ville et retourne à l'église. Tout le monde arrivera ensuite.

Le couple ne demanda pas plus d'explications et prit une table sur le trottoir.

— Alors, c'est bien Pâques, dit Sylvie. Elle avait raison. Ça explique aussi le monde dans l'église.

Le serveur leur apporta plusieurs plats. Il n'y avait pas de menu. Pas de choix. Ils mangèrent du calamar, du poulpe et du *taramasalata* (autant de spécialités qu'ils n'auraient pas commandées) et se contentèrent d'eau. Jean-Luc ne buvait pas n'importe quel vin, et ici on ne le servait qu'au pichet.

— J'aurais bien aimé de la viande, se plaignit Jean-Luc. Ou au moins un poisson digne de ce nom.

— Le carême ne doit pas être terminé, dit Sylvie en mastiquant un morceau de *kalamari*.

Sylvie sortit son téléphone et fit une recherche sur la Pâque orthodoxe grecque. Elle résuma à Jean-Luc ce qu'elle avait lu :

— En gros, ce soir ils escortent l'icône du Christ dans toute la ville, demain ils brûleront une effigie de Judas et dimanche ils célébreront la résurrection du Christ. D'après ce site, les Grecs ne mangent que des fruits de mer ce soir. Le samedi, une sorte de soupe d'abats d'agneau, et le dimanche, de l'agneau à la broche.

— Ouais, ben j'ai pas l'intention d'être encore là pour les grillades, observa Jean-Luc d'un air sombre.

Alors qu'ils finissaient leur repas (les plats s'étaient succédé à toute allure), ils entendirent une fanfare. Sur leur gauche, ils aperçurent la procession. En tête du cortège, quatre hommes portaient ce qui ressemblait à une bière. Elle était recouverte de milliers de fleurs blanches et le brancard sur lequel elle reposait était aussi orné de fleurs et de feuillages. C'était le « cercueil » que Jean-Luc avait aperçu dans l'église. Derrière lui se trouvaient une dizaine de membres du clergé, suivis d'enfants de chœur, puis d'une fanfare (de trente musiciens) qui jouait une marche funéraire lugubre. Venaient ensuite plusieurs militaires en uniforme, des matelots, des scouts et des éclaireuses, puis les habitants de la ville. Ils avançaient d'un pas lent, solennel. Quelques personnes étaient venues se poster près de la taverne et jetaient des pétales sur la chaussée. Tout le monde entonna un hymne. Au passage du cercueil, Sylvie et Jean-Luc reconnurent la douce odeur de la fleur de citronnier.

— C’est ça qu’il devait appeler l’*epitafios*, souligna Sylvie.

Le serveur vient déposer l’addition devant eux.

— Je crois qu’il faut qu’on libère la place, murmura-t-elle.

Jean-Luc sortit un billet de cinquante euros de son portefeuille et le posa bruyamment sur la table. Quand le serveur revint avec leur monnaie, cinq euros, Sylvie l’interrogea sur les hôtels de la ville.

— Il n’y en a pas.

Jusqu’à présent, cet endroit ne leur avait pas montré l’hospitalité grecque qu’ils avaient connue lors de leurs précédents séjours… Leur table avait été entièrement débarrassée. Le serveur avait même retiré la nappe en papier. Le message n’aurait pas pu être plus clair.

— Viens, souffla Sylvie à son mari, je déteste cet endroit.

Jean-Luc tenta une dernière question :

— Et une station-service ?

— Il y en a une à une vingtaine de kilomètres de l’intersection avec la route principale. En direction d’Athènes.

— Allons-y, Jean-Luc.

Il était évident que cet homme n’avait aucune intention d’être serviable, et l’assemblée de fidèles affluait de l’église pour venir s’attabler. Sylvie remarqua combien ils faisaient triste mine, tous. Personne ne souriait, personne ne parlait.

— J’ai l’impression que le vendredi saint est très mélancolique ici… Enfin, pour les croyants.

Au moment où ils se levaient, Jean-Luc demanda :

— Bon, qu’est-ce qu’on fait ?

Sylvie remarqua que le *pantopoleio* était encore allumé. Pleine d'espoir, elle suggéra :

— Je pourrais demander à la droguiste si elle connaît un endroit où trouver une chambre ? Ou même si elle a un bidon d'essence à nous vendre ?

La femme était à la caisse, on aurait presque dit qu'elle attendait Sylvie.

— Vous savez où on pourrait passer la nuit ?

La droguiste sortit le nez de ses mots croisés.

— On est bloqués ici, pour tout vous dire. On est tombés en panne d'essence et on ne peut rien faire avant demain matin.

Le regard de la femme circula de Sylvie à Jean-Luc.

— Il y a une chambre au poste de police, dit-elle sans détacher ses yeux du jeune homme. Je ne vois pas quelle autre solution vous proposer.

— Au poste de police ? répéta Jean-Luc. Celui où tu es allée tout à l'heure, Sylvie ?

— C'est juste une nuit, rétorqua-t-elle d'un ton implorant. N'importe où fera l'affaire, je suis crevée... *Efkaristo poli !* ajouta-t-elle avec enthousiasme en se tournant vers la femme de peur qu'elle ne revienne sur sa proposition.

— Mon frère est le policier de la ville. Je suis sûre que ça ne le dérangera pas.

Jean-Luc semblait mal à l'aise.

— Je n'arrive pas à croire qu'on va passer la nuit dans une *gendarmerie**, dit-il si bas que seule Sylvie put l'entendre.

— On n'a pas le choix...

Ils suivirent la droguiste et son arrière-train généreux dans les rues. Elle s'engagea dans l'escalier du poste de police. La première salle était semblable au souvenir de Sylvie. Elle n'avait pas remarqué la porte tout au fond, qui conduisait à une seconde pièce.

— Il y a deux lits simples, s'écria-t-elle en pénétrant dans la chambrette. Et regarde, Jean-Luc, il y a même un lavabo dans le coin.

Il ne desserrait pas les dents et restait en retrait. Sylvie posa son sac sur l'un des lits, aussi enthousiaste que si elle venait d'arriver dans un hôtel chic. Jean-Luc testa le matelas voisin du bout des doigts.

— La première nuit de notre lune de miel… s'esclaffa Sylvie.

— Fatigués comme on est, ce n'est pas une couverture sale qui nous empêchera de dormir, poursuivit-il, convaincu que la Grecque ne pouvait pas comprendre ce qu'ils se disaient en français.

Sylvie se retourna pour remercier la femme, mais elle était déjà repartie. Elle avait refermé derrière elle.

— On passera la remercier demain matin.

Sylvie se lava les dents dans le lavabo, sans dentifrice, s'aspergea le visage d'eau, puis s'allongea sur son lit. Jean-Luc dormait déjà. Quelques secondes plus tard, elle aussi. La journée avait été longue et l'épuisement eut raison d'eux.

Le lendemain matin, Sylvie ouvrit les yeux en premier. La pièce étant aveugle, elle ne fut pas réveillée par la lumière mais par une soif épouvantable. Le calamar était très salé. Elle avait gardé la petite bouteille en plastique du restaurant et la remplit au lavabo.

Jean-Luc dormait toujours à poings fermés. Elle jeta un coup d'œil à son téléphone portable et vit qu'il était déjà midi. Un café lui ferait du bien… Elle décida de sortir faire un petit tour pour voir si elle trouvait un endroit qui en vendait à emporter. La poignée de la porte lui parut bloquée : elle bougeait d'à peine plus d'un centimètre dans les deux sens. Sylvie la secoua, la manipula plus doucement, puis appuya dessus de toutes ses forces. Rien à faire.

Le sommeil de Jean-Luc était imperturbable. Elle sentait l'angoisse monter en elle. La pièce, malgré sa hauteur sous plafond, lui procura soudain un sentiment de claustrophobie qu'elle n'avait pas éprouvé la veille. Elle avait l'impression de manquer d'air aussi.

Elle essaya à nouveau la poignée, avant de se retourner vers son mari, prise de panique.

— Jean-Luc ! Jean-Luc !

Elle le secouait par l'épaule à présent.

— La poignée est bloquée, Jean-Luc ! On est coincés ici, on ne peut pas sortir ! hurla-t-elle.

Il se frotta les yeux.

— Quoi… ? demanda-t-il, encore endormi.

— On est coincés ici, répéta-t-elle, en larmes.

Il fit lentement basculer ses longues jambes hors du lit.

— Laisse-moi essayer. Je ne peux pas croire qu'on soit enfermés.

Il agrippa fermement la poignée et exerça une pression dessus. Puis une seconde, avec davantage de force. La poignée lui resta dans la main.

— Jean-Luc ! Regarde ce que tu as fait !

— Je n'y suis pour rien, Sylvie !

Elle s'était mise à sangloter.

— Il faut qu'on reste calmes. La panique ne nous mènera nulle part.

Il se dirigea vers le lavabo, but goulûment au robinet, puis se tapota le visage avec de l'eau. Pendant ce temps-là, Sylvie tambourinait à la porte avec ses poings.

— *Au secours ! Au secours !** hurlait-elle.

Jean-Luc la prit par les mains et la força à s'asseoir sur le lit à côté de lui.

— Tu as encore un peu de batterie sur ton portable ?

Sylvie sortit son téléphone de son sac. Elle avait de la batterie mais aucun réseau. Jean-Luc se rendit compte que c'était la même chose pour le sien.

— Alors on reste assis là les bras croisés ? lança Sylvie. On attend que quelqu'un vienne au poste de police ? Et si personne ne vient ?

— C'est vrai qu'avec Pâques…

— Qu'est-ce qu'on fait, alors ?

— Tu as une lime à ongles ?

Sylvie fureta au fond de son sac et en dénicha une, en métal.

— Je vais voir ce que je peux faire avec.

Pendant une heure et demie, Jean-Luc essaya de débloquer le mécanisme. Allongée sur son lit, Sylvie fixait le plafond, jouant nerveusement avec son alliance, la faisant tourner sans relâche comme si ça pouvait aider le temps à passer plus vite.

Soudain, elle entendit le cliquetis de la serrure et se redressa. La porte s'ouvrait !

— Jean-Luc ! s'écria-t-elle en bondissant sur ses pieds.

Son enthousiasme vira à la consternation quand elle découvrit ce qui se trouvait de l'autre côté de la porte. Des barreaux. La grille, coulissante, avait dû être fermée discrètement.

— On est dans une cellule, dit Jean-Luc tout bas. Et regarde…

Sylvie le rejoignit.

— Regarde ce cadenas. Quelqu'un ne veut pas qu'on sorte d'ici.

On les avait emprisonnés. Sylvie tremblait comme une feuille.

— Pourquoi ? demanda-t-elle tout bas. Qu'est-ce qu'on a fait de mal ?

— Je crois qu'on n'avait rien à faire ici.

À la frustration d'être captifs s'ajoutait maintenant une peur presque paralysante. Pendant un moment, ils s'étreignirent, puis Jean-Luc observa la pièce. Au moment de lever les yeux vers le plafond, il aperçut une grille d'aération tout en haut d'un mur.

— On ne passera jamais à travers ces barreaux, mais l'un de nous deux réussira peut-être à se glisser dans la conduite.

Bien que grand et mince, Jean-Luc avait de larges épaules. Il était évident que seul quelqu'un de plus menu avait une chance. Sylvie.

Il n'y avait qu'un seul moyen d'atteindre la grille : transformer les cadres métalliques des lits en échelle. Un seul ne suffirait pas. Non sans difficulté, en convoquant toute sa force, Jean-Luc réussit à hisser le second sur le premier. Il les attacha ensemble avec les couvertures sales.

Le regard de sa femme brillait de peur.

— C'est notre seul espoir de sortir d'ici, l'implora-t-il. Tiens, prends la lime. Tu en auras besoin là-haut.

Sylvie la rangea sans un mot dans la poche de son jean et entama l'ascension. Une fois à la hauteur de la grille, elle s'attaqua aux huit vis qui la maintenaient en place. Elles étaient toutes rouillées.

— Je n'y arrive pas, dit-elle d'une petite voix terrifiée.

— Tu dois insister, ma chérie…

Au bout de presque trois heures, la grille tomba avec fracas sur le sol. Maintenant, Sylvie devait essayer de se faufiler dans le trou.

— Jean-Luc… gémit-elle en baissant les yeux vers lui. Je ne peux pas.

— S'il te plaît, *ma chérie**. S'il te plaît. Essaie pour nous deux, s'il te plaît.

Dans un effort surhumain, Sylvie se hissa à l'intérieur de l'étroite conduite. Ses pieds disparurent et Jean-Luc resta seul dans la cellule. Il leva la tête vers le rectangle noir ; ses appels restèrent sans réponse.

De l'autre côté du mur, Sylvie avait basculé tête la première sur un balcon. Deux chaises en plastique avaient légèrement amorti sa chute, mais elle avait eu le souffle coupé et aurait sans doute quelques bleus.

Elle se releva prudemment et regarda autour d'elle. Jean-Luc comptait sur elle, elle devait être courageuse. La nuit était déjà tombée et, dans la rue obscure en dessous d'elle, il n'y avait pas âme qui vive. Les maisons étaient plongées dans le noir. Sylvie parvint à la conclusion qu'elle pouvait, en prenant appui sur plusieurs balcons, regagner la rue. De là, elle trouverait le moyen de rejoindre Jean-Luc.

Dix minutes plus tard, couverte d'ecchymoses, elle gravissait l'escalier menant au poste de police.

Cette fois, la porte d'entrée était fermée. Elle cogna et cria, espérant que son mari l'entendrait, qu'il saurait qu'elle était saine et sauve.

Jean-Luc s'était assis par terre et cherchait, en vain, à capter un signal réseau avec son portable ou celui de Sylvie. Les deux lui apprirent qu'il était vingt et une heures. Sa faim de la veille n'était rien en comparaison de celle qu'il éprouvait maintenant. Dehors, Sylvie était poussée par la peur : elle devait trouver de l'aide pour libérer son mari.

Elle voulait éviter le *pantopoleio*, évidemment – c'était sans doute la droguiste qui les avait enfermés. Peut-être qu'en bord de mer elle croiserait d'autres touristes qui pourraient l'aider. Peut-être même des Français…

Les rues tortueuses ne semblaient répondre à aucune logique, pourtant, Sylvie savait que si elle suivait celles qui descendaient en pente douce, elle finirait, tôt ou tard, par atteindre la mer.

Un chien surgit soudain de l'ombre et se jeta sur elle. Une énorme chaîne le retenait, mais elle laissa échapper un cri de peur. Son cœur se mit à tambouriner.

Soudain, dans le noir, elle trébucha sur une petite borne. D'instinct, elle tendit ses deux mains en avant pour amortir sa chute et entendit un craquement sinistre. Ses genoux heurtèrent violemment les pavés et elle se fractura le poignet gauche. En quelques instants, il enfla et ses doigts commencèrent à raidir. Juste avant que cela ne devienne impossible, elle retira son alliance et la glissa dans la poche de son jean. Ses doigts gonflés ne tardèrent pas à ressembler à des saucisses. S'asseyant au bord du trottoir, elle se balança d'avant en arrière et sanglota, tant la douleur lancinante qui l'envahissait était puissante. Elle vomit dans le caniveau.

— *Merde!* s'exclama Sylvie en serrant son poignet. *Merde... merde!*

Du sang coulait à travers un accroc dans son jean. Elle s'était fait une méchante entaille au genou. Elle resta assise plusieurs minutes, le temps que la nausée reflue. Puis, malgré les vertiges qui s'emparaient d'elle, elle prit appui sur la borne pour se relever. Au bout de quelques pas, elle dut se rasseoir. Se laissant tomber sur le trottoir, elle abandonna sa tête entre ses genoux et s'efforça de contrôler ses sanglots de souffrance et de rage.

Au bout d'un moment, ses idées s'étant un peu clarifiées, elle se releva. Elle devait continuer. Il y avait au moins une heure qu'elle avait quitté Jean-Luc. Se soutenant aux murs, elle avança, pas après pas. Au loin se trouvait la mer, où il semblait y avoir de l'animation. Sylvie progressait avec prudence : pas un instant elle n'oubliait que certains habitants de cette ville ne voulaient pas d'eux ici.

Elle pouvait voir à présent la foule qui se pressait sur la promenade. Elle avait encore cent mètres à parcourir pour atteindre l'extrémité de la rue et elle était très lente. Elle se rendit compte, en se rapprochant, que la foule s'amassait au bord de l'eau. Il n'y avait pas d'éclairage public, ni les cafés ni les tavernes n'étaient allumés.

Un millier de personnes étaient là : hommes, femmes, enfants. Dans le noir, Sylvie vit que chacun d'eux tenait une grande bougie blanche éteinte. Un pope psalmodiait, mais la foule, elle, était silencieuse, les visages n'exprimaient aucune émotion.

Que font-ils ? se demanda Sylvie.

Elle rejoignit discrètement le groupe. Tous avaient les yeux rivés devant eux, ignorant leurs voisins. Sylvie comprit qu'un événement avait lieu sur la mer. À côté d'elle, un enfant pointait le doigt vers une lumière vive dans le ciel.

Une lueur orange jaillit d'une falaise de l'autre côté du port. Elle se déplaçait à vive allure dans les airs, au-dessus de l'eau.

Une microseconde plus tard, il y eut une énorme explosion. Le son se réverbéra sur les rochers d'en face. Un feu venait d'être allumé au beau milieu du port.

Une île noire se détacha sur le bleu foncé de la mer. L'île, construite au milieu de l'eau, avait à peu près la taille d'un nid de cigogne. Elle s'embrasa entièrement et ses flammes montèrent vers le ciel.

Celles-ci révélèrent une structure que Sylvie avait d'abord eu du mal à distinguer. Un échafaudage, une potence où était suspendue une silhouette flasque.

Elle se rappela ce qu'elle avait lu la veille sur l'effigie de Judas que l'on brûlait le samedi de Pâques.

Une série d'explosions assourdissantes retentirent alors : un feu d'artifice était tiré dans le ciel au-dessus du port et des pétards éclataient sur le quai. Sylvie avait l'impression d'être sur un champ de bataille et frémit.

De tous côtés, sur sa gauche et sur sa droite, les membres de l'assistance allumaient leurs bougies avec celle de leur voisin. Il y eut bientôt un millier de flammes qui vacillaient et dansaient au bord de la mer, éclairant les visages par en dessous. Les gens semblaient plus joyeux que la veille.

Une femme glissa une bougie dans la main droite de Sylvie avant de l'allumer avec la sienne.

— *Christos Anesti !* s'exclama-t-elle. *Xronia Polla !*

Sylvie n'avait pas la moindre idée de ce qu'elle racontait, pas plus qu'elle ne mesurait que la flamme qui se transmettait de bougie en bougie avait été apportée de Jérusalem l'après-midi même. C'était une lumière sacrée. Christ était ressuscité.

De nombreux membres de l'assemblée s'éloignaient à présent. C'était l'heure de leur dîner.

Sylvie continua à observer l'effigie, hypnotisée. Elle prenait son temps pour brûler, ce qui était étonnant vu l'intensité du feu, et sa silhouette dégingandée lui rappela Jean-Luc. Ces pensées délirantes devaient être un effet secondaire de la douleur.

En un instant, le vent tourna et les flammes s'étirèrent en direction du quai. Une odeur flotta jusqu'à la jeune femme. Une odeur de viande grillée, ce qui était étrange : aucune n'aurait dû être cuisinée avant le lendemain.

— *Mon Dieu**… souffla-t-elle tout bas, engourdie par la terreur. Oh, mon Dieu ! Oh, mon Dieu !

Quelques minutes plus tard, le feu diminua. Le corps carbonisé fumait. Sylvie regarda, pétrifiée sur place, la potence basculer lentement et tomber dans la mer. Les restes de « Judas » furent emportés avec elle. L'île tout entière avait été détruite, il n'en restait plus que quelques brins de paille noircis qui flottaient à la surface.

La foule s'était entièrement dispersée maintenant, et Sylvie avait peur de rester seule. Elle devait retourner au poste de police, mais pas pour y trouver un policier. Elle savait déjà que c'était vain. Elle jeta un dernier regard désespéré vers la mer, puis se détourna.

Elle avança aussi vite que possible en boitillant et en soutenant de la main droite son poignet fracturé. Chaque pas la mettait au supplice. Quelques maisons étaient éclairées maintenant et elle finit par apercevoir le panneau familier. *ASTINOMIA*. POLICE.

Tenaillée par la peur, elle se traîna au premier étage. La porte était ouverte cette fois. La première salle n'avait pas changé, mais la porte de la cellule du fond était fermée. Les barreaux coulissants, qu'elle n'avait pas remarqués lors de sa première visite, la veille, étaient repoussés le long du mur.

— Jean-Luc ! Jean-Luc !

Elle n'avait presque plus la force de parler.

— Jean...

La poignée ne lui opposa aucune résistance. Elle ouvrit la porte. Les deux lits étaient à leur place initiale, les couvertures grises bien bordées. La grille de la conduite d'aération avait été revissée. Il n'y avait pas le moindre signe qu'ils avaient passé la nuit là. Et aucune trace de Jean-Luc. Sylvie vérifia sous les lits, au cas où elle trouverait une clé de voiture, une brosse à dents, quelque chose. Toutes les preuves de leur séjour dans cette pièce avaient été effacées. Comme s'ils n'étaient jamais venus.

L'adrénaline donna des ailes à Sylvie. Elle n'avait qu'une seule certitude : elle devait fuir ce village. Pour rejoindre la route goudronnée, elle mit deux fois plus de temps que la veille, néanmoins.

La jeep était fermée à clé, bien sûr. Et son réservoir était vide, de toute façon. Vers quatre heures du matin, un petit camion passa, mais refusa de s'arrêter. Le conducteur devait être saoul. Sylvie s'assit au bord de la route, désespérée, paralysée par le choc, son poignet et son genou l'élançant. Lorsqu'elle glissa la main dans sa poche, elle se rendit compte qu'elle avait perdu son alliance. Au lever du jour, un fermier accepta de l'emmener. Il comprit seulement qu'elle était en panne et qu'elle s'était cassé le poignet. Il ne parlait pas un mot de français ou d'anglais, et elle apprécia le silence. Il la déposa dans la première vraie ville, à cinquante kilomètres de là.

À l'hôpital, un des médecins parlait couramment français. Sylvie était hystérique, presque incompréhensible, même dans sa langue maternelle. Elle réussit néanmoins à raconter son histoire. Plusieurs infirmières et collègues du médecin, qui traduisait les paroles de la jeune Française, approchèrent. Et une partie d'entre eux hochèrent la tête. Ils la croyaient au moins. Tout le monde dans ce coin de la Grèce avait entendu des rumeurs sur ce village – on racontait que, pendant des siècles, ses habitants profitaient du samedi de Pâques pour pendre un criminel. Peu savaient que cette tradition avait été restaurée. Jean-Luc et Sylvie s'étaient trouvés au mauvais endroit au mauvais moment. En d'autres termes, sans le savoir, ils avaient transgressé l'une des lois draconiennes, bien qu'orales, de ce village. Ils étaient coupables parce qu'intrus.

Il n'y avait ni cadavre, ni preuve, ni témoin pour étayer l'histoire de Sylvie. À son horreur, ce fut elle qui devint l'objet d'une enquête. Tout l'accusait. Rien que le fait d'avoir « perdu » son alliance quelques jours après son mariage suggérait qu'une dispute dramatique avait eu lieu et que celle-ci était à l'origine de ses blessures. La police et les habitants de la région se serrèrent les coudes. Au final, seule l'absence du corps de Jean-Luc empêcha la justice de poursuivre Sylvie pour meurtre.

La presse grecque s'enflamma brièvement pour l'affaire, mais, à l'issue du procès, celle-ci fut vite oubliée. Quelque temps après, deux alliances firent leur apparition dans la vitrine du *pantopoleio*, nichées entre un paquet de peignes en plastique et une montre Patek Philippe fissurée.

Mon sang s'est figé à la pensée que j'avais dîné sur le port en question, et j'ai fait un cauchemar dans lequel figurait Jean-Luc, cette nuit-là.

Je suis resté quelques nuits supplémentaires dans cet hôtel confortable et bon marché, avant de reprendre la route. Je voyageais depuis près de neuf mois maintenant et, même si je pensais moins à toi, d'autres inquiétudes commençaient à se faire jour : ma situation financière d'abord et l'angoisse relative à mon retour à Londres ensuite. J'ai décidé de laisser ces questions de côté, pour un peu de temps encore. Je voulais d'abord célébrer Pâques, dans l'espoir de me débarrasser des images de ce qu'avaient vécu Sylvie et Jean-Luc. J'ai passé cette importante fête religieuse dans un village de montagne, où des gens très accueillants m'ont adopté quelques jours. J'ai vu brûler l'effigie de Judas, partagé leur magiritsa *(la soupe avec des abats d'agneau) et écouté l'orchestre jusqu'à trois heures du matin.*

Le village était à côté du défilé des Thermopyles, connus pour la bataille héroïque livrée par trois cents Grecs contre une armée d'au moins cent mille Perses (certains historiens parlent de davantage). Je me suis arrêté dans un parking désert près de l'imposant monument de Léonidas. J'ai été ému par ce mémorial, célébrant cet acte de bravoure, même s'il avait eu lieu plus de deux mille cinq cents ans auparavant. À côté *d'une magnifique statue du roi Léonidas brandissant une lance se trouvent les mots : «*Molon labé ! *Viens les prendre !» C'est ce qu'il a répondu quand on lui a demandé de déposer les armes. Un geste de défi impressionnant, trahissant son inflexibilité.*

Une autre voiture est entrée sur le parking pendant que je m'y trouvais et un couple de gens âgés en est sorti. Ils venaient sans doute de passer le cap des quatre-vingts ans. Ils étaient petits comme la plupart des membres de leur génération et très élégants – ce qui formait un contraste frappant avec leur vieille Toyota. Le vieil homme a effleuré sa casquette pour me saluer et nous avons tous les trois regardé en silence Léonidas qui se découpait en ombre chinoise sur un ciel rouge sang. L'homme s'est tourné vers moi et m'a dit :

— Filé mou, ehoume akomi sto ema mas tin andistasi. Etsi, alloste, ehasé ti zoi tou kai o aderfos mou. Kapii apo emas dev...

J'adorais la musique de ces flots de paroles passionnées qui lui échappaient, mais je me suis senti obligé de le prévenir que j'étais étranger et que je ne comprenais pas tout.

— *Pardon, pardon, mon ami ! Je disais que la rébellion coulait encore dans nos veines ! Mon frère a perdu la vie en résistant. Certains d'entre nous ne céderont jamais face aux Allemands !*

C'est peut-être pour ça que ce mémorial était aussi émouvant : la Grèce est un tout petit pays dont les habitants ont été souvent confrontés à des ennemis plus nombreux et mieux armés. Ils gardent des souvenirs forts de leur résistance contre les Allemands et les Turcs, et les actes de bravoure comme celui de Léonidas sont entrés dans la légende. Beaucoup de Grecs considèrent d'ailleurs qu'ils sont toujours les victimes d'une oppression allemande et, même si celle-ci s'exerce dans le domaine économique, leur désir de s'y opposer est fort.

Le soleil s'est couché et nous avons repris la route, chacun de notre côté. Les soirées s'étaient considérablement réchauffées. L'été était presque là.

Si j'avais voyagé très librement jusqu'à présent, je savais qu'il y avait un endroit incontournable dans mon parcours. J'avais prévu de t'y emmener et j'étais enfin prêt à y aller seul. Ce matin-là, quand je me suis réveillé, j'ai comparé mes sentiments à ceux que j'avais éprouvés en ce jour si noir de la mi-septembre. Les nuages s'étaient dissipés. J'ai compris que je pourrais aller dans ce lieu sans tristesse. Et que je ne tenais plus ce journal pour toi.

« Delphes : belle et mystérieuse. »

Quand je l'ai visitée lors d'un voyage scolaire, il y a des dizaines d'années, ce sont les mots que j'ai griffonnés dans la marge de mon cahier d'exercices. Ce n'était pas seulement les anciennes colonnes de pierre, l'amphithéâtre et le stade qui avaient stimulé mon imagination. C'était l'atmosphère. Elle avait quelque chose de mystique. L'adolescent que j'étais y a été particulièrement réceptif et j'ai toujours voulu retourner voir s'il y avait quelque chose de surnaturel là-bas – ou si c'était une vue de mon jeune esprit.

Dans l'Antiquité, de grands chefs ne prenaient certaines décisions cruciales qu'après avoir consulté l'oracle de Delphes. Une prêtresse siégeait dans le temple d'Apollon, dont il ne reste presque rien aujourd'hui, et délivrait des paroles interprétées par un prêtre. Il existe plusieurs théories pour expliquer l'état de transe dans lequel la pythie était plongée. On pense aujourd'hui que ses propos incohérents et ses hallucinations étaient provoqués par les fumées naturelles émanant d'une fissure dans le sol – peut-être de l'éthylène ou du méthane.

Pendant des milliers d'années, Delphes était un épicentre religieux. Des gens parcouraient des kilomètres pour venir y accomplir des sacrifices et prendre conseil. Puis, progressivement, ils ont cessé de croire à ces oracles et se sont tournés vers d'autres méthodes, cherchant la vérité dans la prière, les étoiles, les cartes de tarot ou les boules de cristal – et en Grèce dans le marc de café. On continue aujourd'hui, comme hier, à vouloir des explications. Simplement, on les cherche ailleurs.

Parfois, lorsqu'on retourne dans un endroit marquant, il peut paraître plus petit, ou décevant. Delphes était encore plus extraordinaire que dans mon souvenir. Son emplacement géographique m'a semblé encore plus spectaculaire et ses magnifiques sculptures sont désormais exposées dans un très beau musée. Par ce jour éblouissant de mai, je suis retombé sous le charme.

Après ma visite, j'ai passé la nuit dans un petit hôtel d'un village de pêcheurs voisin. Au petit déjeuner, le lendemain matin, j'ai vu une jeune femme, attablée seule. Le silence était pesant dans la salle à manger vide, et nous avons engagé la discussion.

Je ne me suis pas tout de suite rendu compte qu'elle était grecque. J'ai pensé à une touriste, comme moi.

Elle avait des cheveux courts, bien coupés, une veste luxueuse et un sac à main beige de créateur. Quand elle m'a donné son prénom, Athina, j'ai tout de suite compris sa nationalité.

— Je suis ici pour le week-end, m'a-t-elle dit dans un anglais parfait, bien que légèrement haché. Je vis en Allemagne.

Cela expliquait pourquoi elle ne correspondait pas tout à fait à mon image de la femme grecque. Quand j'ai compris qu'elle était partie faire carrière dans une ville d'Europe du Nord, sa coiffure chic, ses vêtements androgynes, tout s'est expliqué.

— Ça vous plaît, la vie en Allemagne ?

La question ne me semblait pas déplacée. Je n'avais pas besoin de l'interroger sur les raisons de son départ de Grèce. Elle figurait parmi ces milliers de migrants économiques partis chercher du travail ailleurs.

— Ça va, a-t-elle répondu, un peu évasive. La banque est un secteur qui paye bien.

Je ne lui ai pas posé d'autres questions. On s'est mis à parler de Delphes, de ce qui nous avait fait la plus forte impression, de l'organisation du musée, et ainsi de suite.

Tout à coup, elle m'a fait une confession si personnelle que j'en ai avalé ma langue.

— Je suis venue ici pour me trouver.

Elle a levé les yeux vers moi et a souri pour la première fois.

— Vous avez entendu parler de la formule qui aurait été gravée au fronton du temple d'Apollon ? Gnothi seauton, *connais-toi toi-même.*

J'ai hoché la tête.

Elle jouait avec un morceau de tomate dans son assiette. Elle a subitement relevé la tête pour croiser mon regard.

— Pour la première fois de ma vie, je crois que j'ai compris qui j'étais.

Une lueur enthousiaste brillait dans ses yeux. Son sérieux s'était dissipé, et plus elle me racontait son histoire, plus elle s'animait. Elle était moins allemande et plus grecque en un sens.

— J'ai lu dans l'avenir !

CONNAIS-TOI TOI-MÊME

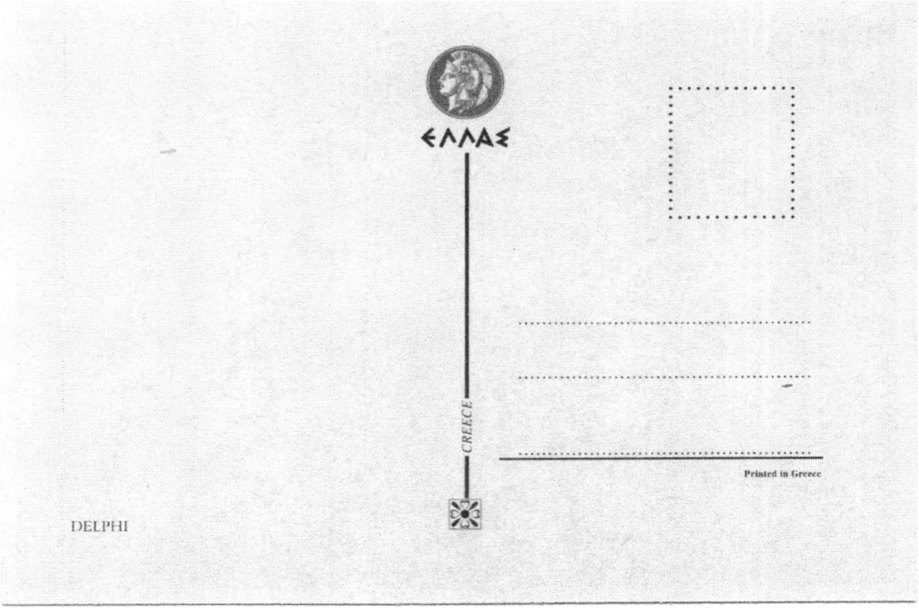
ΕΛΛΑΣ
CREECE
Printed in Greece
DELPHI

Connais-toi toi-même

Γνωθι σεαυτόν

Un mois plus tôt tout juste, Athina se trouvait au vingt-huitième étage d'un immeuble de bureaux de Düsseldorf et observait, à travers une vitre teintée, d'autres vitres teintées. Le quartier entier était constitué de tours et, aux yeux d'Athina, celles-ni ne semblaient exister que pour se réfléchir les unes les autres. Elles étaient investies par des entreprises internationales dont les banquiers, les avocats, les courtiers, les gestionnaires de fonds spéculatifs et les financiers n'existaient que pour se renvoyer l'ascenseur dans un cycle d'activités qui s'auto-entretenait.

Les termes « refinancement », « valeur sûre », « restructuration des impôts », « audit préalable », « offshore » et autres expressions du même acabit résonnaient dans la salle de conférences. Athina réfléchissait à la langue des affaires. Que ce soit en anglais, en allemand ou en grec, elle n'était pas difficile à maîtriser. La *forme* semblait l'emporter sur le *fond* : ce qui comptait, c'était la façon de dire les choses.

Devant chacun des cadres, à côté d'un bloc-notes et d'un crayon bien taillé, se trouvait une tasse, avec sa soucoupe, remplie d'un jus de chaussette qui avait refroidi depuis un moment. Tous ces objets qui encombraient la table avaient aussi peu d'utilité que la réunion en elle-même : tout le monde prenait des notes sur un iPad et buvait un cappuccino acheté au café du coin.

Athina regarda discrètement l'heure. La réunion durait depuis deux heures au moins et ils n'avaient parcouru que la moitié de l'ordre du jour. Elle étouffa un bâillement. Elle avait déjà fait sa présentation d'une nouvelle boîte de télécom qui avait besoin de refinancement et un de ses collègues avait pris la parole, donnant des prévisions financières, document PowerPoint à l'appui. Il venait de rejoindre l'équipe et était encore trop zélé.

Qu'est-ce que je fais ici ? se demanda Athina. Les premières semaines de sa vie à Düsseldorf avaient été exaltantes, mais, depuis que l'attrait de la nouveauté s'était émoussé, cette question se présentait à son esprit chaque jour. Cela faisait depuis plus d'un an maintenant.

Pourquoi habitait-elle dans un pays étranger, où elle avait froid, loin de ses amis et de sa famille, pour faire un métier qui ne lui procurait même pas de plaisir ? Comment était-ce arrivé ?

La réunion finit par se conclure à vingt heures trente. Athina fourra son ordinateur portable dans son attaché-case et se faufila discrètement dans le couloir sans dire au revoir à ses collègues. Le seul moyen qu'elle avait trouvé pour s'apaiser, et faire taire ses hurlements intérieurs, était le yoga. Bikram, ashtanga, méditatif… Elle avait tout essayé et elle y puisait un bref réconfort. Elle se demandait si c'était la seule chose qui lui permettait de rester saine d'esprit.

Si elle ne se dépêchait pas, elle raterait son cours.

Une heure durant, l'encens et les mantras indiens l'enveloppèrent de leur douceur, malheureusement momentanée. Dès que les sons caressants de l'eau qui coule et des carillons éoliens s'évanouissaient, ainsi que l'odeur de la lavande et de la bergamote, les bénéfices disparaissaient aussi. Le bien-être n'était au fond qu'un produit, vendu à l'heure. Une affiche sur le mur à la sortie de la salle invitait tout un chacun à « se trouver ». Et s'il y avait une chose qu'Athina savait, c'est qu'elle ne trouverait pas son « moi profond » sur un tapis de yoga.

Elle s'engagea à nouveau dans les rues privées d'arbres, levant les yeux pour chercher les étoiles dans la forêt de gratte-ciel en béton. Ahtina devait se presser de rentrer. Elle était en retard pour son rendez-vous hebdomadaire sur Skype avec ses parents, qui vivaient à Lamia. Ils l'auraient attendue pour se coucher. En métro, il lui faudrait une demi-heure pour arriver chez elle.

— *Agapi mou !* Comment vas-tu ? Comment ça se passe à Düsseldorf ? Il fait froid ?

Sa mère ne prenait pas le temps de respirer entre deux questions.

— J'espère que tu ne manges pas que des saucisses et des escalopes viennoises, ma chérie. La nourriture allemande peut être un peu lourde. J'aimerais tellement pouvoir t'envoyer des *dolmadakia*… Je vais te poster un peu d'huile d'olive. Oncle Dimitris vient de terminer sa récolte et, d'après lui, c'est la meilleure depuis dix ans au moins. On est si fiers de toi, ma chérie, même si tu nous manques. Tante Georgia m'a chargée de t'embrasser. C'était sa fête hier. Tu as pensé à la lui souhaiter ? Elle dit que tu ne t'es pas manifestée…

— Maman…

Le visage de son père apparut à l'écran, et sa mère fut repoussée vers le côté. La jeune femme adorait les voir tous les deux, et elle aimait apercevoir son ancienne maison, immuable. Une boule se forma dans sa gorge.

— *Matia mou*, ton cousin Giannis vient de perdre son travail dans sa boîte d'assurances et il a accepté un boulot de barman. Et son frère a passé des entretiens d'embauche tout l'hiver. Il n'y a rien, pas de travail ici. On lui a proposé un poste à Katerini mais…

— Papa, l'interrompit-elle. Pourquoi il n'accepte pas ?

— On lui a conseillé de te parler. Qui sait, tu pourrais lui trouver quelque chose en Allemagne ? Est-ce que tu penses pouvoir parler de lui à quelqu'un ? C'est un bon gars. Tu crois que tu peux faire quelque chose ? Ta tante serait si heureuse… La situation est vraiment critique ici maintenant.

— On est tellement fiers de toi ! intervint sa mère en posant la tête sur l'épaule de son mari, pour que sa fille puisse la voir.

C'était vrai. Ils s'enorgueillissaient que leur fille unique ait fait des études brillantes et soit entrée à l'université. Ils se réjouissaient aussi d'avoir eu les moyens de l'envoyer en Grande-Bretagne pour son master. Tous les Grecs ne pouvaient pas se le permettre.

Son père semblait déterminé à la tenir au courant des dernières nouvelles du pays.

— Le gouvernement ne fait qu'aggraver la situation. Il y avait une manifestation aujourd'hui et on annonce une grève générale pour la semaine prochaine. Syriza a de sacrés ennuis. Le parti déçoit tout le monde. Même ceux qui ont voté pour lui.

Il était presque impossible d'interrompre sa mère, qui débitait tout ce qui lui passait par la tête, ou son père, à qui l'économie grecque inspirait constamment des idées noires. Athina ne s'y essayait même pas.

— Ça n'a toujours pas l'air très confortable chez toi, dit sa mère en scrutant l'écran de son ordinateur. Il fait assez chaud ? Comment va ta colocataire ?

Il s'agissait d'un médecin qui avait publié une annonce dans un journal grec, *Kathimerini*, pour partager son appartement à Düsseldorf. Elle voulait vivre avec une compatriote, même si ses longues gardes à l'hôpital ne lui laissaient que peu de temps pour être chez elle. Et comme Athina devait partir à sept heures du matin pour traverser la ville animée et qu'elle rentrait souvent après vingt-deux heures le soir, les deux jeunes femmes ne se voyaient que très peu – essentiellement pour de brèves conversations dans le couloir, devant la salle de bains.

— Elle va bien, répondit Athina. Elle fait de sacrés horaires.

— Toi aussi, interjeta sa mère avec tristesse.

La jeune femme ne put pas entendre ce que son père glissait à l'oreille de son épouse, mais elle crut deviner la teneur de sa remarque : c'est toujours mieux que de ne pas travailler du tout…

Athina était habituée aux désirs contradictoires de ses parents – l'ambition et la fierté paternelles d'un côté, le désir maternel de ramener sa fille unique dans le nid familial d'un autre –, elle subissait leur pression depuis des années. Elle devait se défendre sur les deux fronts et ces échanges étaient épuisants. Elle leur cachait tant de choses sur sa vie, tout en évitant d'étouffer sous leurs conseils pleins de bonnes intentions mais parfois oppressants. Au moins ici, à Düsseldorf, elle avait un peu plus d'air que dans sa ville natale.

Elle avait dit à ses parents qu'elle touchait mille six cents euros et n'avait jamais pu se résoudre à corriger le malentendu qui s'était ensuivi : ils étaient persuadés qu'il s'agissait d'un salaire mensuel. En réalité, c'était son salaire hebdomadaire, une somme astronomique pour la Grèce. Au début, elle avait cru que la banque était incroyablement généreuse, puis en était venue à considérer que ces revenus bien mérités étaient une forme de compensation. Certains jours, elle avait l'impression d'avoir vendu son âme à une entreprise anonyme.

Le lendemain, à la réunion de la première heure, elle fixa à nouveau son regard sur la vue habituelle de ce quartier impersonnel, avec ses kilomètres d'acier et de verre prétentieux. Elle sut alors qu'elle devait partir.

Un week-end prolongé s'annonçait et elle n'avait aucune raison de rester en Allemagne. Elle avait eu une histoire embryonnaire avec quelqu'un du bureau, il valait sans doute mieux que ça ne soit pas allé plus loin – les relations au travail étaient mal vues.

Avant même la fin de la conférence, elle avait réservé un aller-retour pour Athènes sur son iPad. Elle n'avait pas l'intention d'aller voir ses parents, néanmoins. Son père serait contrarié d'apprendre qu'elle n'était pas heureuse à Düsseldorf et sa mère pourrait nourrir de faux espoirs, s'imaginer que sa fille voulait rentrer en Grèce. Athina avait d'autres projets.

Les mots sur l'affiche de son cours de yoga, « se trouver », avaient réveillé un vieux souvenir d'école. La devise censément gravée au-dessus de l'entrée du temple d'Apollon à Delphes : *Gnothi seauton*, connais-toi toi-même.

Elle n'était jamais allée à Delphes, mais, comme toute écolière grecque, elle savait que, pendant de nombreux siècles, les gens avaient été y chercher des conseils.

Le prêtre et la pythie avaient disparu depuis longtemps, néanmoins, nombre de visiteurs continuaient à affluer sur le site antique. Elle se demandait pourquoi… Au moins aurait-elle du temps pour réfléchir là-bas. Et ce serait une occasion de voir du ciel bleu.

Dans l'avion, Athina tua le temps en lisant le magazine de la compagnie aérienne et son horoscope. Suivre les conseils de l'astrologue pouvait être une façon d'avancer dans la vie. Les rédacteurs de ces textes semblaient toujours si sûrs d'eux, écrivaient avec conviction que tel signe, Balance pour elle, possédait telle et telle caractéristique et devait par conséquent faire ceci ou cela. Peut-être était-ce l'équivalent moderne de l'oracle de Delphes. C'était tout simplement une question de foi, au fond, et Athina enviait ceux qui l'avaient.

À l'instant où elle sortit de l'avion, le parfum de son pays l'assaillit. Même l'aéroport avait une odeur particulière. C'était sans doute celle d'un désodorisant, ce qui ne l'empêchait pas de vouloir en remplir ses poumons. Tout l'aéroport semblait vivant, et les cafés des « Arrivée » étaient bondés. Avant de faire la queue pour louer une voiture, elle s'acheta un *elliniko metrio*, un puissant café grec, légèrement sucré. Elle était comme une droguée replongeant après une longue abstinence.

— J'ai l'impression que c'est une bonne journée pour vous, observa l'employé au comptoir Hertz.

Le sourire d'Athina ne passait pas inaperçu. La plupart de ceux qui venaient louer des voitures étaient pressés, alors que cette jeune femme élégante semblait prendre son temps.

— Oui, répondit-elle, très bonne.

— Où allez-vous ?

— Dans un endroit où je n'ai encore jamais mis les pieds. Delphes.

— Vous allez interroger l'oracle ? la taquina-t-il.

— En quelque sorte…

Il lui remit une clé.

— Eh bien, bonne chance, alors !

Sur l'autoroute, elle eut l'impression que la voiture connaissait le chemin. C'était un trajet simple, presque en ligne droite de bout en bout. Le loueur avait dû la surclasser sans rien dire et, grâce à l'excellente sonorisation de l'Audi, la voix familière de Giorgos Dalaras résonnait dans l'intérieur en cuir luxueux. Athina avait presque l'impression que c'était à elle qu'il chantait la sérénade.

S'agapo, giati eisai oraia,
S'agapo, giati eisai esi.
Je t'aime parce que tu es belle
Je t'aime parce que tu es toi.

Elle s'était interdit d'écouter de la musique grecque en Allemagne tant ça lui donnait le mal du pays, mais, maintenant qu'elle était au « pays », elle pouvait bien se faire plaisir. Elle chanta avec lui, hurlant les paroles aux montagnes couvertes de forêts luxuriantes devant elle.

La route, bordée de genêts d'un jaune éclatant, traversait un paysage verdoyant. Le ciel était azuré. Et la vallée qu'Athina remontait était si spectaculaire qu'elle aurait presque justifié, à elle seule, le déplacement.

Au bout de deux heures, elle vit le premier panneau mentionnant Delphes.

Ce ne fut qu'en apercevant quelques colonnes entre les arbres qu'elle comprit qu'elle était arrivée. Une fois garée, elle acheta un ticket pour le site et le musée.

— Allez d'abord au sanctuaire d'Apollon, lui dit la guichetière. Puis au musée. C'est mieux de faire la visite dans ce sens.

Athina suivit consciencieusement ces conseils. L'après-midi avait beau être ensoleillé, rares étaient les touristes à cette période de l'année. Athina s'engagea sur la Voie sacrée en essayant d'imaginer à quoi ressemblaient les lieux deux mille cinq cents ans plus tôt. Il y avait des restes des « trésors », ces petits édifices érigés par les cités-États pour accueillir les offrandes de leurs concitoyens, destinées au prêtre en échange de ses prédictions et conseils.

À l'endroit du temple lui-même se dressaient quelques colonnes impressionnantes, mais Athina n'était pas faite pour l'archéologie. Elle avait l'impression d'être face à un squelette humain et d'essayer d'imaginer un être vivant. Elle consultait régulièrement les reconstitutions en 3D de son guide pour tenter de se figurer plus précisément la réalité des lieux à l'époque. Le théâtre et le stade exigeaient moins d'imagination. Ils étaient intacts et leurs pierres d'un gris argenté semblaient avoir retenu les acclamations de foules en délire.

Athina comprit rapidement, à la lecture de son guide, que le premier temple avait été détruit il y a fort longtemps par un tremblement de terre. Quelle catastrophe ça avait dû être pour les citoyens de perdre une telle source de sagesse et de conseils ! Elle ne put s'empêcher d'en éprouver une pointe de déception personnelle…

Avant de se rendre au musée, où des sculptures et autres objets retrouvés sur le site étaient exposés, elle alla à la cafétéria pour acheter de l'eau et s'assit en terrasse pour admirer la vue. La beauté brute de la nature autour était un spectacle en soi, même sans les ruines antiques.

Juste avant Delphes, elle s'était arrêtée à Arachova pour acheter des cigarettes. Elle n'avait pas fumé depuis sa dernière visite en Grèce plus d'un an auparavant. En Allemagne, il était pour ainsi dire impossible de le faire sans enfreindre une loi. Alors qu'elle aspirait la fumée, Athina savait que son plaisir avait plus à voir avec cette liberté retrouvée qu'avec la nicotine.

Le parfum des pins était puissant et le soleil lui réchauffait le visage : Athina commençait enfin à se détendre. Elle ferma les yeux. L'été précédent, elle avait mis son manteau d'hiver tous les jours. Pour la première fois en dix-huit mois, elle avait pu le quitter. Il était sur la banquette arrière de sa voiture de location ; la grisaille de Düsseldorf, avec ses ciels d'une tristesse constante, lui semblait très, très loin.

Elle éteignit sa cigarette et se leva. Elle était prête pour le musée.

Dès qu'elle eut posé le pied à l'intérieur, elle fut envoûtée par les vastes salles qui hébergeaient les plus belles œuvres d'art qu'elle ait jamais vues. Toutes étaient vieilles de plusieurs milliers d'années, et la plupart étaient sculptées dans une splendide pierre dorée. Il y avait des fragments de frises représentant des scènes de la guerre de Troie : enlèvements, batailles, lions, géants et dieux. Ces scènes pleines d'action et de mouvement racontaient des histoires avec autant de vie qu'un film.

Elle admira aussi des figurines hautes de quelques centimètres, ainsi que des œuvres plus monumentales, comme deux kouroi. Les jumeaux d'Argos à la musculature puissante avaient connu une histoire tragique. Leur mère devait aller au temple dans un chariot et, en l'absence de bœufs, les deux jeunes hommes se harnachèrent à l'attelage et le traînèrent. Bouleversée par leur geste, elle pria la déesse de leur accorder la plus grande des faveurs pour un homme : s'endormir dans le temple et ne jamais se réveiller.

Athina en fut soufflée.

Une mort paisible, songea-t-elle, était-ce vraiment la meilleure des récompenses ? La conclusion douce-amère de ce récit la laissa avec une impression de vide.

Pas très loin se trouvait la statue d'Antinoüs, censément le plus bel homme du monde, aimé de l'empereur Hadrien. Quand il se noya dans le Nil, le souverain eut le cœur brisé et fit de lui un demi-dieu. La statue, pleine de pathos, était une vraie ode à la beauté et à la jeunesse perdues.

Ces images de mort prématurée la hantaient. Aucun de ces trois hommes ne savait, la veille, que leur vie prendrait fin le lendemain. Avaient-ils accompli les objectifs qu'ils s'étaient fixés ? Athina en doutait.

Il y avait de nombreuses autres œuvres liées à la mort à Delphes, mais la jeune femme n'avait pas besoin qu'on lui rappelle que la vie était précieuse. Ce n'était en rien une révélation. La mort avait été présente tout le long de son voyage depuis Athènes. Elle avait vu de nombreux mémoriaux sur le bord de la route, dédiés aux victimes d'accidents, plusieurs cimetières et des arbres sur le tronc desquels étaient punaisés les visages de défunts ou de défuntes, en prévision d'un enterrement prochain ou d'une messe commémorative.

Athina avait besoin d'autre chose : qu'on lui montre le chemin à suivre. Comme les citoyens antiques qui l'avaient précédée dans ces lieux, elle voulait un conseil, un avis sur son existence.

Avant de partir, elle décida de jeter un coup d'œil au sanctuaire d'Athéna Pronaia, avec sa fameuse *tholos*, une rotonde en marbre. Celle-ci se trouvait juste en face du musée.

Il était plus de dix-huit heures maintenant, et tous les autres visiteurs étaient repartis. Les rares cars avaient repris la route dès dix-sept heures. Le site était désert au point qu'Athina se fit l'impression d'une intruse en foulant la terre jusqu'aux ruines.

La profusion de marguerites jaunes et d'herbes sauvages tout autour du site renforçait l'impression de désolation. Un chardonneret chantait un air mélodieux dans une oliveraie voisine et un coucou l'accompagnait. D'autres oiseaux pépiaient. L'air était envahi de moucherons.

L'espace intime, délimité par le cercle de colonnes, enchanta aussitôt Athina. Il émanait de ce sanctuaire une impression de complétude que d'autres vestiges de Delphes ne possédaient pas. Peut-être ressentait-elle un lien particulier avec lui à cause de son nom, puisqu'elle portait celui de la déesse de la sagesse ? Athina resta assise près d'une heure sur les pierres, à écouter le chant des oiseaux et à se repaître du paysage autour d'elle.

Elle n'avait même pas remarqué la maisonnette dans un coin du site, et l'apparition soudaine d'un homme la fit sursauter. Quand elle vit qu'il portait un uniforme, elle se détendit.

— Vous travaillez tard, lui dit-elle.

— Toute la nuit. Le marché noir des antiquités se porte trop bien, on doit veiller sur nos trésors.

— Mais ceux-là sont impossibles à dérober, non ?

Elle indiquait les trois immenses colonnes qui s'élevaient vers le ciel. Sur les vingt qui formaient à l'origine la rotonde, seules trois avaient été restaurées.

— Vous seriez surprise de voir ce que les gens piquent…

— C'est un endroit magnifique.

— De mon point de vue, c'est le plus plaisant de tout le site.

Il n'avait pas l'air de considérer son métier comme un simple gagne-pain. Athina perçut l'amour sincère qu'il portait aux pierres sur lesquelles il veillait.

— Le sanctuaire d'Athéna…

— Pronaia ? demanda Athina, en lisant ce nom dans son guide.

— La prévoyante. Athéna la prévoyante.

— Elle voyait l'avenir ?

— Certains le croyaient. Les gens ne venaient peut-être pas seulement chercher conseil auprès de l'oracle.

— Et qu'est-ce que ça fait d'être ici… la nuit ?

Elle s'imaginait que, dans l'obscurité, les vestiges de ces colonnes et ces blocs gris devaient être fantomatiques.

— C'est une question d'habitude… Et je suis amplement récompensé de mes efforts.

Pendant un court instant, Athina se demanda ce qu'il entendait par là.

— Regardez derrière vous, lui dit-il alors.

Elle se retourna. Ce qu'elle découvrit la laissa sans voix. C'était un coucher de soleil si étrange et si intense qu'elle retint son souffle. Le ciel était envahi d'une fumée rose, comme si une éruption volcanique lointaine projetait des flammes et des cendres vers les cieux.

Depuis un an, elle n'avait pas vu le soleil se coucher. À Düsseldorf, il faisait une sortie discrète, derrière les nuages ou les immeubles.

Athina avait oublié sa force et sa puissance. Jusqu'à son installation en Allemagne, les mouvements du soleil, de la lune et des étoiles faisaient partie de sa vie quotidienne, toujours présents, toujours visibles.

Elle n'avait pas mesuré à quel point la beauté de la Grèce lui avait manqué.

Ce coucher de soleil lui parut surnaturel. Elle observa en silence, avec le gardien, ce phénomène extraordinaire dont elle éprouvait la magie.

— Je ne m'en lasse pas, dit-il.

Il aimait parler, comme tous ceux qui passent de nombreuses heures seul, et elle l'écoutait avec plaisir.

— On pourrait nous voler ces colonnes, poursuivit-il, mais rien ne nous dérobera les cadeaux de la nature. Et nous en avons à profusion dans ce pays.

Ils firent ensemble le tour du temple.

— Je me demande parfois, poursuivit-il, si, en dépit de tout ce qu'on raconte sur Athéna Pronaia et l'oracle de Delphes, les gens n'étaient pas véritablement attirés par les paysages ou le coucher de soleil. Et je vous laisse imaginer l'endroit les nuits de pleine lune. Ça vaut le coup d'œil, je vous le garantis. Un spectacle époustouflant…

Athina buvait chacune de ses paroles.

— Je ne voudrais pas être ailleurs. On a essayé de m'envoyer à Épidaure, j'ai refusé. Parfois, on sait où on veut être. On sait où on est vraiment heureux. Même si c'est une fois par jour, pour une poignée de minutes. Si la vie vaut d'être vécue pour ces quelques instants, alors on tient quelque chose. Et moi, c'est ici que je veux être.

Il tira sur sa cigarette et riva son regard vers l'ouest, sur l'étoile du berger, qui venait d'apparaître dans le ciel indigo.

En proie à une véritable révélation, Athina se sentit libérée. Elle savait où elle voulait être. Enfin, l'oracle avait parlé.

Athina était très enthousiasmée par la décision qu'elle avait prise. Elle semblait suffisamment armée pour un nouveau départ – d'autant qu'elle avait fait beaucoup d'économies en Allemagne. Elle vivrait confortablement à Athènes, même si elle ne serait sans doute jamais aussi bien payée qu'à Düsseldorf. Ses parents n'apprendraient sa décision qu'une fois qu'elle serait réinstallée en Grèce pour de bon.

— C'est beaucoup mieux comme ça ! Je sais que c'est ce dont j'ai besoin, m'a-t-elle assuré. Mais je vous laisse imaginer la tête de mon père et de ma mère quand ils l'apprendront.

Je lui ai dit qu'en Angleterre la plupart des enfants ne consultaient pas leurs parents pour prendre des décisions importantes, qu'on les encourageait à être indépendants.

— Ici, ils se mêlent de tout. Ils viendraient même passer les examens à la place de leurs enfants s'ils pouvaient !

Nous sommes parvenus à la conclusion que cette mentalité ne changerait sans doute jamais. Pour autant, elle est aussi le reflet d'un aspect touchant de la société grecque : la famille y occupe une place cruciale. Dans tout, il y a du pour et du contre.

— J'ai vingt-huit ans, mais, pour mon père, je resterai toujours une enfant. Au bout du compte, c'est quand même ma vie. C'est à moi de la vivre.

Je lui ai parlé de mon métier et, pour la première fois, je me suis livré sur les raisons de mon périple grec. Je lui ai confié des choses que je n'avais jamais dites à personne avant. Elle n'a eu aucune réaction excessive, n'a ni jugé ni donné de conseils. Ses yeux exprimaient de la compassion – elle comprenait ce que j'avais traversé. Pour nous deux, Delphes a marqué un tournant.

Athina reprenait son avion le soir même et devait faire sa valise, nous avons donc échangé nos adresses électroniques pour le cas où je retournerais à Athènes. Le hasard a voulu que nous nous retrouvions à la réception pour régler nos factures ensemble et, malgré ses réticences, j'ai porté sa valise jusqu'à sa voiture. Quelques heures plus tard, je reprenais la route.

La météo était parfaite maintenant, avec un ciel dégagé et des températures plaisantes – pas encore trop accablantes. Je voulais relire mon premier jet de *Sculpture cycladique et modernité*, et visiter quelques îles avant de rentrer. Mes économies ne dureraient pas éternellement. Ça impliquait de repasser par Athènes, mais, quelques heures plus tard, je faisais la queue à Rafina, pour monter à bord du ferry à destination d'Andros.

Le moment du départ, sur un ferry grec, est électrique. Je l'avais déjà vécu plusieurs fois et, pourtant, dès que la dernière voiture est à bord et que la rampe est remontée, qu'on a lâché les amarres et que la poupe s'éloigne du quai, je suis toujours fou de joie. Ce jour-là, en fin d'après-midi, l'ensemble des passagers étaient d'humeur festive, impatients d'atteindre leur destination, de partager ce voyage. La mer Égée était très calme, et je me suis assis sur le pont pour laisser la brise salée m'envelopper comme une seconde peau. Deux heures plus tard, *nous retrouvions nos voitures dans la cale emplie de gaz d'échappement. Nous étions arrivés. Toutes les opérations se sont répétées à l'envers, et le ferry n'a pas tardé à repartir vers le continent, faisant sonner sa corne de brume en guise d'adieu mélancolique.*

Toutes les idées préconçues que j'avais sur l'architecture des îles grecques (petites maisons blanchies à la chaux ou modestes habitations en pierre au bord de l'eau) ont été rapidement dissipées. La première chose qui m'a frappé en rejoignant Chora, la ville principale, a été la quantité d'immenses demeures : des édifices si splendides et élégants qu'ils ne semblaient pas à leur place dans ce cadre, presque incongrus. De nombreux immeubles étaient dotés de colonnades et de loggias, certains étaient peints en rose ou en tons pastel, d'autres enfin n'auraient pas détonné sur le Grand Canal à Venise.

Sur une île où la population annuelle ne dépasse pas les dix mille habitants, j'étais surpris de constater une telle richesse passée. Les bâtiments publics étaient eux aussi très imposants. Un commerçant amical, qui connaissait l'histoire d'Andros dans le moindre détail, m'a expliqué, non sans fierté, que son économie avait, à une époque, reposé sur un commerce maritime florissant et que le nombre de navires qui y étaient enregistrés en faisait, à une époque, le second port de Grèce après Le Pirée. Un bâtiment particulièrement majestueux a attiré mon attention, il s'agissait d'un hôpital pour personnes âgées – il avait été donné par un membre de la famille Embiricos, qui possédait la plus grande flotte de bateaux à vapeur de Grèce. Une plaque décrivait le bienfaiteur comme un « voyageur qui rentrait toujours »

– les navigateurs d'Andros avaient en effet l'habitude de revenir sur leur île, petite mais charmante, quelle que fût la durée de leurs voyages.

J'ai aussi découvert un musée d'Art contemporain passionnant, construit par la famille Goulandris. Un tel trésor artistique était inattendu sur cette île, et j'ai été, notamment, ému par les statues de Michalis Tombros, un artiste né à Andros, et par de superbes toiles. J'étais assis sur un mur, dehors, pour admirer la vue sur la mer tout en feuilletant le catalogue du musée quand une femme est venue me parler. Après coup, je me suis rendu compte que c'était elle qui m'avait vendu mon billet d'entrée – je ne lui avais pas prêté attention sur le moment. Elle m'a demandé si j'avais apprécié ma visite et je lui ai dit que j'avais été soufflé de voir des œuvres aussi grandioses sur une île aussi petite.

— Oui, a-t-elle approuvé, même si l'un des meilleurs artistes andriotes n'est pas exposé.

Elle faisait allusion à une femme dont toutes les œuvres (notamment un portrait de ses grands-parents) avaient été perdues.

Il était évident qu'elle brûlait d'envie de me raconter ce qui s'était passé, et j'étais tout disposé à lui prêter mon oreille – le fait qu'elle fût d'une beauté à couper le souffle, une beauté picturale, n'y était pas étranger.

L'ÉPOUSE ESSEULÉE

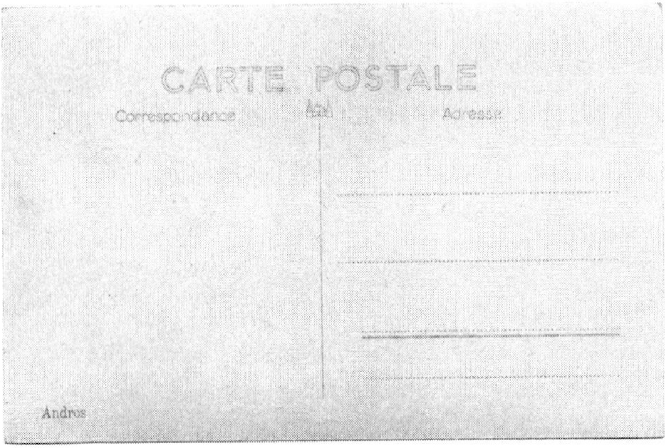
CARTE POSTALE
Correspondance
Adresse
Andros

L'Épouse esseulée

Ce mariage était affaire de pragmatisme bien plus que de passion. Antigoni avait presque trente ans lorsque son père accepta une demande pour elle. Sa sœur Ismini, plus jeune et plus jolie, avait déjà reçu plusieurs propositions, toutefois, la tradition l'empêchait de se marier la première.

Sur le bord de mer près du Pirée, un après-midi printanier, les deux jeunes femmes, sorties se promener, s'arrêtèrent pour prendre un café dans un *zacharoplasteion*. Antigoni remarqua qu'un homme trapu jetait un regard dans sa direction. Pas un mais trois, d'ailleurs. Elle en déduisit qu'Ismini était la raison de leur intérêt.

Christos Vandis ne voulait pas d'une belle épouse volage en qui il n'aurait pas confiance pendant ses absences. Ce riche armateur d'Andros passait de longues périodes en mer et cherchait une femme fiable, quelconque, sans être repoussante, pour tenir sa maison. Une « belle laide », en un mot. Il traversait souvent Le Pirée et ce n'était pas la première fois qu'il posait les yeux sur cette jeune brune qui portait ses cheveux court, à la dernière mode, et avait un nez prononcé. Il avait quarante-cinq ans, ses deux parents étaient morts et il avait hérité de leurs biens. Il devait trouver une femme à épouser, et son temps était compté : il reprenait bientôt la mer. Il parvint à se renseigner discrètement pour obtenir les informations qui lui importaient. Le père de la fille avait un poste de responsable sur le port. Ça irait très bien : Christos ne recherchait pas la fortune.

Antigoni accepta la demande, plus pour sa sœur que pour elle-même. Elle savait qu'elle constituait un obstacle à son bonheur – sa cadette était impatiente de se marier pour quitter le foyer de leurs parents. Les choses auraient pu être différentes si Ismini n'avait pas joui d'une beauté aussi parfaite, avec des yeux vert clair, de beaux cheveux blonds et soyeux, un teint éclatant et une quantité idéale de taches de rousseur sur son (petit) nez. En d'autres termes, une vraie *koukla*, une poupée, qui attirait tous les regards masculins.

Alors qu'Ismini passait son temps à rêver de l'avenir, Antigoni se satisfaisait de sa vie au Pirée. Au milieu des années trente, cette ville croissait à toute allure, sa population approchait des deux cent cinquante mille âmes et sa vie culturelle était riche. Il y avait toujours une nouvelle pièce de théâtre ou un nouveau film à voir, de fréquentes expositions. Depuis la mort de leur mère, l'année des quinze ans d'Antigoni, sa sœur et elle avaient joui d'une grande liberté dans un lieu débordant de vie.

Antigoni lisait beaucoup et s'installait souvent devant les portes-fenêtres grandes ouvertes pour peindre la vue, en général un bateau ou l'un des très beaux bâtiments néoclassiques avec la mer en toile de fond. De temps en temps, elle faisait des croquis de passants dans la rue puis, une fois chez elle, ajoutait de la couleur.

— Tu devrais enseigner ! lui avait suggéré Ismini.

Antigoni avait suivi le conseil de sa sœur, et ce petit revenu lui offrait une forme d'indépendance.

Les années passaient néanmoins, et la perspective de rester une institutrice célibataire qui vivrait avec son père jusqu'à sa mort pesa aussi dans sa décision de se marier.

Elle savait qu'une union avec Christos Vandis exigerait d'elle des sacrifices et que sa fortune ne serait qu'une maigre consolation. Au Pirée, Antigoni avait conservé de nombreux amis d'enfance. Le jour de ses noces, elle aperçut tous ces visages familiers dans l'assemblée. À la fin de la journée, seulement, elle comprit qu'il s'était agi d'une fête d'adieu.

Son mari et elle passèrent deux jours à l'hôtel Grande-Bretagne d'Athènes avant de rentrer au Pirée et d'appareiller aussitôt pour Andros. Le père d'Antigoni, sa sœur et trois amies proches étaient venus assister à leur départ. Lorsque le bateau s'éloigna, ils se réduisirent à des silhouettes sans visage, et la jeune épouse en vint à se demander si les petits points qu'elle regardait étaient bien des êtres chers et non des étrangers.

Antigoni était heureuse que son mari soit monté sur le pont. Sa poitrine et sa gorge se serraient tandis que tout ce qu'elle connaissait et aimait – les gens, les édifices et les bateaux au port – disparaissait à sa vue. Le mouchoir qu'elle avait agité lui servait désormais à se tamponner les yeux. Jamais elle n'avait éprouvé un attachement aussi fort pour Le Pirée. Son cœur était lourd. Elle savait qu'elle ne reverrait pas sa ville avant très longtemps.

Sa première vue d'Andros, alors que le bateau se mettait à quai à Gavrio, se fit à travers un hublot. Elle était allongée sur sa couchette, dévastée par la nausée. Une fois que le tangage eut totalement cessé, elle put enfin ouvrir les paupières. Elle ne découvrit d'abord qu'un rond de ciel bleu. Puis, alors que son estomac s'apaisait, elle réussit à s'asseoir. Il y avait des collines vertes et une rangée de maisons au bord de l'eau. Après avoir vérifié que ses jambes étaient capables de la porter, elle but le verre d'eau que quelqu'un avait eu la délicatesse de déposer sur la tablette au-dessus du lit. Elle étudia ensuite son reflet dans le petit miroir fixé à la porte : un visage gris au teint cireux lui rendit son regard. Des cernes violets soulignaient ses yeux. Elle se peigna avant d'appliquer un peu de rouge à lèvres et de fard à joues.

On frappa un coup sec à la porte de sa cabine. La poignée tourna presque en même temps et Christos entra.

— Prête ? lui demanda-t-il, n'imaginant pas l'épreuve qu'elle avait endurée au cours des dernières heures. Une voiture nous attend pour nous conduire à Chora. Un porteur va descendre prendre tes valises.

Antigoni se força à sourire et le suivit dans l'étroite coursive lambrissée, puis monta l'échelle bien cirée jusqu'au pont.

Les ports du Pirée et d'Andros présentaient deux similitudes importantes : la mer et les bateaux. À tous les autres égards, cette île était différente de l'endroit où Antigoni avait grandi. Christos parla durant tout le trajet le long de la côte sinueuse. Il était assis à côté du chauffeur. Antigoni, elle, demeura silencieuse sur la banquette arrière. Pendant le voyage de deux heures, la nausée fut de retour et elle dut demander deux fois à s'arrêter.

La voiture enchaînait les virages, et Antigoni regardait par sa fenêtre, émettant de temps en temps un petit son pour montrer qu'elle écoutait Christos, qui lui décrivait la société dans laquelle elle allait évoluer. À travers les brumes des vertiges qui ne cessaient de l'étreindre, elle l'entendit égrener des noms. Qui était qui, qui était marié à qui, qui appartenait à telle ou telle lignée, qui aimer, qui éviter. Elle eut l'impression que les seules personnes qu'elle serait autorisée à fréquenter étaient les femmes d'autres familles d'armateurs.

Le temps qu'ils se garent devant une magnifique demeure de style néoclassique, blanc cassé, avec des colonnes cannelées et des balcons en fer forgé ouvragé, elle avait la tête qui tournait. Son corps et son esprit lui semblaient coupés l'un de l'autre. En lui ouvrant sa portière, le chauffeur se rendit compte qu'elle avait besoin de soutien. Christos était déjà dans la maison, si bien que la première image que la gouvernante et les bonnes eurent de leur nouvelle maîtresse fut celle d'une femme à l'air maladif appuyée de tout son poids sur le bras du chauffeur. Cette vision ne les quitterait jamais.

Les Andriotes les plus âgés ne s'étaient pas déplacés pour assister au mariage sur le continent et une réception fut donc organisée la semaine suivante dans l'immense salle à manger de la demeure. Sous la surveillance des ancêtres de Christos, accrochés aux murs, Antigoni serra la main à une centaine d'inconnus bien habillés. Certains des vieux hommes qu'elle rencontrait avaient des visages aussi austères que ceux des personnages des portraits à l'huile, et Antigoni en vint à se demander s'ils étaient des parents de Christos.

Au cours des jours qui suivirent, abreuvée de nouvelles instructions délivrées par ce dernier, elle apprit qui étaient les excentriques et francs-tireurs à éviter. Si son mari avait à cœur de veiller sur sa sécurité, Antigoni avait surtout l'impression qu'il voulait la maintenir à l'écart, la garder bien au chaud pour son retour. Bref, il ne faisait aucun doute qu'il aurait préféré qu'elle ne quitte pas la maison.

Fin juillet, trois semaines et demie après le mariage, Christos Vandis partit pour l'Amérique du Nord. Même avec de bonnes conditions de navigation, son absence devait durer un an, au moins. Le sentiment

d'abandon et la solitude serrèrent le cœur d'Antigoni. Elle était loin de chez elle, exilée.

Les semaines défilèrent et, sans le portrait dans le couloir, elle aurait oublié les traits de son époux. Le souvenir de ses caresses s'était depuis longtemps évaporé, et elle ne pouvait se le remémorer que par l'intermédiaire de son odeur. Elle se rendait dans son vestiaire et humait le parfum de ses costumes, sur lesquels restaient accrochés des effluves de tabac et d'eau de Cologne. Elle pensait aussi à lui lorsqu'elle longeait un *kafenion* où des hommes fumaient. La légère attirance physique qui s'était développée entre eux pendant la brève période qu'ils avaient passée ensemble se dissipa rapidement.

Les mois d'été s'écoulèrent au ralenti à cause des températures. Les activités quotidiennes d'Antigoni se composaient en général d'une visite à (ou de) l'une des autres femmes d'armateurs. Elle n'adressait pour ainsi dire pas la parole à une autre catégorie de citoyens. Même ses relations avec les bonnes se limitaient à exprimer ses envies pour les repas – et elles n'étaient pas nombreuses à cette période de l'année. Antigoni était léthargique, mais cette inertie lui pesait moins qu'elle ne l'aurait supposé. La chaleur parvenait à imposer le silence dans les rues, et presque à suspendre les aiguilles des horloges. Aux journées alanguies succédaient des nuits sans sommeil.

Lorsque les températures baissèrent et que l'été céda le pas à l'automne, Antigoni retrouva son énergie. Elle ne supportait plus de rester enfermée, à tenir les comptes de la maison. De son ancienne vie, elle avait apporté, entre autres, son chevalet et ses peintures. Le 1er octobre, elle se leva avec le soleil et se rendit dans les collines, sa sacoche en bandoulière. Avant de sortir, elle remplit une gourde d'eau et prit dans la cuisine un morceau de fromage ainsi que quelques tomates. La bonne l'observa en silence. Antigoni continuait à pâtir de la première impression catastrophique qu'elle avait faite sur ses employées. Elles la considéraient comme une étrangère, faible. Antigoni n'avait aucun moyen de savoir ce qu'elles faisaient dès qu'elle avait le dos tourné ou qu'elle s'absentait. Elle constatait seulement que le mobilier était toujours recouvert d'une épaisse couche de poussière et elle les soupçonnait de pousser un soupir de soulagement dès qu'elles la voyaient partir. Ça ne la dérangeait pas.

Ses tubes de peinture étaient de bons compagnons et lui offraient une raison d'explorer l'île. Elle n'avait jamais reproduit de tels paysages auparavant, c'était une vraie aventure qui la conduisit à découvrir le réseau de sentiers qui parcouraient Andros, les jolis murets de pierre, les chutes d'eau et ruisseaux qui surgissaient au détour d'un chemin. C'était un lieu enchanteur.

Antigoni terminait souvent une toile dans les collines, représentant les pointes acérées des cyprès à grands coups de pinceau vert avant d'ajouter une petite église blanche, un moulin à vent ou un pigeonnier, afin de doter son tableau d'un point de fuite. Elle ne se lassait pas des églises à dôme sur fond de ciel bleu, ou des ruines d'une forteresse se découpant sur un coucher de soleil.

À la mi-novembre, si les journées restaient lumineuses, elle sentit l'air fraîchir. Un après-midi, il tomba de tels torrents de pluie que sa toile en fut entièrement lavée. Les jours enchanteurs de peinture dans les collines étaient terminés.

Antigoni rentra chez elle et éparpilla sur le sol de la salle à manger toutes ses œuvres. Peindre avait chassé la solitude et, à présent, il lui fallait de nouveaux sujets. Au moment où elle rangeait certains paysages dans son carton à dessins, une esquisse s'en échappa. Elle représentait sa sœur. Ismini lui manquait et cette image raviva son souvenir avec force. Antigoni avait beau être très critique envers son propre travail, elle savait que son véritable talent résidait dans ses portraits.

Enhardie par la vision du visage de sa sœur, elle se mit en quête, le lendemain matin, d'un sujet. Les bonnes à la mine revêche ne feraient pas l'affaire.

Elle se dirigea vers la mer au lieu de lui tourner le dos, comme les semaines précédentes, apercevant la petite église et les ruines de la citadelle qu'elle avait représentées si souvent dans son travail. Elle vit une porte peinte construite dans une paroi rocheuse. Elle était d'un bleu vif et, au lieu d'ouvrir sur une maison, ainsi qu'on s'y serait attendu, elle donnait sur une grotte.

La porte s'ouvrit en grand au moment où Antigoni la dépassait. Une femme se précipita vers elle en criant et en agitant les bras.

— Non ! Non ! Non ! Non !

Antigoni se pétrifia. La femme s'arrêta brusquement devant elle et la scruta. Ses yeux étaient d'un bleu aussi éclatant que celui de sa porte et ses cheveux trempés, emmêlés, aussi noirs que du granit.

Elles se dévisagèrent un moment. La femme au regard fou insuffla de la terreur à Antigoni. Elle répéta, plus bas :

— Non, non, non, non…

Sa voix n'était plus qu'un murmure.

— Pardon, ajouta-t-elle, pardon. Je suis sincèrement désolée. J'ai dû faire un mauvais rêve.

Antigoni secoua la tête pour la rassurer.

— Ne vous inquiétez pas, dit-elle en s'écartant d'un pas. Christos l'avait mise en garde contre « la sorcière de la mer » qui vivait dans une grotte profonde. L'île était si bien pourvue en eau que celle-ci suintait littéralement des pierres, jaillissait de la terre et couvrait de condensation les murs des maisons. Le sol de cette grotte était une flaque et on racontait qu'aucun liquide ne franchissait jamais les lèvres de la sorcière parce qu'elle absorbait toute l'humidité nécessaire par ses pores. Elle dégoulinait, ses vêtements transparents se collaient à sa peau et, souvent, une bande d'écoliers traînait devant sa porte en espérant apercevoir les contours de ses fesses et de sa poitrine. On racontait qu'elle possédait le pouvoir de guérir ou de maudire, qu'elle vivait de poisson cru qu'elle attrapait à mains nues dans les vagues. La plupart des Andriotes gardaient leurs distances, hormis une poignée de pêcheurs qui savaient que les poissons ne se laissaient pas prendre aussi facilement et lui apportaient souvent les minuscules *marida* qu'ils ne pouvaient pas vendre. Ils espéraient, en échange, pouvoir entrer dans sa grotte pour une heure. On prétendait qu'elle chantait avant et après l'amour d'une voix pure, cristalline.

La femme s'était libérée de son cauchemar et Antigoni constata que son visage, ciselé, était parfaitement proportionné.

— C'est ici que vous vivez ? lui demanda-t-elle, même si la réponse allait de soi.

La femme hocha la tête et l'interrogea à son tour :

— Vous êtes nouvelle ici ?

— Oui, tout à fait.

— Je m'en doutais.

Après un silence, elle ajouta :

— Rares sont les femmes à s'arrêter pour passer un peu de temps avec moi.

Je n'ai pas vraiment eu le choix, songea Antigoni, qui répondit pourtant :

— J'ai été ravie de faire votre connaissance.

Puis elle s'éloigna.

Toute la journée, le visage de cette femme la hanta. Il était si fort, si sauvage. Elle avait envie de la peindre. Le matin suivant, elle se mit en route à la même heure. Au moment où elle arrivait à la grotte, un homme en sortait. Après un instant d'hésitation, elle rassembla son courage pour frapper. Une voix lui parvint de l'intérieur.

— Partez, je n'ai pas besoin de poisson aujourd'hui.

À travers la porte close, Antigoni expliqua qui elle était et ce qu'elle voulait. Elle finit par convaincre la femme de lui ouvrir.

— Vous pouvez entrer, mais pas longtemps. Je n'aime pas rester assise.

Antigoni la suivit et, dans l'obscurité, esquissa rapidement le visage de son modèle. Elle pourrait terminer le portrait chez elle. Ses mains étaient si humides que le crayon lui échappa une ou deux fois. Dans la pénombre, son modèle était d'une beauté inquiétante.

Les semaines suivantes, Antigoni travailla quotidiennement plusieurs heures sur le portrait, absorbée par cette tâche qui la rendait si heureuse.

Elle n'avait pas encore apporté la touche finale à son tableau qu'elle avait déjà trouvé un autre modèle.

Antigoni assista à la messe de l'Annonciation, l'*Envangelismos*, dans la grande église sur la colline. Elle se rendit vite compte qu'elle était seule : personne d'autre ne voulait écouter le sermon du père Minas, réputé pour ses idées subversives.

— Évite-le, lui avait dit Christos. Il est dangereux. Autant que Kairis.

Antigoni avait vu une statue de cet homme sur l'une des places de la ville. Theóphilos Kaíris, né à Andros, était un prêtre et intellectuel qui avait fait la promotion de la séparation de l'Église et de l'État au XIXe siècle. Certains Andriotes continuaient à penser qu'il avait mérité d'être excommunié et exilé pour ses idées choquantes. Les mêmes étaient convaincus que le père Minas avait des positions comparables à celles de Kairis. Ils l'évitaient donc autant que possible, n'ayant recours à lui que pour les passages obligés – baptêmes, mariages, funérailles.

Si Antigoni l'écouta avec attention, elle était surtout fascinée par son visage extraordinaire : d'immenses yeux ovales, une chevelure abondante et une barbe qui atteignait son torse… Il avait aussi des mains toujours en mouvement, des doigts aussi fins que des fuseaux de dentellière et plus longs que tous ceux qu'elle avait jamais vus. Il débordait de passion et sa voix puissante seyait à merveille aux chants liturgiques.

Antigoni retourna plusieurs fois l'entendre, par la suite, munie de son carnet de croquis. Pendant son prêche, elle le dessinait en secret, essayant de saisir l'expressivité de ses mains aussi bien que de son visage.

Elle travailla plusieurs semaines sur ce portrait. Elle aurait pu le peindre un millier de fois sans se lasser de ses expressions. Pour la version définitive, sur la toile, Antigoni choisit un moment où il joignait les mains dans un geste ambigu – il aurait aussi bien pu prier qu'applaudir.

Son modèle suivant fut un professeur. Theodoros Sotiriou enseignait dans le secondaire depuis tant d'années qu'il avait même eu Christos pour élève.

— Peu importe qu'il affiche des citations de Platon sur les murs de sa salle de classe. Cet homme ne possède pas une seule once de sagesse. Et puis il n'est vraiment pas un modèle pour les enfants.

Christos n'avait jamais eu le temps d'expliquer à Antigoni ce qu'il entendait par là et il avait été si occupé dans les semaines précédant son départ qu'ils n'en avaient pas reparlé.

Habitant dans la rue de l'école, Antigoni passait devant tous les jours. À travers les galeries, elle apercevait la cour, où des dizaines d'enfants jouaient.

Leurs éclats de rire, qui se réverbéraient sur les murs, ne laissaient pas penser qu'ils étaient malheureux. Elle croisait souvent le regard du professeur, qui la saluait avec enthousiasme. Il était beau, avec une moustache et des cheveux gris bien taillés, qui suggéraient une visite régulière chez le barbier. Il ne quittait jamais son costume trois-pièces et avait toujours un livre à la main, même lorsqu'il prenait sa bicyclette pour rentrer chez lui.

Un jour, il sortit de l'école au moment où elle passait devant.

— Bonjour, Kyria Vandis. Quand attendez-vous le retour de votre mari ?

— À la fin de l'été prochain, ce n'est pas pour tout de suite.

— Si vous êtes en quête de lectures, Eirini et moi possédons une grande bibliothèque et nous serions ravis de vous prêter tous les livres de votre choix. Ils sont l'essence de la vie. Et il n'y a rien de tel qu'une bonne histoire pour passer le temps.

— Vous êtes si gentil… Ça me plairait beaucoup.

Selon les calculs d'Antigoni, il devait bien avoir soixante-cinq ans, mais restait alerte. Il enfourcha sa bicyclette sans le moindre effort avant de s'éloigner.

Quelques jours plus tard, Antigoni confia à l'une des bonnes un message pour le professeur : elle lui demandait si son offre tenait toujours et si elle pouvait passer lui emprunter quelques livres. Les jours traînaient en longueur à présent qu'elle avait terminé le portrait du prêtre. Rendez-vous fut pris et, la semaine suivante, elle se rendit chez lui. Eirini lui ouvrit la porte.

Les deux époux s'assirent ensemble sur un canapé, face à Antigoni, pour prendre un café. Eirini était une femme charmante, qui venait de fêter ses quarante ans, avec des traits fins et des yeux rieurs. Elle ne faisait pas son âge.

Au bout d'une heure de conversation environ et après avoir sélectionné quelques livres, Antigoni trouva le courage de leur demander de poser pour elle. Ils formaient un beau couple, en dépit de leur différence d'âge. Enchantés par la proposition, ils acceptèrent aussitôt. Antigoni reviendrait le lendemain, à la même heure, pour réaliser la première esquisse.

De retour à la maison, Antigoni eut la surprise d'apprendre, par la bonne qui avait été délivrer le message chez les Sotiriou, qu'un scandale avait entaché la réputation du professeur, vingt ans auparavant. Une de ses anciennes élèves avait emménagé avec lui. Elle avait dix-huit ans à l'époque, lui avait déjà franchi le cap de la quarantaine. Ils ne s'étaient jamais mariés. Beaucoup avaient voulu se débarrasser de lui, mais il n'y avait personne pour prendre son poste. Si on avait fermé les yeux sur cette affaire, on ne l'avait pas oubliée.

Antigoni prit un plaisir immense à portraiturer le couple au naturel enjoué et leur amour mutuel. Elle n'avait aucun jugement à porter sur leur relation, et sa toile, une fois terminée, fut sa préférée.

Un jour de la fin avril, il avait plu toute la matinée, pourtant, le soleil et la lune brillaient dans le ciel lumineux. Elle gagna le port en longeant le bord de mer et remarqua que la porte de la grotte était fermée à double tour. Aucun écolier ne traînait dans les parages.

L'eau formait toujours de petites flaques dans les galets et les semelles en cuir d'Antigoni se gorgèrent d'humidité en chemin. Elle s'approcha de cinq ou six bateaux de pêcheurs amarrés côte à côte. Ils venaient tous d'être nettoyés, leurs filets jaunes et leurs coques, blanc et bleu, paraissaient neufs. Elle les longea, lut leurs noms, même si certaines plaques étaient si abîmées que les lettres étaient difficilement visibles. *Maria, Sofia, Miahli, Ismini...* Elle pensa avec affection à sa sœur, fiancée au fils d'un riche marchand de tabac. Antigoni était impatiente de retourner au Pirée pour le mariage, qui aurait lieu huit mois plus tard.

Le quai était désert. Les cloches d'une dizaine d'églises de la ville se mirent à sonner, de concert, à dix-huit heures. Le soleil passerait bientôt sous la ligne d'horizon. Elle fut saisie de l'envie irrépressible d'immortaliser cette scène : les ombres noires, les couleurs vives, les formes géométriques, cet instant où tout semblait gagner en puissance juste avant la révérence finale du soleil. Une rangée de petites bornes métalliques auxquelles les bateaux étaient amarrés bordait le quai. En en utilisant une comme tabouret, Antigoni sortit un morceau de papier. La soirée était douce et elle fit un rapide croquis de l'un des bateaux, décidée à utiliser ses couleurs sur le vif. Elle dessina même les boucles de la chaîne qui s'enroulait tel un serpent à ses pieds. C'était une œuvre d'art en soi.

Antigoni était subjuguée par les détails de la petite embarcation. Aucun n'était là pour la décoration ou par vanité : c'était un outil de travail, l'exact opposé de sa maison vide où rien d'utile ne se passait.

Soudain, une toux s'éleva de l'un des bateaux. Un homme en sortit. Derrière lui, par la porte ouverte, Antigoni aperçut une couchette étroite et une couverture en laine grise entortillée – elle repéra le trou dans celle-ci, car rien ne lui échappait.

— Vous cherchez quelqu'un ?

Le timbre de la voix la surprit : il était différent de ceux auxquels elle était habituée. Une voix rude, qui ne témoignait pas la moindre déférence.

— Je peignais juste votre bateau, dit-elle, penaude.

Le pêcheur traversa le pont de son embarcation et entreprit de découper, avec méthode, des poissons qui lui serviraient d'appâts. Il s'absorba dans sa tâche un moment. Couteau, hameçon, couteau, hameçon. Antigoni avait du mal à comprendre comment il faisait pour ne pas se couper ou se transpercer les doigts. Elle l'observait, captivée.

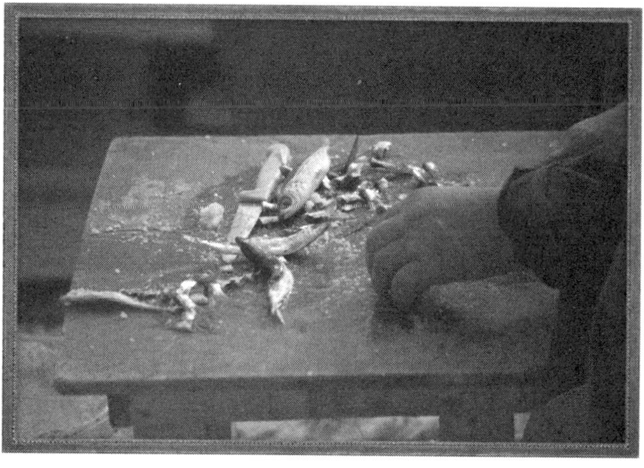

— Je vous ferai pas payer le spectacle, lui dit-il avec un sourire.

Il avait un visage anguleux et ridé. Une exposition constante au soleil et au vent lui avait donné la couleur des châtaignes mûres. Impossible de savoir s'il avait quarante ou soixante-dix ans. Quoi qu'il en soit, il était beau.

— Vous aimez peindre alors ? lui demanda-t-il, les yeux scintillants.

— Oui.

Elle lui présenta son carnet à dessins pour lui montrer son aquarelle.

— Je vous la donne si vous voulez.

Il s'esclaffa.

— Et où est-ce que je la mettrais ? demanda-t-il en relevant les yeux vers elle. Je n'ai pas vraiment de place sur mes murs pour les œuvres d'art.

Elle n'avait pas compris qu'il vivait dans son bateau et se sentit gênée.

— Non, bien sûr…

Enhardie par l'amabilité du pêcheur, elle lui demanda :

— Est-ce que je pourrais faire votre portrait aussi ? Si je dessine assez petit, vous lui trouverez peut-être une place ?

— Pourquoi pas ? Du moment que je peux continuer à travailler. Je dois sortir mon bateau à la tombée de la nuit et il faut que les appâts soient prêts d'ici là.

— J'aurai terminé bien avant, s'empressa-t-elle de le rassurer.

Ils passèrent ainsi une heure environ, sans parler. Antigoni eut le temps de réaliser cinq esquisses. Elle en offrit une au pêcheur.

Les températures commencèrent à grimper en juin, et elle fut heureuse de pouvoir peindre dans la fraîcheur de la salle à manger, qu'elle avait convertie en atelier. Elle appréciait les hauts plafonds, les lamelles des volets en bois qui la protégeaient du soleil trop vif et le carrelage frais sous ses pieds. De temps en temps, une des bonnes lui apportait une citronnade fraîche. Elles ne parlaient pas, n'émettaient jamais le moindre commentaire sur ses tableaux.

Antigoni consacra de longues heures à peaufiner chacun des portraits. C'était devenu une obsession, elle cherchait à capturer l'essence de ses sujets. Quatre huiles étaient adossées au mur, chacune mesurant plus d'un mètre de large (et celle du couple encore plus). Il manquait quelque chose. Le menuisier du coin fut convoqué et il fut heureux de confectionner de lourds cadres ouvragés en bois sombre. Les portraits rigides des ancêtres Vandis furent remplacés par les œuvres d'Antigoni : les visages de ceux qui avaient atténué sa solitude des derniers mois veillaient désormais sur elle.

Plus d'un an après le départ de Christos, un télégramme annonça son retour, une semaine plus tard. Antigoni se réjouissait de revoir son époux, même si elle craignait de se retrouver face à un étranger. L'odeur de ses vêtements s'était depuis longtemps dissipée. Elle se posta sous son portrait dans le couloir et essaya de refaire connaissance avec cet homme. Elle n'avait pas posé les yeux sur ce tableau depuis des mois.

Le soir de l'arrivée de Christos, la salle à manger reprit pour la première fois sa fonction initiale.

Antigoni avait débarrassé son chevalet, ses pinceaux et ses tubes de couleur, et l'une des bonnes avait réussi à retirer les taches de peinture sur le parquet.

Elle l'accueillit à la porte et ne fut pas surprise par la distance entre eux. Ils avaient à peine eu le temps d'apprendre à se connaître avant le départ de Christos, et ils devaient se familiariser à nouveau l'un avec l'autre.

Ils se rendirent ensemble dans la salle à manger, où la table avait été dressée pour un dîner en grande pompe. Christos contourna la table et se contenta d'observer la pièce.

Au début, il ne dit rien, examinant simplement les portraits, celui de la « sorcière de la mer » (qu'Antigoni avait figurée à demi nue – ses seins à peine masqués par des mèches de cheveux –, et avec une queue de sirène), du pope franc-tireur aux mains si expressives, du couple (ils évoquaient, davantage que dans la vie, un père et sa fille), puis la représentation ouvertement sensuelle du pêcheur à la beauté rugueuse. Leurs yeux croisèrent ceux de Christos, et aucun ne flancha. C'étaient de véritables chefs-d'œuvre, ils étaient si vivants qu'on aurait presque cru qu'ils respiraient. Mais Christos n'était pas réceptif à l'immense talent de sa jeune épouse, loin de là.

Il finit par parler. Si bas qu'il en fut presque inaudible.

— Où sont les portraits de famille ? Qu'en as-tu fait ?

Refusant de la regarder, il éleva la voix progressivement jusqu'à lui lancer dans un rugissement assourdissant :

— Décroche-moi ça immédiatement ! IMMÉDIATEMENT !

Au moment où il quittait la pièce à grand fracas, elle vit qu'il avait le visage presque violacé de rage. Tremblant de surprise et de peur, Antigoni se rendit dans la cuisine, où la gouvernante préparait le dîner. Elle n'avait pas été surprise par les cris de Kyrios Vandis, et les deux bonnes qui la secondaient non plus. Elles adressèrent un petit sourire satisfait à Antigoni.

— Pourriez-vous remettre les anciens tableaux à leur place ? demanda-t-elle avec des trémolos dans la voix. Et déposer ceux-ci dans le couloir.

Ce soir-là, les vieux portraits poussiéreux de trois hommes barbus presque identiques et une marine retrouvaient leurs murs, masquant à nouveau parfaitement les traces qu'ils y avaient laissées.

Le lendemain matin, pendant le petit déjeuner, Christos s'en prit à sa femme.

— C'est à ça que tu as consacré ton temps pendant que j'étais en mer ? Tu crois que c'est ce que j'attends de mon épouse ? Qu'elle se balade dans les rues pour peindre des prostituées et des pervers ? Qui d'autre t'a servi de modèle ?

Antigoni était dans l'incapacité de répondre et il poursuivit :

— Comment as-tu pu les accrocher au mur de cette maison ? À la place de mes ancêtres de surcroît ! Qu'as-tu manigancé d'autre ?

— J'ai peint quelques paysages aussi… réussit-elle péniblement à articuler.

— Je m'en étais rendu compte. J'ai trouvé un carton à dessins sous le lit. Suis-moi.

Il la conduisit dans la cour pavée à l'arrière de la demeure. Antigoni vit que ses quatre portraits étaient entassés sur un petit tas de bois. Son carton à dessins en cuir était posé dessus. Elle se rendit soudain compte que le feu avait déjà été allumé.

— Tu n'as pas le droit !

Christos l'empoigna par le bras pour l'empêcher de sauver les peintures.

— Tu vas m'obéir, maintenant ! Et montre-toi un peu plus respectueuse !

Il était incapable de voir au-delà de sa colère, qui recouvrait tout d'un voile plus brûlant que les flammes.

Au moment où le carton prenait feu, des dessins s'en échappèrent. Antigoni aperçut celui d'Ismini. En voyant l'image de sa sœur se consumer, elle se libéra, puis s'échappa de la maison en courant.

Un ferry quittait l'île le lendemain à l'aube. Antigoni était prête à assumer toutes les conséquences de ses actes. Elle ne tarda pas à aller frapper chez le professeur, qui lui donna de bon cœur de quoi acheter un billet de bus et une place à bord du ferry.

Quelques mois plus tard, elle lui envoya une peinture en guise de remerciement. Il était largement

dédommagé de sa générosité. Dix ans plus tard, Antigoni était devenue célèbre, et le professeur put vendre la nature morte dont elle lui avait fait don pour, enfin, prendre sa retraite.

Christos Vandis continua à passer de longues périodes en mer, ne retournant que pour de brefs séjours dans sa maison poussiéreuse. Antigoni ne quitta plus jamais Le Pirée. La demeure des Vandis est devenue une pension de famille.

Comme Antigoni, mais sans pinceau, j'ai marché plusieurs heures tous les jours sur les vieux sentiers pavés qui sillonnent l'île. Sauf que je n'étais pas seul. Angeliki, la femme du musée, a pris quelques jours de congé pour m'accompagner. Les paysages étaient plaisants, beaucoup moins escarpés que les Météores, et on pouvait y faire de belles randonnées. Avec le beau temps, ma peau brunissait et je commençais à ressembler à un gitan. J'en avais la liberté, en tout cas. Je ne suis pas sûr que tu me reconnaîtrais aujourd'hui, si on se croisait dans la rue.

J'ai passé ma dernière nuit à Andros avec Angeliki. C'était une aventure sans lendemain pour nous deux, et nous ne nous sommes pas fait de vaines promesses de retrouvailles futures. Le moment était venu de partir et j'avais l'intention de visiter Icarie. Le voyage était court en passant par la touristique Mykonos – où je n'avais aucune envie de m'arrêter. J'ai accosté dans le port d'Evdilos.

J'avais entendu tellement de choses négatives sur Icarie : une île venteuse où presque rien ne poussait, une mer déchaînée, un terrain rocailleux, d'innombrables ravins et montagnes pelées. Au cours de son histoire, elle a été l'objet de fréquentes attaques de pirates, et ses hommes qui prenaient la mer pour plusieurs années laissaient leurs femmes se débrouiller sans protection. Au XXe *siècle, elle est devenue une «prison ouverte», une terre d'exil politique. Un Grec m'a dit qu'il n'y avait «plus que des vieux là-bas», que les jeunes avaient quitté ce trou pour chercher une vie meilleure. Des années durant, le gouvernement grec a pour ainsi dire rayé Icarie des cartes et de ses pensées. La liste de ses inconvénients semblait interminable. Un homme de Tripoli m'a dit que l'île n'était intéressante que pour deux raisons : le prétendu lieu de naissance de Dionysos et le vin rouge tannique de Pramnos. Ce même homme m'a dit que l'île était «très à gauche», mais j'ai remarqué ensuite qu'il lisait le journal du parti d'extrême droite Aube dorée (et, accessoirement, qu'il arrosait son café matinal d'ouzo). Je ne comptais pas suivre un seul de ses conseils et certainement pas en matière de tourisme.*

À la fin de mon premier après-midi d'exploration sur cette île isolée et accidentée, j'ai su que j'avais eu raison de suivre mon instinct en venant – et que je ne serais pas pressé de repartir. Je n'ai presque pas croisé de voitures sur les routes, et le paysage rocheux était spectaculaire. Je me suis garé et j'ai passé plusieurs heures sur une immense pierre blanche, lisse, qui descendait en pente douce vers la mer. Le soleil me réchauffait le dos et j'ai éprouvé un extraordinaire sentiment de paix. Je l'attribue à la lumière qui semblait tout saturer autour de moi. La mer comme le ciel étaient d'un bleu éclatant ce jour-là. Ce n'était pas la première fois, depuis le début de mon voyage, que ces instants de joie me prenaient par surprise et, ce jour-là en particulier, j'ai eu le sentiment que le temps était figé depuis mille ans ici.

Je n'étais pas seulement venu à Icarie pour la nature et la solitude. Je m'intéressais à ses habitants aussi.

Derrière la remarque sur leur âge avancé se cachait quelque chose de beaucoup plus intrigant. L'espérance de vie, sur cette île retirée, est beaucoup, beaucoup plus élevée que dans le reste de l'Europe. Comme tous les scientifiques venus étudier ce phénomène sur place, je me demandais quel était leur secret.

Tous les jours, je croisais des octogénaires et des nonagénaires fringants qui faisaient leurs courses, tenaient des cafés ou de petits hôtels, pêchaient ou réparaient leurs bateaux. Ils arboraient de belles crinières d'un blanc argenté ; ils avaient le physique et la peau de gens deux fois plus jeunes. Certains prétendent que leur longévité est le résultat d'une vie dénuée de stress. Ils se lèvent tard, ouvrent leurs commerces à l'heure qui les arrange, font ce qu'ils veulent quand ils le veulent et ne dévient jamais de leurs habitudes pour séduire les touristes. À moins que la cause ne soit à chercher du côté des sources chaudes radioactives qui se déversent dans la mer. Personne ne le sait très bien, mais on raconte qu'une personne sur trois vit jusqu'à plus de quatre-vingt-dix ans.

Ma rencontre la plus extraordinaire a été avec une femme qui se faisait appeler Ariadne, Ariane. J'ai rapidement compris que les avis étaient partagés sur son sujet, à Agios Kirykos, où elle vivait. Pour bien des gens, c'était une mythomane ; d'autres, moins tendres, la traitaient franchement de folle. Sur un point, personne n'était en mesure de la contredire : elle prétendait être la plus âgée de l'île et nul ne pouvait démontrer qu'il était son aîné. Elle avait le cheveu aussi résistant et argenté qu'un fil de broderie, sa peau juvénile était pâle et lisse comme l'intérieur d'une coquille d'œuf. Elle était sans âge.

Ariadne était l'excentrique de l'île, une curiosité pour touristes. On la trouvait en général dans un café du bord de mer, où elle faisait la publicité pour ses « Visites sur le thème d'Icare ».

J'ai pris part à l'une de ses promenades commentées. Notre groupe de dix s'est réuni sur le quai d'Agios Kirykos, au pied d'une énorme sculpture moderne représentant une paire d'ailes. Désignant le sud d'un mouvement de la main, Ariadne a annoncé qu'elle allait nous parler de « deux oiseaux venus de Crète ».

Dès qu'elle ouvrait la bouche, son public était conquis. Elle narrait son récit au présent, comme le font souvent les historiens pour le rendre plus vivant, et les événements qu'elle nous a relatés ont piqué notre imagination à tous.

Quand je l'écoutais parler, j'étais prêt à croire non seulement qu'elle était la doyenne des Icariens, mais aussi qu'elle était née des milliers d'années avant nous tous. Parfois, c'est le narrateur, autant que son histoire, qui laisse une impression durable.

Les Ailes du désir

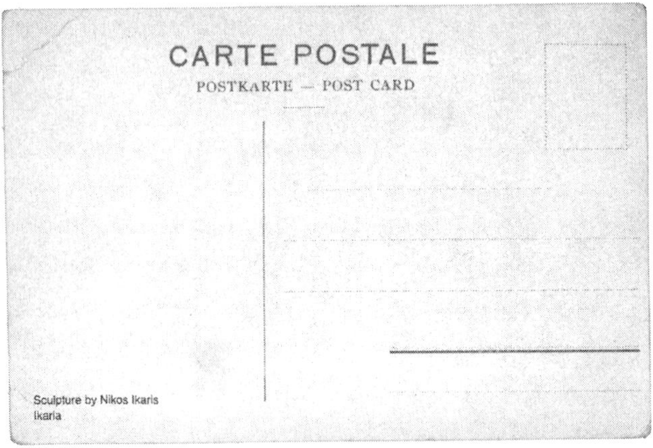
CARTE POSTALE
POSTKARTE — POST CARD
Sculpture by Nikos Ikaris
Ikaria

«Je commence toutes mes journées par une douche glaciale tonifiante. L'eau provient directement d'un ruisseau de montagne. Je compte sur le choc de la température pour dissiper tous les rêves et toutes les pensées qui m'encombrent l'esprit, fragments qui ne parviennent jamais à former un tout parfaitement cohérent et me donnent de fréquentes migraines violentes. C'est la sanction d'une longue vie, du million de souvenirs qui se bousculent dans ma tête.

«Puis je me rends à la plage. Seul le va-et-vient de la mer, qui s'échoue en rythme sur le sable, parvient à apaiser le battement précipité de mon cœur et le maelström d'idées qui tourbillonnent dans mon esprit. Je réussis à contrôler ma respiration en regardant le lever du soleil et, les bons jours, la constance de sa course m'apporte même un bref moment de paix.

«Une Française qui organise des retraites de yoga dans le coin conduit parfois ses clientes sur la plage. J'observe ces rangées de femmes maigres en collants qui se placent face au soleil et à qui l'on dit de "vivre l'instant présent, d'être dans l'ici et le maintenant, de se libérer du passé et du futur". Ça a l'air si simple, et pourtant, une telle paix m'est difficile à trouver.

«J'ai bien sûr une autre obligation quotidienne, mais je vous en parlerai plus tard. Pour l'heure, je dois

en venir à mon histoire. C'est pour ça que vous êtes tous ici. Elle débute il y a très longtemps…

« C'est une belle journée, le ciel est bleu, la lumière transparente. Nous sommes à la mi-juillet, il n'y a pas un nuage, pas un souffle de vent.

« Mon amie a remarqué un point très lointain dans le ciel. Sur ces îles, nous sommes habitués aux immenses oiseaux de proie : aigles, faucons et autres buses. Rien qu'hier soir, en rentrant chez moi, j'ai vu une gigantesque chouette passer juste devant moi. Elle s'est perchée dans un arbre et m'a observée. Nous avons l'habitude, vous le voyez, de partager notre île avec ces créatures, et ça explique pourquoi nous avons, à cause de la distance, cru que c'en était une.

« Et néanmoins, lorsqu'elle s'est approchée, nous avons pris peur. Elle était beaucoup plus grande que toutes celles que nous connaissions. Un oiseau aux dimensions impossibles. Puis nous nous sommes rendu compte qu'un second le suivait, plus petit.

« Nous sommes en milieu de matinée, l'heure de la journée où l'on s'arrête pour souffler un peu quand on s'est levé à l'aube. Le mot se répand rapidement dans le village et nous nous réunissons tous sur les rochers au bord de la mer pour surveiller ces créatures. La peur ambiante augmente peu à peu. Personne ne sourit ni ne plaisante. Beaucoup d'hommes sont en mer, et nous nous sentons vulnérables, nous, les femmes.

« C'est un spectacle auquel nous devons tous assister ou une menace à laquelle nous devons tous nous préparer. Personne ne peut trancher.

« Nous sommes habitués aux pirates et aux vagabonds qui arrivent par la mer. Ça arrive si souvent !

Nous avons des grottes et d'autres lieux secrets où nous retirer. Mais une attaque venue du ciel ? C'est différent.

« Quelques-uns paniquent. Ils prennent leurs enfants dans leurs bras et s'enfuient. Moi, je suis envoûtée. Si ma vision est encore bonne aujourd'hui, à l'époque, elle était perçante. Nous sommes très nombreux sur ces rochers. Les oiseaux que nous observons sont gracieux, leurs vastes ailes battent légèrement de haut en bas, de haut en bas. »

Ariadne imita le mouvement avec ses deux bras, qu'elle agita lentement, ses mains élégantes formant toujours un léger angle avec ses bras. Quand elle les baissait, les mains pointaient vers le haut et, quand elle remontait, les doigts basculaient vers le bas. De haut en bas, de haut en bas, de haut en bas, les poignets bien souples.

« Ils avancent d'un vol constant. Les deux points dans le ciel qui nous paraissaient si proches se sont un peu écartés maintenant. Celui de devant est à environ deux cents mètres et file vers nous. Nous sommes terrifiés.

« Soudain, quelqu'un dans la foule s'écrie : "C'est un homme !"

« Nous sommes tous parvenus à la même conclusion et nous ne pouvons détacher nos yeux incrédules de ce spectacle. Nous le voyons très distinctement à présent. Oui, c'est bien un homme. Un homme-oiseau.

« Combien de fois avons-nous tous rêvé d'avoir des ailes pour pouvoir quitter la terre et nous envoler ? Je ne dois pas être la seule à caresser cette idée... Depuis l'enfance, nous imaginons tous une chose pareille, non ?

« Son envergure est considérable, quatre mètres peut-être. Les spectateurs sont encore plus nombreux. Nous cherchons d'autres créatures similaires, il semblerait pourtant qu'il n'y en ait que deux. La fascination succède à la peur.

« Nous sommes toujours plus à nous presser sur les rochers. Une pluie d'étoiles filantes, une éclipse de soleil... rien n'a jamais attiré un tel public. Le premier "oiseau" semble s'immobiliser. C'est comme voir quelqu'un marcher sur l'eau, mais dans le ciel. Il remue les jambes tandis que ses ailes battent toujours régulièrement. Il attend que le second le rejoigne. Sauf que celui-ci s'immobilise aussi.

« Nous pouvons le voir avec davantage de précision maintenant. Légèrement plus petit, ses plumes sont d'un brun plus clair. On dirait qu'il cherche à se faire remarquer. Ignorant si nous sommes à l'origine de ce cabotinage, nous l'acclamons, l'applaudissons et l'encourageons. Il décrit une boucle, descend en piqué et remonte, de plus en plus haut. Le premier "oiseau" ne se livre pas à ces pitreries. Il cherche toujours à rester sur place. Le soleil, très haut dans le ciel, est brûlant.

« Puis le plus petit plane un instant, comme les rapaces lorsqu'ils s'apprêtent à plonger sur leur proie, sauf qu'il se met à s'élever. Ses vastes ailes vont et viennent régulièrement, et peu à peu, il monte, monte, monte.

« Il devient un point qui disparaît sur le disque éblouissant du soleil. Nous sommes tous horrifiés.

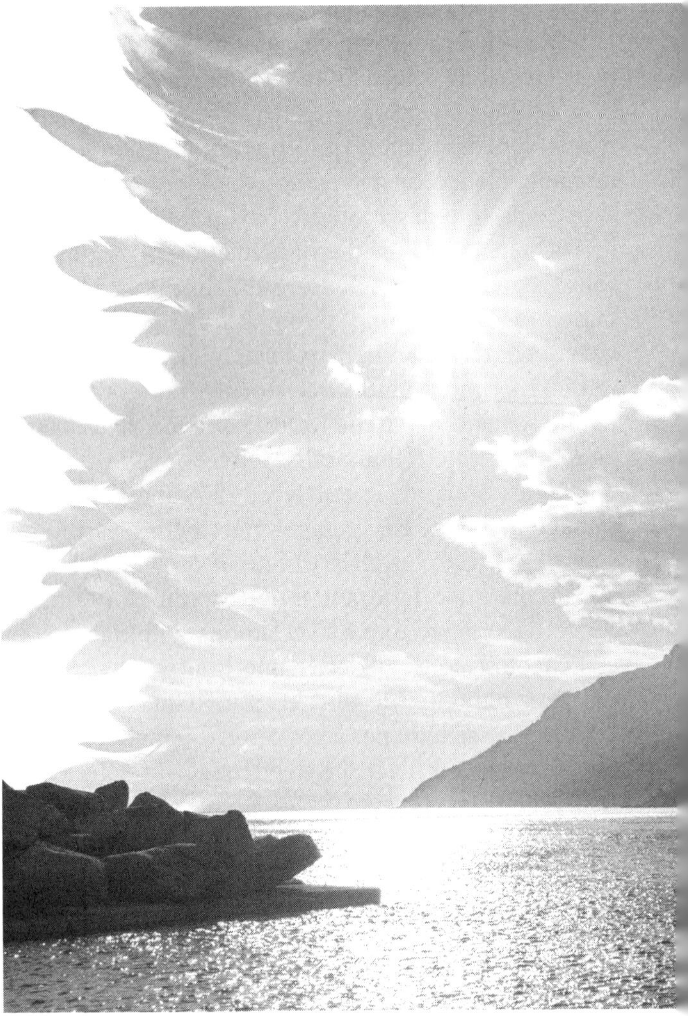

Nous comprenons, instinctivement, que quelque chose ne va pas. Nous le sentons.

« Nous osons à peine lever les yeux. Le soleil est juste au-dessus de nos têtes et nous risquons d'être aveuglés si nous le fixons trop longtemps. Je sens la sueur couler sur mon visage. À cette heure de la journée, nous sommes à l'ombre, en général, pour nous abriter de la chaleur torride.

« Quelqu'un ose écarter les doigts pour regarder.

« — Il est parti.

« — Comment ça, il est parti ?

« — Il n'est plus qu'une toute petite tache sur le soleil.

« Puis la tache se met à grossir, grossir, grossir et nous voyons tous la créature ailée dévaler dans les airs, tourbillonnant de plus en plus vite. Un nuage de plumes tournoyant accompagne sa chute, puis des morceaux d'aile commencent à se détacher, incapables de résister à la vitesse de sa culbute.

« Nous ne pouvons rien faire. L'oiseau le plus grand et le plus sombre agite les ailes pour tenter de maintenir sa position. Il s'éloigne, peut-être pour éviter la collision. Le plus petit file plus vite qu'une balle.

« Nous retenons tous notre souffle alors qu'il plonge dans la mer. Nous restons pétrifiés un instant, puis c'est la confusion.

« — On doit lui envoyer un bateau ! crie une femme.

« Quelques petites barques sont encore amarrées dans le port, les pêcheurs sont partis avec les autres.

« Je ne quitte pas des yeux le grand oiseau. Il plane au-dessus de l'endroit où l'autre est tombé dans la mer. Des gens traînent une barque sur la plage voisine.

Six adolescents musclés montent à bord et s'éloignent moins de cinq minutes plus tard.

« Le second homme-oiseau s'est posé sur un rocher mais continue à battre des ailes pour se stabiliser. Son équipement a l'air bien peu maniable maintenant qu'il est sur la terre ferme et qu'une brise s'est levée. Il peine à garder l'équilibre. Deux adolescents grimpent sur le rocher pour l'aider à retirer ses ailes.

« Du rivage, nous n'entendons rien, cependant, les garçons m'ont raconté plus tard que l'homme répétait en boucle les mêmes mots : "Mon fils est là-bas, aidez-moi à le retrouver. Par pitié, aidez-moi à le retrouver !"

« Ils font de leur mieux. Pendant une heure ou plus, ils plongent, remontent à la surface, plongent à nouveau, remontent à la surface… Ils se relayent. Le vieil homme admet que ni lui ni son fils ne sont de bons nageurs.

« Les plumes et les bouts de bois, éparpillés à la surface, gênent les sauveteurs. À l'aide de leurs rames, ils essaient de dégager les débris. Deux d'entre eux plongent aussi profond que possible.

« — Il… est… là ! halète un adolescent en remontant prendre son souffle.

« Trois garçons nagent dans la direction qu'il indique.

« Le bois qui a servi à construire l'armature est léger quand il est sec, mais il s'est gorgé d'eau de mer et leste le corps. Le garçon-oiseau est tout au fond.

« Ils doivent s'y mettre à trois pour le remonter à la surface et, dans un ultime effort, le hisser sur le bateau. Le père s'y trouve déjà. Ses sanglots nous parviennent, ils résonnent sur la mer calme jusqu'aux rochers où nous patientons.

« Lentement, les adolescents reprennent les rames. Il n'y a plus aucune raison de se presser maintenant. C'est un cortège funéraire.

« On transporte le mort chez moi. Je demande qu'on l'allonge sur la table de la cuisine. Le jeune homme est beau et je le lave avec autant de tendresse que s'il était mon propre fils. Je place une couronne sur sa tête, le recouvre de fleurs, lui ferme la bouche d'une pièce. Tout ce temps, son père reste assis dans un coin de la pièce, le corps secoué de sanglots. Rien ne le consolera jamais.

« Puis j'appelle les adolescents pour qu'ils transportent le mort sur la colline.

« Nous mêlons les rites funéraires des Icariens et des Minoiens, nous l'enterrons avec des pots de nourriture, des boissons et un petit bateau que son père a

sculpté dans un morceau de bois flotté le matin même. Ses lamentations sont assourdissantes. Il se jette sur la tombe en hurlant, pas seulement quelques minutes mais plusieurs heures. Le reste du cortège se disperse rapidement ; moi, je m'assieds à l'ombre d'un arbre. Cet homme ne doit pas rester seul.

« Ses sanglots finissent par s'éteindre et je le ramène à ma maison de pierre. Il pourra y rester aussi longtemps qu'il le voudra. Je vis seule. Chaque jour, pendant je ne sais combien de temps, il se rend sur la tombe de son fils et y reste plusieurs heures jusqu'à la tombée de la nuit, puis il rentre. Les premiers temps, il ne touche à rien de ce que je pose sur la table. Il s'allonge ensuite, les yeux rivés au plafond. Peut-être dort-il, je l'ignore. Je sais seulement que je suis réveillée une ou deux fois par ses cris. Je crois qu'il fait des cauchemars. Plusieurs jours après la tragédie, des débris des ailes du jeune homme viennent s'échouer sur nos plages.

« La sixième nuit, il est prêt à parler. Plusieurs jours se sont écoulés sans que nous échangions un seul mot, mais, une fois qu'il se lance, il parle, parle, parle, et il est impossible de l'arrêter.

« Il a traversé tant d'épreuves, avant même ce terrible accident, et à présent se confier semble l'aider à supporter son chagrin. Il me raconte son histoire.

« Il vient d'une île très loin d'Icarie, au sud, une île si grande qu'elle ressemble presque à un pays, avec un roi et un palais comptant des centaines de pièces. Cet endroit a l'air fort différent d'Icarie, où il n'y a pas un seul bâtiment imposant, où tous les citoyens sont égaux.

« Il s'appelle Dédale, et il me raconte tout. Il est un inventeur, une sorte de Léonard de Vinci, un intellectuel créatif et novateur. S'il était vivant aujourd'hui, il aurait sans doute inventé Internet, ou peut-être construit le plus grand immeuble du monde. Son intelligence ne laisse aucune place au doute, et cela explique pourquoi le roi, Minos, le convoque. Il lui demande de construire un labyrinthe très complexe pour y emprisonner un monstre – monstre auquel sa femme a donné le jour. Des hommes et des femmes d'Athènes sont envoyés dans ce labyrinthe pour nourrir le monstre, pourtant, l'un d'entre eux, Thésée, le tue et s'échappe. Ariane, la fille du roi, conseillée par Dédale, a aidé Thésée. Celui-ci s'enfuit avec Ariane, avant de l'abandonner.

« Minos est fou de rage. D'abord, sa femme tombe amoureuse d'une bête, puis sa fille fugue. Il emprisonne Dédale dans une tour, avec son fils, Icare. Pour un homme tel que Dédale, cet isolement est une punition terrible. Mais il est si ingénieux qu'aucun problème ne lui résiste.

« Il n'a rien d'autre à faire qu'à regarder, à longueur de journée, les oiseaux s'élever, descendre en piqué, jouir de leur liberté. Dédale la leur envie. Son fils et lui sont enfermés tout au sommet d'une haute tour pour réduire leurs chances de s'enfuir. C'est un poste d'observation privilégié et, au fil des semaines, il s'instruit sur les subtilités de l'aérodynamique.

« Il finira par devenir fou s'il ne s'échappe pas. La solution lui apparaît soudain. Pendant les mois suivants, il fabrique des pièges à oiseaux, et en attrape des dizaines, grands, moyens et petits – il veut des plumes de toutes les tailles. La nature lui offre la « colle » dont il a besoin : des abeilles ont fait un nid dans un coin de la pièce et il lui suffit de leur prendre de la cire.

« Au début, Icare est contrarié par la vue de tous ces oiseaux morts, puis, quand son père lui explique que c'est leur seul espoir, il se met à les plumer joyeusement et dispose les plumes selon les instructions de Dédale. Son excitation croît. Il va voler ! Qui ne rêverait pas d'une expérience pareille ?

« Le jour vient enfin où deux paires d'ailes sont prêtes. Dédale sait qu'ils n'auront pas d'autre occasion. Ils ne pourront pas s'entraîner à voler avant. Ils devront se poster sur le rebord de la fenêtre… et sauter.

« Il donne à son fils quelques instructions brèves mais strictes. S'ils s'approchent trop près de la mer et mouillent leurs ailes, le poids les fera chuter. Il serait tout aussi désastreux de monter trop haut, car le soleil ferait fondre la cire qui maintient les plumes. Un long voyage les attend, ils doivent donc adopter un vol constant et rester groupés. Pendant que son père fixe les attaches des ailes de son fils, celui-ci semble lui prêter une oreille attentive. Mais, en réalité, il brûle de s'élancer.

« Les adeptes de saut en parachute m'ont raconté que, la première fois, ils étaient impatients de faire le plongeon. Dédale perçoit l'emballement de son fils. Il le partage.

« Bien sûr, Dédale sautera en premier. Et s'il ne réussit pas, Icare devra renoncer et rester dans la tour.

« L'heure de vérité est arrivée. Ils sont tous deux prêts, leurs ailes, splendides. Dédale a accordé autant de soin à l'esthétique qu'à la technique.

« — N'oublie pas, mon cher fils, sois prudent et reste près de moi.

« Il est trop tard, Dédale ne peut plus le serrer dans ses bras. Il regrette de ne pas y avoir pensé avant de mettre ses ailes.

« Icare fait la courte échelle à son père, pour qu'il atteigne le rebord de la fenêtre. Dédale saute et chute quelques instants – son fils a le cœur qui bat la chamade –, puis, porté par le bon courant vertical, il remonte. Il commence à agiter les ailes. Dédale vole. Il vole pour de bon ! Il tourne tout autour de leur prison, puis prend la direction du nord en ligne droite.

« Il n'y a pas de temps à perdre. Icare se hisse sur le rebord et s'élance. Une minute plus tard, il rit aux éclats. Pas seulement parce qu'ils sont en train de s'échapper, son père et lui, mais parce que le bonheur pur du vol dépasse amplement son imagination. Pas étonnant que les oiseaux chantent à l'aube : ils doivent être si heureux de voir le jour se lever, de savoir qu'ils le consacreront essentiellement à voler.

« Le temps que quelqu'un remarque leur disparition, le père et le fils sont loin, au-dessus de la mer Égée. Pendant quelques centaines de kilomètres, ils avancent à un rythme constant, survolent quelques petites îles – leurs habitants les prennent pour des aigles, pourtant rares dans le coin. La chaleur, l'air sec et le vent du sud constituent des conditions de vol idéales.

« Puis ils approchent de notre île. Icare a eu le temps de prendre confiance en lui. Il s'amuse comme jamais. Dédale fatigue, mais ils ont fait plus de la moitié du chemin jusqu'à Athènes, alors il persiste. Icare ne ressent pas la moindre lassitude.

« Arrivé à ce point de son récit, la voix de Dédale se brise soudain et je me sens coupable. Je comprends qu'Icare a voulu nous impressionner, nous, son public. Quand il a vu que tous nos regards étaient rivés à lui, que nous l'admirions, il a, j'en suis convaincue, décidé de nous démontrer à quel point il était doué. Il a voulu nous impressionner. Il a agi comme n'importe quel adolescent.

« Icare était si enivré de liberté, si subjugué par ce qu'il était en train de faire qu'il a perdu toute modération. Je regarde son père en larmes, un père sage, intelligent, brillant, qui n'a pas pu, au bout du compte, contrôler les instincts naturels de son fils.

« Dédale est submergé par sa perte et, bien sûr, il se sent coupable de la mort de son fils, il se reproche d'avoir imaginé ces ailes. Et leur réussite ne tempère en rien son chagrin. Il est l'un des hommes les plus talentueux au monde, mais à quoi bon lorsque l'on a perdu tout ce que l'on aime ?

« Il prolonge son séjour d'une semaine. S'il passe toujours l'essentiel de ses journées sur la tombe de son fils, il commence à manger la nourriture que je lui prépare et son sommeil ne tarde pas à s'améliorer. Les cernes sous ses yeux s'estompent. Nous parlons plusieurs heures chaque jour et je l'accompagne parfois sur la tombe d'Icare. Un soir que nous dînons ensemble, je devine que quelque chose le préoccupe. Il finit par s'en ouvrir à moi.

« Il est soucieux. Son deuil ne doit pas lui faire oublier qu'il est un fugitif et que le roi Minos doit être à sa recherche.

« Je comprends qu'il est déchiré entre l'envie de rester près de la tombe de son fils, pour s'acquitter des rituels qui garantiront à Icare un passage paisible vers l'au-delà, et la nécessité de reprendre la route.

«Si belle soit-elle, cette île n'est pas faite pour un ambitieux. Dédale doit aller au bout de son voyage.

«— Et mon fils ?

«Il me fixe droit dans les yeux au moment de poser cette question.

— Je veillerai à ce qu'il trouve le droit chemin, pour que vous puissiez suivre le vôtre, m'entends-je répondre.

«J'ai parlé sans réfléchir, sans penser aux conséquences. Et maintenant que j'ai fait cette promesse, il m'est impossible de me rétracter. Mon avenir est donc tout tracé : me souvenir d'Icare et répandre des libations sur sa tombe.

«L'homme est bouleversé par ma générosité. Il pleure, mais ce ne sont pas les mêmes larmes que le jour de l'enterrement d'Icare. Il m'enlace et je les sens mouiller mon épaule.

«Il part en bateau le lendemain. Des rumeurs prétendent que le roi Minos est à ses trousses. Nous lui souhaitons tous bon courage et une foule se réunit sur le port pour lui dire au revoir.

«J'ai appris qu'il avait atteint la Sicile. Je n'ai jamais attendu son retour et je m'acquitte encore aujourd'hui du devoir qu'il m'a délégué. Chaque fois que je vois un papillon, je me demande si c'est le signe que l'âme d'Icare s'est envolée. N'ayant aucune certitude, je continue. Et je continuerai éternellement.

«Cette île, nommée ainsi en l'honneur d'Icare, a toujours été un endroit où les gens vivent très vieux. De nombreuses théories ont vu le jour. À l'époque de l'arrivée de Dédale, nous ne mangions que très peu, surtout du poisson, puis nous avions nos sources chaudes radioactives, et toute notre alimentation était biologique, et aujourd'hui, c'est parce que chacun suit son propre rythme, n'est soumis à presque aucun stress. Alors qui sait pourquoi les autres Icariens vivent si vieux ? Je sais seulement pourquoi je suis encore en vie : je n'ai pas le choix.

« Je ne révèle à personne l'emplacement de la tombe, pour qu'elle ne soit pas piétinée par les touristes, mais je rends visite à Icare tous les jours, ainsi que je l'ai promis à son père.

« Au fil des ans, l'histoire, les faits se transforment peu à peu en légendes. Les auditeurs perdent foi dans la réalité. Pourtant, ce que je viens de vous raconter s'est produit ici ; le premier accident aérien a eu lieu juste là.

« Et la superbe plume que vous voyez entre mes doigts provient des ailes d'Icare… »

Ariadne n'a pas lâché sa plume, bien trop précieuse à ses yeux, mais elle nous a tous laissés nous approcher pour la toucher. Je n'oublierai jamais sa caresse soyeuse. Pas plus que je n'oublierai cette femme extraordinaire. Je suis certain que, si je retourne à Icarie dans trente ans, elle sera toujours là, prête à raconter son histoire, sa belle chevelure platine toujours aussi épaisse, et sa peau aussi lisse que celle d'une jeune fille. La première Ariane, la fille du roi Minos, si cruellement abandonnée par Thésée, a retrouvé l'amour à Naxos : Dionysos a fait d'elle sa reine. Encore un mythe grec sur la guérison d'un cœur brisé. Dionysos a immortalisé sa bien-aimée en jetant sa couronne dans le ciel, où celle-ci s'est transformée en constellation, la Couronne boréale.

L'immortalité et la mortalité sont des thèmes omniprésents dans la Grèce, antique et moderne. La mort est partout dans ce pays. Avis de décès sur les réverbères, cimetières à la sortie des villages, même minuscules, mémoriaux au bord des routes. J'ai été plus conscient de ma nature de mortel pendant ces quelques mois que pendant mes quarante-cinq années de vie. Et pourtant, j'ai aussi vu que les gens défiaient la mort dans leur manière de boire, de danser et d'aimer. Dans tous les excès dont j'ai été témoin, j'ai vu des actes de défi.

Icarie est un gros rocher au milieu de la mer, ses habitants ont survécu à de terribles épreuves, attaques d'envahisseurs et assaut des éléments. Ce n'est pas un endroit où l'on peut s'apitoyer sur son sort, et j'ai profité d'une fête religieuse qui avait lieu pendant mon séjour pour boire et m'amuser jusqu'à une heure avancée de la nuit.

*C'est à cette occasion que j'ai appris à danser, que je me suis retrouvé dans une ronde qui tournait dans le sens des aiguilles d'une montre, lentement, en rythme. Je dépassais tout le monde d'une tête, mais je n'ai reçu que des sourires chaleureux. La cadence de l'*ikariotiko *n'a pas tardé à s'accélérer, pourtant, personne ne s'est impatienté parce que je ne maîtrisais pas encore les pas. J'étais la partie d'un tout, un organisme à cent jambes. J'ai fermé les yeux et je me suis abandonné au rythme. Je crois qu'aujourd'hui je pourrais exécuter cette danse dans mon sommeil.*

Je logeais au-dessus d'une boutique déserte à Evdilos, me baignais dans une source chaude presque chaque jour et engageais la conversation avec des inconnus. Je suis retourné voir Ariadne et nous avons bu un café au soleil.

Sans aucune raison apparente, elle m'a demandé, en me dévisageant :

— Vous avez déjà entendu parler de Diphile ?

J'ai secoué la tête.

— Un dramaturge grec. On lui attribue cette sagesse : « Le temps est un médecin qui guérit toutes les douleurs. »

— Vous croyez que ça a marché pour Dédale ?

— Au bout du compte, oui. Mais plus important, je crois que ça marche pour vous.

Je ne peux pas expliquer ce qui lui a inspiré une telle remarque. Je ne lui avais jamais parlé de moi. Peut-être que, lorsqu'on a vécu des milliers d'années, on développe un sixième sens.

C'est à Icarie que je me suis enfin senti à nouveau réellement vivant, que j'ai eu envie de vivre vieux au lieu de ne plus vouloir vivre du tout. Je ne dis plus que ces lieux n'ont aucune valeur sans toi. J'ai appris qu'il ne faut pas chercher en l'autre la source de sa joie, qu'il ne faut pas attendre d'autrui qu'il vienne nous compléter.

Nous sommes en juillet. Je voyage depuis quarante semaines (j'ai compté chacune d'elles, au fur et à mesure), mais la route n'a pas cessé, une seule seconde, d'exercer sa fascination sur moi. Je n'ai jamais su quelle nouvelle découverte succéderait à la précédente, et ainsi de suite, et je ne suis pas au bout de mon périple. Dans l'immédiat, néanmoins, je suis heureux de me poser. C'est la raison pour laquelle j'ai arrêté d'envoyer des cartes postales.

Je ne voyage plus. J'ai accosté à Athènes, au retour d'Icarie, et j'ai décidé d'y rester.

Ce n'est pas une ville évidente. Dans la rue, la vie est difficile. La circulation est effrayante, les pavés cassés, beaucoup de boutiques ont été condamnées, il y a des graffitis partout. Certains jours, la vie semble entièrement se suspendre : quand il y a une grève ou une manifestation et, dans ces moments-là, mieux vaut éviter le centre-ville. Ça peut vite dégénérer. Les Grecs sont fous de rage contre la situation économique : les vieux dont la retraite a été réduite, les jeunes qui n'ont pas de travail – et presque tous ceux entre les deux qui paient des impôts si astronomiques sur leurs revenus qu'ils se retrouvent avec presque rien. Il faut ajouter à ça les besoins des réfugiés débarqués à Athènes – ils sont nom-

breux à avoir établi leur campement sur les places –, provenant de pays déchirés par la guerre et qui n'ont rien d'autre que les vêtements sur leur dos.

Heureusement, Athènes ne se limite pas à ce malheur et à ces troubles. Certaines choses ne peuvent être détruites, comme l'hospitalité et l'art du récit grecs.

Je me suis installé dans un appartement avec une magnifique terrasse sur le toit, depuis laquelle je vois la mer, les montagnes et l'Acropole. J'ai une vue à trois cent soixante degrés. Je peux regarder le soleil se coucher d'un côté et se lever de l'autre. Je vois les lumières des ferries qui partent vers les îles. Je vois les étoiles filantes, je vois la lune croître et décroître. Après un orage, je vois le soleil apparaître entre les nuages et parfois un arc-en-ciel entier, du début à la fin. Chaque fois que je contemple ces choses, je me rappelle combien l'âme de ce pays est indestructible.

Dans l'Antiquité, les Grecs vénéraient le soleil, la lune et les étoiles, ils en avaient fait leurs dieux. Nous avons abandonné cette façon de penser parce qu'une nouvelle religion nous a dit que ces dieux étaient factices, qu'il n'y en avait qu'un seul. Je crois que nous avons perdu beaucoup en écoutant cette religion.

Je puise tant de force dans le ciel nocturne, tellement plus que si j'allais à l'église où l'on me rappellerait la fragilité humaine… Par cette soirée de juillet suffocante sur ma terrasse, alors qu'un vent chaud du sud-est me caresse le visage, je me rends compte que je ne t'attends plus, que je ne rêve plus de toi. Je suis dans un endroit où j'ai trouvé la paix.

Juillet 2016

ΜΥΡΤΩΟ ΠΕΛΑΓΟΣ

Septembre 2016

C'était la dernière soirée des vacances d'Ellie et elle s'était installée, une fois de plus, sur son balcon. Elle referma le carnet et le posa sur ses genoux, avant d'admirer la Voie lactée qu'Anthony aimait tant. Au bout de quelques secondes seulement, elle vit une étoile filante. Il se passait rarement cinq minutes sans qu'on en aperçoive une, elle l'avait appris au cours de la semaine écoulée. Elle chercha la Couronne boréale d'Ariane. La mer était si calme ce soir-là que le bruit de l'eau lapant le sable était discret. Si Ellie avait pu suspendre le temps, elle aurait sans doute choisi cet instant.

L'enveloppe était toujours glissée dans la poche latérale de son sac à main. Elle se demandait si elle avait mis suffisamment d'énergie dans la recherche de S. Ibbotson. Ces récits lui étaient destinés. L'enveloppe était si froissée que, quand Ellie voulut remettre le carnet à l'intérieur, elle la déchira. Elle remarqua alors l'adresse au verso.

Anthony Brown, 389 rue Aristofanous
Athènes 11281

Elle fixa ces mots. Elle reprenait son vol retour à Athènes, mais aurait-elle le courage d'aller trouver cet homme ? Il faudrait lui avouer que S. Ibbotson n'avait jamais reçu les cartes postales et qu'elle, Ellie, avait ouvert un paquet qui ne lui était pas destiné. Elle replia l'enveloppe, la rangea dans son sac et posa le carnet dessus.

Il était minuit. Elle sortit sa valise de la penderie et y rangea ses affaires. Tout imprégnées de l'odeur sucrée de la crème solaire, légèrement raidies par le sel et le sable. Rien que la pensée de défaire sa valise à la fin de son voyage, de fourrer ces vêtements colorés dans son lave-linge et de se débarrasser du parfum de cette semaine merveilleuse l'emplissait de tristesse. Peut-être ne toucherait-elle pas à ses sarongs… Elle pourrait les suspendre dans son appartement jusqu'à ce que les effluves de soleil et d'été se dissipent naturellement.

Elle savait déjà qu'elle n'avait pas le choix au sujet d'Anthony : elle était obligée de le chercher.

Le lendemain matin, Ellie quitta son hôtel de Tolo après le petit déjeuner, prit un taxi pour Nauplie et but un dernier café sur la place. Puis elle marcha jusqu'à la gare routière et rentra à Athènes. Bercée par le mouvement du bus, elle s'endormit et se réveilla à l'heure la plus chaude de la journée : elle était arrivée à destination.

Désorientée, souffrant d'un léger mal de tête, elle sortit son plan de métro et chercha où trouver la rue Aristofanous. La station de métro la plus proche était loin, et elle devrait faire plusieurs changements pour y parvenir. Elle décida donc de prendre un taxi. Son vol ne décollait pas avant une heure du matin, mais son temps était compté : elle voulait aussi visiter l'Acropole. L'après-midi était déjà bien entamé. La température n'était pas descendue au-dessous des trente degrés de toute la journée.

Le chauffeur de taxi la déposa très loin de sa destination pour gagner du temps ; elle finit heureusement par trouver la bonne rue et le bon numéro. Sur l'interphone qui comportait plusieurs dizaines de noms, elle repéra celui qui l'intéressait. Elle sonna et, quelques secondes plus tard, une voix d'homme lui répondit.

— Monsieur Brown, bredouilla-t-elle, nerveuse, j'ai un paquet pour vous.

— Vous pouvez monter ? Je suis au dernier étage.

Il devait la prendre pour une factrice. Un bourdonnement électrique annonça l'ouverture de la porte de l'immeuble. Ellie s'engouffra dans le hall. Alors que l'ascenseur s'élevait lentement vers le sixième, elle s'observa dans le miroir qui occupait tout un pan de la cabine. Ses cheveux étaient secs et décolorés, elle avait un coup de soleil sur le nez et des gouttes de sueur sur le front. Elle aurait aimé être un peu plus élégante. Sa tenue – tee-shirt et short – ne lui semblait pas convenir à un immeuble aussi chic.

Lorsque la porte coulissante de l'ascenseur s'ouvrit, elle découvrit un homme.

Il avait d'épais cheveux châtains parsemés de mèches argentées. Il était très mince, portait un jean et un tee-shirt gris. Il lui rappela un acteur pour qui sa mère avait un faible.

Anthony vit aussitôt ce qu'Ellie tenait à la main. Il ne regarda même pas son visage, ses yeux restèrent rivés au carnet bleu abîmé.

Ellie remarqua combien le choc de la surprise était fort.

— Où avez-vous trouvé ça ? lui demanda-t-il avec tout le sang-froid dont il était capable.

Soudain, Ellie se sentit comme une voleuse. Elle fut tentée de coller le carnet dans les mains de cet homme puis de dévaler les six étages à pied pour retrouver la rue écrasée de soleil. Seul le besoin, instinctif, de défendre son innocence la retint.

— Vous me l'avez envoyé, dit-elle, se rendant aussitôt compte que sa réponse était ridicule.

— Je vous l'ai envoyé… à vous ?

Anthony ne semblait plus rien comprendre du tout.

— En quelque sorte…

Ils se dévisagèrent avec perplexité. Il observait Ellie, se demandant si elle pourrait être la sœur qu'il n'avait jamais rencontrée. Il parvint à la conclusion qu'elle était trop jeune.

— Entrez, ce sera mieux, dit-il. Enfin, si vous voulez bien.

Ellie ne voyait pas quel danger il y avait à le suivre, ne serait-ce que pour boire un verre d'eau, dont elle rêvait plus que tout. Elle avait l'impression de connaître un peu cet homme et elle était prête à parier qu'il n'était pas susceptible de lui faire du mal.

— Merci.

— Au fait, je m'appelle Anthony. Mais vous le savez déjà… Et vous ?

— Ellie. Ellie Thomas.

Elle le suivit dans une immense pièce lumineuse, à l'aménagement minimaliste : quelques meubles modernes, bas, et des murs tapissés de livres. Elle aperçut une petite cuisine au bout du séjour. Ils sortirent sur une terrasse, en franchissant des portes-fenêtres. Il y avait des oliviers centenaires, une table et des chaises à l'ombre d'une pergola. Plusieurs livres, immenses, étaient éparpillés sur la table, à côté d'un ordinateur portable.

— Asseyons-nous ici, proposa-t-il en lui indiquant une banquette blanc cassé, devant laquelle se trouvait une table basse en verre. Qu'est-ce que je peux vous servir ? Un café ? Un jus de fruits ? Une tisane ?

— Un verre d'eau serait parfait, répondit Ellie en prenant place.

Anthony revint avec un pichet et deux verres.

— Ça me fait tout drôle de le revoir, dit-il en s'asseyant face à Ellie et en montrant le carnet sur ses genoux. C'était mon compagnon de voyage…

— Oui, le mien aussi en un sens, répondit-elle en le posant sur la table qui les séparait.

— Je n'aurais jamais imaginé le revoir un jour, observa-t-il en le prenant. Mais je suis heureux qu'il ne soit pas perdu.

Pendant quelques instants, il le manipula avec une précaution excessive. Puis il se mit à feuilleter lentement ses pages.

— Il est arrivé quelque chose à Sarah ? demanda-t-il d'une voix très grave.

Ellie se sentit rougir. Sarah. Sarah Ibbotson. C'était si étrange de découvrir son prénom.

— Non, répondit-elle avant d'avaler une gorgée d'eau. Enfin, pas à ce que je sache… Pour être honnête, je n'en ai pas la moindre idée. Je ne la connais pas…

Anthony leva vers elle un regard surpris. Ellie poursuivit :

— J'ai trouvé le carnet dans ma boîte aux lettres… les cartes postales aussi. Je les ai lues et conservées. Le paquet est arrivé le jour de mon départ… C'était comme un signe en quelque sorte et j'ai eu l'impression que… que… eh bien, que ce ne serait pas un problème.

Elle se rendait bien compte qu'elle était confuse. Anthony essayait de digérer ce qu'elle venait de lui apprendre.

— Dans votre boîte aux lettres ?

— « S. Ibbotson » n'habite pas à l'adresse que vous avez utilisée et…

Ellie comprit qu'elle lui apprenait quelque chose. Un lourd silence s'abattit sur la terrasse.

— Je ne devrais pas être aussi surpris, finit-il par dire d'un ton résigné. Ce ne serait pas son premier mensonge.

— Vous m'autorisez à vous demander qui elle était… qui elle est ?

— Si vous avez lu mon journal, vous savez l'essentiel. Je croyais que c'était l'amour de ma vie.

Ellie hocha la tête.

— Je l'ai rencontrée dans le bar du Curzon, à Mayfair, débuta Anthony. La personne qu'elle devait retrouver n'était pas venue, et je prenais un verre, seul. Je tuais le temps avant d'aller voir un film de Lanthimos, un réalisateur grec.

Ellie prit un air entendu, pour donner l'illusion qu'elle avait entendu parler de lui. Anthony continua :

— Je n'ai pas pour habitude d'engager la conversation avec des inconnus. Et d'ailleurs, en y repensant, c'est elle qui est venue me parler. On s'est mis à discuter de la Grèce. Petite, elle y avait passé des vacances, sur le yacht d'amis de ses parents, elle avait visité quelques îles.

— Elle n'a pas l'air du genre à vivre dans mon quartier, observa Ellie.

— Pourquoi ça ?

— J'ai l'impression qu'elle est issue d'un milieu aisé. Mon immeuble est dans une rue plutôt populaire.

Anthony eut un sourire en coin.

— En tout cas, elle était du genre à avoir appris l'art de la conversation, elle savait toujours quoi dire. C'était une de ces femmes qui ne peuvent pas rester seules plus de deux minutes sans se mettre à parler. Elle a rapidement perçu ma passion pour la Grèce. Elle avait étudié l'histoire de l'art à l'université et nous avons discuté à bâtons rompus. Elle a semblé sincèrement intéressée par mon livre sur la sculpture cycladique. Elle s'est souvenue que l'une des îles où elle avait été, petite, se trouvait dans les Cyclades. Qu'elle m'ait trompé ou non, je suis tombé fou amoureux d'elle.

Ellie hochait la tête de temps en temps. Elle avait rencontré des filles comme Sarah, même si elle ne s'était jamais liée d'amitié avec elles.

— Je me suis laissé duper, j'ai voulu voir dans son regard brillant une attirance pour moi. En réalité, je crois que c'était bien plutôt de l'enthousiasme pour notre échange… et le fait que, comme tous les gens qui portent des lentilles, elle avait toujours les yeux humides. Ça n'était sans doute rien de plus.

De temps en temps, sa voix se fêlait légèrement. Tristesse ou colère ? Ellie avait du mal à trancher.

— Et elle travaillait ? s'enquit-elle, curieuse d'en apprendre davantage.

— Elle avait un poste à mi-temps dans la galerie d'un ami à Notting Hill, mais qui ne l'empêchait pas d'aller voir une exposition à l'improviste, en milieu d'après-midi. Elle m'accompagnait parfois au British Museum, où je me rendais pour mes travaux de recherche. Devant les sculptures en marbre provenant du Parthénon, elle m'a dit qu'elle voulait voir le reste, qu'elle voulait voir le lieu d'où elles provenaient. J'ai été touché. C'est elle qui l'a proposé. « Oui, allons-y », ai-je répondu. Le nouveau musée de l'Acropole serait l'apothéose de ce pèlerinage. On a passé les six mois suivants à préparer notre voyage.

« Elle venait tous les week-ends chez moi. Pendant les dix-huit mois de notre histoire, elle ne m'a jamais invité chez elle… Elle disait qu'elle partageait un appartement avec sa sœur et que nous n'aurions pas pu être seuls.

— Je ne pense vraiment pas qu'elle aurait pu vivre dans mon immeuble, insista Ellie. Il ne paie pas de mine. J'habite un sous-sol sombre. Et il y a toujours une odeur bizarre dans le hall, une odeur de vieille dame.

— C'est bien l'adresse qu'elle m'a donnée, rétorqua Anthony. Peut-être qu'elle connaissait quelqu'un là-bas ? De toute façon, je ne crois pas qu'elle était celle qu'elle prétendait être. À aucun niveau. Je me suis convaincu qu'elle était une femme, et en réalité elle en était une autre.

— Où habitiez-vous, à Londres ?

— Dans un immeuble du quartier de Bloomsbury, près du British Museum. Rien à voir avec cet appartement-ci, mais je donnais sur les énormes colonnes qui semblent soutenir tout l'édifice. Les jours où le ciel était bleu, je pouvais presque me croire à Athènes.

Ellie se laissa aller contre le dossier de la banquette pendant qu'elle l'écoutait, buvant régulièrement des gorgées d'eau. Anthony avait besoin de parler. Elle eut l'impression qu'il avait gardé toute cette histoire pour lui jusqu'à maintenant.

Au bout d'un moment, il voulut lui montrer les différents points de vue qu'offrait sa terrasse. Il lui indiqua les principaux monuments.

— Là, c'est l'Acropole, et là, la Lycabette. Au fond, on aperçoit le Jardin national. Et là, vous voyez le Parlement, le Vouli.

— C'est incroyable, se contenta-t-elle de répondre.

Pendant qu'ils admiraient Athènes, Anthony continua à parler. Apparemment, il avait encore besoin de se libérer de Sarah. Peut-être qu'une fois qu'il aurait tout dit il pourrait ne plus jamais l'évoquer.

— Pendant la brève période où elle est entrée dans mon univers, Sarah est devenue mon univers.

Il aurait presque pu être son père, pourtant, il attendait d'Ellie, elle le sentait, qu'elle réagisse en mentor, en confidente.

— Vous pensiez que vous aviez trouvé la femme de votre vie, alors ?

— Oui, je m'en suis persuadé. J'étais dans les nuages. Tout ce que j'avais lu sur l'amour dans la mythologie classique, sur son pouvoir, semblait me parler. J'étais touché par toutes les formes d'art qui s'en étaient inspirées : la poésie, la peinture et la sculpture avaient acquis une nouvelle signification pour moi.

« Sarah m'accompagnait volontiers dans les musées, elle s'enthousiasmait pour les œuvres. Elle semblait partager ma réaction devant elles. J'étais complètement sous le charme. Séduit par l'Amour. Par Éros. J'étais le jouet d'une force qui me dépassait.

Anthony ne contrôlait plus les confessions qui se bousculaient sur ses lèvres.

— Dans toutes mes rêveries sur Éros et Psyché, je me suis concentré sur la face positive, j'ai fermé les yeux sur les crimes que l'amour conduit les gens à commettre. Je n'ai pas voulu voir son versant plus sombre, les trahisons, les tragédies. Je ne me suis jamais intéressé aux séparations.

Ellie s'efforçait de suivre le fil de ses pensées et acquiesçait de temps en temps, même si certaines références mythologiques lui étaient inconnues.

— Nous avions quinze ans de différence, mais je crois qu'au bout du compte, c'est moi qui ai agi comme un enfant. Longtemps, j'ai été incapable de me séparer de la bague que je lui avais achetée… Aujourd'hui, je ne l'ai plus. La semaine dernière, j'ai trouvé le courage de la rapporter. La somme que j'ai récupérée me permettra de payer un an de loyer…

L'humiliation en valait presque la peine ! Et j'espère que les nouvelles lois me permettront de rester au moins aussi longtemps ici.

Anthony vit que le pichet était vide.

— Vous êtes sûre de ne pas vouloir autre chose ? Moi, je ne serais pas contre un café.

— Oui, avec plaisir.

Anthony remarqua qu'elle jetait un coup d'œil à sa montre. Il était presque dix-huit heures.

— Vous êtes attendue quelque part ? s'inquiéta-t-il.

— Pas vraiment. J'espérais visiter l'Acropole avant de prendre mon avion, mais ça n'a aucune importance.

— Vous avez un vol à prendre ? s'étonna-t-il. À quelle heure ?

— Une heure du matin. J'ai encore le temps.

Quand Anthony revint avec le café, Ellie était en train de feuilleter le carnet. Elle se sentait plus à l'aise.

— Ce qui vous est arrivé… ça a dû être terrible.

— C'est si étrange de penser que vous avez tout lu, répondit Anthony. D'un autre côté, ça me fait du bien de me dire que quelqu'un, sur Terre, sait ce que j'ai traversé.

Ellie rougit. La culpabilité d'avoir lu ce qui était, en réalité, un journal intime ne l'avait pas entièrement quittée.

— Aujourd'hui encore, si je croise dans une rue d'Athènes une femme qui porte son parfum, je suis presque submergé par les souvenirs. Comment l'éviter à moins de rester enfermé chez moi ?

Ellie secoua la tête.

— C'est impossible, reconnut-elle tout bas, avec bienveillance.

Aux yeux d'Ellie, Anthony était un adolescent qui avait eu le cœur brisé.

— J'étais plutôt un bon lanceur quand je jouais au cricket, mais je n'ai pas réussi à envoyer ce téléphone assez loin, reprit-il avec un sourire désabusé.

En l'écoutant analyser sa passion, Ellie mesurait combien des adultes intelligents pouvaient être crédules. Cet homme cultivé, qui avait fait de hautes études, avait été victime d'un aveuglement temporaire.

— Si tout ça n'était pas arrivé, vous ne seriez peut-être pas là aujourd'hui, lui dit-elle en toute simplicité.

— C'est très juste, Ellie. Et il y a des endroits bien plus désagréables.

Tous deux semblaient apprécier les interruptions ponctuelles du cours de la conversation. Ils n'étaient jamais vraiment plongés dans le silence, de toute façon. Des bruits de circulation montaient de la rue, les klaxons qui exprimaient leur impatience obtenaient des réponses irritées, sans oublier, de temps en temps, le passage d'un avion dans le ciel.

L'homme avec lequel Ellie se trouvait, sur cette terrasse, était un parfait inconnu, et pourtant elle avait l'impression de le connaître.

— Nous n'avons fait que parler de moi ! s'exclama-t-il soudain. Vous devez me prendre pour un affreux égocentrique ! Je ne m'étais pas confié comme ça depuis… peut-être depuis toujours. Je suis vraiment désolé.

Ellie éclata de rire.

— Ne vous en faites pas ! Vous avez répondu aux questions que je me posais.

— Maintenant, vous devez m'en dire un peu sur vous, s'il vous plaît. J'insiste !

Anthony la dévisageait et Ellie ne put se résoudre à croiser son regard.

— Ma vie est tellement inintéressante…

Elle était mal à l'aise, si peu habituée à se trouver au centre de l'attention.

— La vie de tout le monde est intéressante, l'encouragea-t-il. Je sais seulement où vous habitez. Que faites-vous ?

Ellie brossa son parcours dans les grandes lignes : son départ de Cardiff pour Londres, le poste peu satisfaisant qu'elle avait décroché. Elle fut surprise de voir qu'elle était incapable de cacher ses frustrations et son ennui. Il lui prêta une oreille attentive, sans doute la même que celle qu'il avait prêtée aux récits qu'on lui avait faits à travers la Grèce.

Elle décrivit la réaction de son patron quand elle lui avait annoncé son intention de prendre dix jours de congé.

— Et qu'est-ce que vous comptez faire maintenant ? lui demanda-t-il.

Ellie haussa les épaules. Elle n'avait pas de réponse à cette question.

— Je ne sais pas, dit-elle en admirant la vue d'Athènes. Il n'y a pas grand-chose qui me retient à Londres.

Elle n'était pas convaincue qu'Anthony se passionne pour ses états d'âme et changea donc de sujet. De toute façon, elle n'avait pas envie de penser à sa vie : ça lui rappellerait forcément son avion, le moment du départ. Il se rapprochait maintenant.

Ellie observa la main d'Anthony, sur le carnet. Elle avait l'impression d'avoir perdu quelque chose. À qui appartenait ce journal après tout ? Il avait été envoyé à son adresse – où S. (Ellie n'arrivait pas à penser autrement à elle) n'avait sans doute jamais vécu, dont elle s'était servie dans un but malhonnête.

— Vous avez vraiment écrit ces récits pour Sarah ?

C'était la première fois qu'elle prononçait son prénom.

— Écrit-on jamais pour quelqu'un ? Je me suis dit que c'était à elle qu'ils étaient destinés, mais je crois qu'au fond on écrit toujours pour soi. Mon livre sur la sculpture par exemple. On ne peut pas dire que les lecteurs l'attendent en trépignant d'impatience. Je le sais. Un jour, peut-être, quelqu'un le lira et sera légèrement ému en constatant la proximité entre certaines œuvres de Picasso ou de Henry Moore avec les sculptures cycladiques. Pourtant, il se contentera de se dire : « Ah, c'est intéressant… Cette idée me plaît. » Ça ne changera pas sa vie. Je ne me fais aucune illusion sur ce sujet.

« Et ces récits ne sont pas différents. Je n'avais aucun autre endroit où les coucher que ces pages, et elles n'avaient aucun autre endroit où aller que votre boîte aux lettres. Mais je suis très heureux que vous me les ayez rapportées. J'ai le sentiment que c'est la conclusion qui me manquait… Sarah n'a jamais vécu là-bas, elle a menti même sur ce point…

Ils continuèrent à discuter. Il l'interrogea sur ses vacances, sur l'endroit où elle avait séjourné, sur ce qu'elle avait visité. Ellie lui parla de Tolo, de ses promenades quotidiennes à Nauplie et de la place où elle avait adoré s'asseoir.

Les montagnes viraient peu à peu au rose. Le soleil commençait à se coucher. Ellie observa les magnifiques sculptures sur la terrasse. Elles luisaient au crépuscule. Était-ce de l'art moderne ? Ou antique ? S'agissait-il de véritables œuvres de Picasso ? De Henry Moore ? Ou de simples copies ? Ellie n'en avait pas la moindre idée et elle n'était pas certaine que cela avait de l'importance. Ces œuvres élégantes n'avaient pas d'âge. Anthony remarqua son intérêt.

— Elles sont incroyables, non ? C'est la seule chose que j'ai fait expédier de Londres quand j'ai décidé de m'installer ici. Elles sont bien plus à leur place ici qu'à Londres.

— Elles sont… magnifiques.

Le mot lui parut si banal.

— Elles et mes livres, ajouta-t-il.

En traversant le salon pour rejoindre la terrasse, Ellie avait remarqué les immenses ouvrages d'art qui tapissaient le moindre mur.

— La Grèce est un tel cadeau. Sans cette expérience, sans cette… déception, appelez-la comme vous voulez, je ne serais pas ici aujourd'hui.

— Et si… « S. Ibbotson » avait été là pour lire vos cartes postales ou vos histoires, je ne serais pas là non plus, ajouta Ellie d'un ton hésitant, ne pouvant se résoudre à répéter le prénom de la femme.

— Oui, toutes ces choses ont conduit à cet instant. Nous deux, ici, ce soir.

Au loin, l'Acropole était éclairée et baignait dans une lumière dorée. En dépit des troubles qui persistaient dans les rues et les places en contrebas, le Parthénon était imprenable, intouchable. Il avait survécu aux ravages du temps et du vandalisme. Le monument attira également le regard d'Anthony.

— Il est parfait, n'est-ce pas ? Seules les pyramides égyptiennes ont été aussi bien préservées, mais je pense toujours à la mort quand je les vois. C'étaient des monuments funéraires, pas des lieux de culte.

— Le Parthénon est plus beau, sans le moindre doute.

Anthony se tourna vers Ellie.

— Quels sont vos projets pour la suite ? Je me sens un peu responsable si vous êtes au chômage…

— C'est vrai que je pourrais m'en prendre à vous ! dit-elle en riant. Ou à vos cartes en tout cas !

Elle lui raconta qu'elle les avait affichées sur son tableau de liège, elle lui expliqua ce qu'elles avaient représenté pour elle et comment, lorsqu'elles avaient cessé d'arriver, elle avait décidé d'entreprendre ce voyage.

En vérité, elle n'avait pas la moindre idée de ce qu'elle allait faire de sa vie maintenant. La dernière fois qu'elle avait consulté son compte en banque, elle avait constaté que son solde ne cessait de diminuer. Et même si elle avait séjourné dans un hôtel bon marché, ces vacances avaient bien entamé ses économies.

— Le retour à Londres va être dur, observa-t-elle.

— Pourquoi vous ne resteriez pas ? Vous ne le regretterez pas.

Ellie n'était pas du genre à s'étendre sur ses difficultés financières. Et elle savait qu'Anthony avait raison. Ce voyage avait, de bout en bout, et jusqu'à cet instant, été une source d'enrichissement incommensurable.

Ils se turent un instant, et Ellie entendit la porte de l'appartement. Une minute plus tard, une jeune femme les rejoignit sur la terrasse. Elle était petite et avait tout d'un garçon manqué. Pour une raison inexplicable, Ellie fut légèrement jalouse de la voir embrasser Anthony sur les deux joues.

— Athina, je te présente Ellie. Ellie, Athina.

Les deux femmes se serrèrent la main.

— Ça doit être l'heure de l'apéritif, dit-il. Le soleil est presque couché !

— Je vais chercher du vin, proposa Athina avec enthousiasme. Vous me laissez le temps de me changer ?

— Il y a un délicieux assyrtiko de Crète au frais. Tu prendras des pistaches aussi ?

Leur familiarité ne faisait aucun doute. Athina était ici chez elle.

— Vous avez déjà entendu parler de cette jeune femme, dit Anthony à Ellie. Vous vous rappelez ?

— Delphes ! s'exclama Ellie. Vous l'avez rencontrée à Delphes.

Athina était tout à fait conforme à la description qu'il en avait faite.

— Nous ne sommes pas ensemble, précisa-t-il, comme s'il lisait dans les pensées d'Ellie. Elle a une petite amie. Je vous laisse imaginer comment la nouvelle a été accueillie par ses parents, à Lamia.

Athina, qui revenait avec la bouteille de vin, avait entendu Anthony.

— Ils continuent à me présenter les fils de leurs amis, lança-t-elle en riant avant de déboucher le vin. Enfin, bref, on ne va pas parler de ça maintenant !

— Athènes est plus ouverte d'esprit, souligna Anthony. Vous ferez la connaissance d'Anna plus tard.

— Plus tard ? s'étonna Ellie.

— Vous ne comptez pas rester dîner avec nous ? J'insiste, j'ai prévu un repas froid. Des salades et du poulet...

— Mais j'ai un vol à prendre ! protesta Ellie sans conviction.

— Je vous emmènerai à l'aéroport, proposa Anthony.

Bizarrement, après tout ce qu'ils avaient partagé, elle ne s'était pas attendue à une telle hospitalité.

— J'ai pris certaines bonnes habitudes ici. Je traite les inconnus comme des amis. C'est le meilleur moyen de faire des rencontres passionnantes. Enfin, je ne suis pas vraiment un inconnu pour vous, si ?

Anna ne tarda pas à les rejoindre, il y eut d'autres présentations. Les trois jeunes femmes découvrirent qu'elles avaient plus ou moins le même âge. Elles échangèrent rapidement sur le thème des études et de la carrière professionnelle. Anna était avocate. Ellie eut légèrement honte de son métier de vendeuse d'espace publicitaire.

Pendant le dîner, elle en vint à s'interroger : la vie avait-elle mieux à offrir qu'une soirée sur cette terrasse et sous ces étoiles ?

— Vous êtes contente de votre séjour en Grèce ? lui demanda Anna.

Ellie sourit.

— Bien plus que je ne saurais le dire. Je n'ai vraiment aucune envie de rentrer en Angleterre.

— Et qu'est-ce qui vous y oblige ? lui demanda Athina.

Ellie haussa les épaules.

— Pas grand-chose, à ce que j'en ai compris, observa Anthony.

— Il a raison, avoua Ellie. Ma vie londonienne est loin de me satisfaire.

— Dans ce cas-là, il faut y changer quelque chose, intervint Athina. La vie est trop courte pour se laisser porter.

— Elle n'a pas tort, dit Anthony. Je crois que vous connaissez ma position sur le sujet mieux que personne. La vie a toujours beaucoup à offrir. Et pas seulement des promesses.

Ellie restait gênée d'en savoir autant sur Anthony, d'avoir lu son carnet, si intime.

— Vous comptez repartir en voyage ? lui demanda-t-elle, pour détourner la conversation.

— Pas dans l'immédiat. Je veux rester où je suis. J'ai encore des images plein la tête. Et je dois finir mon livre.

Soudain, il parut avoir une idée.

— Vous savez taper ?
— À l'ordinateur ? Qui ne sait pas le faire ?
— Certains d'entre nous écrivent encore à la main, confessa-t-il un peu penaud. Ceux qui n'ont pas toujours connu la technologie…
— Pourquoi cette question ?
— J'ai besoin de quelqu'un pour saisir mon manuscrit. Mon éditeur n'arrive pas à me déchiffrer.
— Ça, je sais que j'en suis capable, dit Ellie dans un éclat de rire. Je n'ai eu aucun problème avec votre carnet.
— Eh bien, si le travail vous intéresse, il est pour vous. Et j'ai une chambre pour vous ici, si vous n'avez pas d'autre endroit.
Les mots manquaient à Ellie. C'était une occasion en or. L'habitude et la raison lui disaient de rentrer à Londres, et son cœur, lui, la poussait à rester.
Athina se pencha vers elle.
— Connais-toi toi-même, dit-elle avec emphase.
Ellie se rappela l'inscription. *Gnothi seauton.* Son tour était peut-être venu après tout.
— Excusez-moi, dit-elle en se levant de table.
Elle avait besoin d'un peu de temps pour réfléchir. Elle s'approcha de la balustrade pour regarder la vue. Une des questions qui la tracassaient était le loyer du mois prochain. Elle sortit son portable de sa poche et appela sa propriétaire. Celle-ci mit une éternité à décrocher.
— Bonsoir, c'est Ellie Thomas.
— Appartement D ?
— Oui. Je voulais savoir…
— Appartement D, c'est bien ça ? J'ai déjà reçu un appel au sujet de cet appartement. Une ancienne

locataire. Abbotson ou quelque chose comme ça. Elle a demandé s'il y avait du courrier pour elle.

Anthony s'était approché.

— Ne quittez pas un instant, dit Ellie, le cœur battant la chamade.

Elle plaqua sa paume moite sur le téléphone.

— Anthony, murmura-t-elle. Sarah a réclamé son courrier. Qu'est-ce que je dis ?

— Rien, répondit-il en aspirant profondément la fumée d'une cigarette. Dites-lui qu'il n'y avait rien, s'il vous plaît.

Toujours nerveuse, Ellie reprit sa conversation téléphonique. Anthony ne s'éloignait pas.

— Je viens de vérifier, affirma-t-elle, il n'y a rien malheureusement. Je vous appelais pour vous donner mon préavis.

La propriétaire ne cacha pas son mécontentement et évoqua en grognant la caution, la nécessité de dégoter un nouveau locataire. Ellie comprit qu'elle n'aurait pas droit à un traitement de faveur.

— Bien sûr, dit-elle, mais peut-on considérer que mon préavis court à compter d'aujourd'hui ?

L'échange se prolongea quelques instants : à la fin, les deux femmes étaient parvenues à un accord. Tout en rangeant son portable dans sa poche, Ellie remarqua qu'Anthony était toujours là, à côté. Le regard rivé à la lune, il était plongé dans ses pensées. Elle ne voulut pas le déranger. Quelques secondes s'écoulèrent avant qu'il ne se tourne et pose sur elle des yeux interrogateurs. Elle lui sourit.

— Tout est réglé.

Ils retournèrent ensemble à table. Athina et Anna se turent aussitôt et considérèrent Ellie avec curiosité.

Elle se rassit, Anthony remplit les verres de toute la tablée. Il y eut un silence.

— Je ne pars pas, annonça-t-elle aux deux filles avec une assurance inédite. Je reste.

De tous les moments importants qu'Ellie avait connus dans son existence, ce fut celui qui lui procura le plus grand sentiment de paix. Et en même temps, elle ne s'était jamais sentie aussi vivante.

Au-dessus d'eux, des hirondelles filaient et virevoltaient dans le ciel nocturne.

Je remercie :

Alexandros Kakolyris pour sa contribution inestimable à la création et à la réalisation de Cartes postales de Grèce

Patrick Insole pour sa magnifique maquette

Emily Hislop pour sa rigueur créative

CRÉDITS PHOTOGRAPHIQUES

Pour toutes les images, © Alexandros Kakolyris, à l'exception de :

i, iii © Olga Popova/Shutterstock et 19srb81/Shutterstock (cachets de la poste)

28-29 © Bardocz Peter/Shutterstock (carte) et Stephen Rees/Shutterstock (arrière-plan)

38 © Tatjana Kruusma/Shutterstock

40, 43, 46-47, 49, 53 © Carolyn Franks/Shutterstock (bordures photo)

90 © MikhailSh/Shutterstock

92 © DutchScenery/Shutterstock (retouches)

140 © Tatjana Kruusma/Shutterstock

149, 151 © creaPicTures/Shutterstock (bordure photo)

164 © Susan Law Cain/Shutterstock

166-167, 169, 176 © Print Collector/Alamy (écriture Byron)

187, 189, 193, 203 © happykanppy/Shutterstock (effet matière eau)

197 © ninanaina/Shutterstock (effet matière eau)

220, 224, 227 © Shebeko/Shutterstock (effet matière)

236 © 5 second Studio/Shutterstock

246 © Tatjana Kruusma/Shutterstock

272 © Oleg Znamenskiy/Shutterstock
295 © Alinari Archives, Florence (joueurs de *laterna*)
296 © nevodka/Shutterstock
301 photogramme extrait de *Pain, amour et chansonnette*, avec l'aimable autorisation de Finos Film à Athèncs
304 photogramme extrait de *Pain, amour et chansonnette*, avec l'aimable autorisation de Finos Film à Athènes et donatas1205/Shutterstock (effet pellicule)
322, 326, 330, 331, 339, 349 © amlet/Shutterstock (effet papier brûlé)
349 © Victoria Hislop (vitrine)
388 © Tatjana Kruusma/Shutterstock
394, 398, 404, 406-407, 409, 414 © Ivan Smuk/Shutterstock (bordure photo)
424 © Oleg Znamenskiy/Shutterstock
426, 430-431, 434, 441 © ZoneFatal/Shutterstock (effet plumes)
447 © Nik Merkulov/Shutterstock et Andrey Eremin/Shutterstock (effet matière)

CITATIONS

La citation de Hésiode, p. 55, est tirée de *Les Travaux et les Jours*, traduction de Paul Mazon, Les Belles Lettres.

Les citations de Byron, p. 177 et 178, sont tirées des *Œuvres complètes de Lord Byron*, traduction de Louis Barré, éditions Bry Aîné.

Les citations extraites de la Bible reprennent la traduction de Louis Segond.

Du même auteur
aux éditions Les Escales :

L'ÎLE DES OUBLIÉS, 2012.

LE FIL DES SOUVENIRS, 2013.

UNE DERNIÈRE DANSE, 2014.

LA VILLE ORPHELINE, 2015.

UNE NUIT EN CRÈTE, 2016.

PAPIER À BASE DE
FIBRES CERTIFIÉES

Le Livre de Poche s'engage pour
l'environnement en réduisant
l'empreinte carbone de ses livres.
Celle de cet exemplaire est de :
450 g éq. CO_2
Rendez-vous sur
www.livredepoche-durable.fr

Composition réalisée par PCA

Achevé d'imprimer en mars 2018 en Italie par
Grafica Veneta
Dépôt légal 1re publication : mai 2018
LIBRAIRIE GÉNÉRALE FRANÇAISE
21, rue du Montparnasse – 75298 Paris Cedex 06

58/7721/8